윤흥길 문학이 보여주는 세상

윤흥길 문학이 보여주는 세상

곽윤경

역락

머리말

이 책에서는 윤흥길의 장편소설 전체를 주제별로 유형화하여 그 성격을 살펴보았다. 그의 작품 세계는 크게 두 계열로 나눌 수 있는데, 하나는 전쟁과 분단의 아픔을 그린 작품들이고, 다른 하나는 산업화가 초래한 현실 사회의 문제를 다룬 것들이다. 전쟁을 직·간접적으로 겪은 이들의 아픔은 모성이나 과거와의 화해로 치유하고자 했고, 산업화가 초래한 현실 사회의 권력과 세태를 비판했다.

여기서는 그의 장편소설들의 주제를 모성 탐구, 과거 탐구 및 화해, 권력 비판, 세태 비판 등으로 유형화했다.

『에미』와 『순은의 넋』에서는 모성의 세계를 논의하였다. 모성은 여성이 신체적으로 갖추고 있는 조건 즉 임신, 출산, 양육에서 비롯된다. 그런데 이 모성의 원형이 출산이 아닌 양육으로도 나타났다. 여성의 임신과 출산은 제도의 테두리 안에서 이루어지면 축복과 보호를 받을 수 있는 반면 그렇지 못하면 홀대당했다. 이러한 모성이 형성되고 부정되는 일련의 과정에는 가문 이데올로기 혹은 가족 이데올로기라고 할 수 있는 공동체의 압력이 작용했다. 그런데 모성은 여성의 태생적인 가치도 아니고 모든 여성에게 필수적인 것도 아니다. 생물학적 개인의 모성에서 나아가 성별에 관계없이 상징되는 헌신과 보살핌, 책임감의 기능으로 확장된 사회적 모성도 보여주고 있다.

『낫』과『산에는 눈 들에는 비』에서는 과거(역사)의 탐구 과정을 고찰하였다. 이 작품들은 귀향 모티프를 담고 있다. 등장인물들이 돌아가는 곳은 일차적으로는 아버지의 고향이지만 본질적으로는 아버지의 과거, 그 아버지가 속해 있던 세계이다. 아버지의 과거와 마주한 이들은 그것을 거부하지만 결국 아버지의 역사를 인정한다. 과거와의 화해는 환경적 조건의 이해와 공감으로부터 시작되었다. 그리고 함께 살아가야 할 공동체의 상처를 극복하는 방법으로 연민과 공감을 제시하고 있다. 이 것은 어떠한 논리적 토론이나 객관적 진실의 규명보다 상처의 치유에 결정적 역할을 한다.

『완장』과『묵시의 바다』를 대상으로 권력의 작동 방식을 추적하였다. 권력은 자신을 지키고 확장하기 위해 감시를 활용하는데, 그 감시는 친밀한 사람들과의 분열뿐 아니라 감시원의 내부 분열도 가져왔다. 이때 감시 대상자들의 불안한 심리는 외부로 표출된다. 권력은 회유와 처벌도 감행한다. 회유를 받아들이면 공동체 안으로 편입이 허락될뿐더러 물질적 혜택을 받고 사회적 지위를 얻게 된다. 회유로 해결되지 않는 대상은 배제되고 이 과정에서 타자화된다. 이때 권력의 이름으로 정당화되는 폭력이 등장한다. 권력의 폭력성에 대한 저항으로 주변화된 인물들은 연대하여 대응한다. 그런데 권력이 감시와 회유 그리고 처벌과 타자화로 그것에 대항하는 힘을 약화시키기 때문에 이들의 연대가 성공할 것이라고 예상할 수 없다. 권력의 폭력에 민중이 연합한다는 것만으로도 그 의의를 찾을 수 있다.

『백치의 달』,『빛 가운데로 걸어가면』,『옛날의 금잔디』에서는 현실의 세태를 살펴보았다. 이들 작품에서 그려지는 도시 산업화는 물질적 풍요를 목적으로 하기에 인간들은 속물성을 드러내며 욕망만을 채우려 한다. 비뚤어진 경제관과 도덕관념으로 사기가 판치는 세상이 된다. 이런 사회에서는 도덕적인 인간은 찾아볼 수 없고 먹고 먹히는 야만적인 관계만이 있다. 그러나 물질적 욕망은 결국 좌절을 가져온다. 이때 이런 인물들의 인간성을 회복하게 하는 것은 가족이다. 혈연을 넘은 신뢰와 배려 그리고 서로에 대한 인정, 연민, 책임감 등 사회적 개념으로 범위가 확대된 가족이 그것이다.

윤흥길은 전쟁이 초래한 갈등과 아픔은 모성과 포용력으로 화해하고 치유하며, 산업화가 초래한 소시민들의 속물성은 인정과 연민으로 회복될 수 있다는 가능성을 보여주었다. 그러면서 그들의 대변자가 되어 권력을 비판적으로 형상화했다. 이 책은 윤흥길의 장편소설을 연구하거나 그의 문학 전체를 이해하는 데 도움이 되리라 생각한다.

이 연구를 할 수 있도록 부족한 제자를 이끌어주신 목포대학교 이훈 교수님께 깊은 감사를 드린다. 또한 서로 힘이 되어주며 함께한 동학들의 격려와 묵묵히 지원해 준 가족들의 애정과 배려에 고마움을 전한다. 아울러 이 연구서의 출간을 흔쾌히 허락해 주신 도서출판 역락 가족들에게 감사의 말씀을 전한다.

책으로 펴내는 기쁨과 함께 부끄러움을 간직하며, 문학을 대했던 처음 마음을 잊지 않고 성실한 자세로 연구자의 길을 가도록 하겠다.

2018. 6.

곽 윤 경

차례

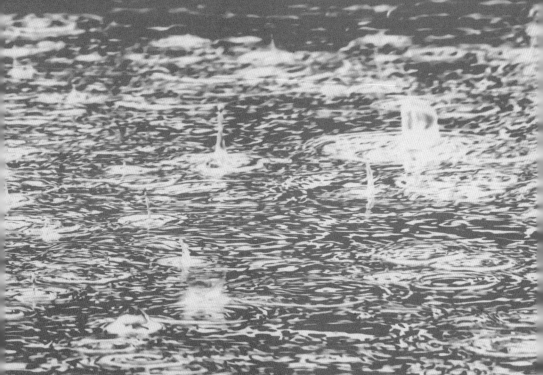

윤흥길
문학이
보여주는
세상

제 1 장

서 론

1. 연구의 필요성

윤흥길은 1968년 『한국일보』 신춘문예에 「회색 면류관의 계절」이 당선되면서 등단했다. 그는 1960년대 말부터 40여 년 동안 꾸준한 작품 활동으로 현실에 대하여 문제를 제기하고 삶의 방향성을 제시해 온 작가이다.

그의 작품 세계는 크게 두 계열로 나눌 수 있다. 하나는 「장마」(1973)를 대표로 하는 전쟁과 분단의 아픔을 그린 작품들이고, 다른 하나는 「아홉 켤레의 구두로 남은 사내」(1977)를 필두로 하는 산업화가 초래한 현실 사회의 문제를 다룬 것들이다. 전자에 해당되는 작품은 전쟁으로 인한 상처와 고통을 어린아이의 체험으로 다룬 성장소설과 모성적 본능과 포용력으로 갈등과 아픔을 치유하고자 한 것으로 나눠볼 수 있다. 후자는 산업화에 따른 사회적 모순을 비판하는 작품들로 물질 중심 사회의 소외계층, 그런 현실에 적응하지 못하는 소시민들 그리고 권력을 갖기 위한 인간의 욕망 등을 다뤘다.

그는 작품 활동 초기에 6·25 전쟁과 분단 현실을 형상화한 작품을 많이 발표하였다. 1970년대에는 중·단편의 분단소설을 집중적으로 집필하였고, 1980년대 이후에 장편 분단소설을 발표하였다. 여기에 해당하는 작품으로는 「황혼의 집」(1970), 「장마」, 「양」(1974), 「霧堤」(1978), 「무지개는 언제 뜨는가」(1978), 「기억 속의 들꽃」(1980), 『에미』(1982), 『낫』(1989), 「쌀」(1994), 『소라단 가는 길』(2003) 등이 있다.

어린 시절 전쟁을 겪으며 상처와 고통을 경험하는 어린아이의 시선으로 아픔과 치유를 그린 작품을 성장소설로 따로 분류하기도 한다. 해당 작품으로는 「황혼의 집」, 「장마」, 「양」, 「땔감」(1978), 「무지개는 언제 뜨는가」, 「기억 속의 들꽃」, 『소라단 가는 길』의 「큰남바우 철둑」(2000)과 「종탑 아래에서」(2003) 등이 있다.

또한 갈등과 상처를 모성적 본능이나 포용력 등으로 치유하고자 한 작품도 있다. 『장마』, 「양」, 「무지개는 언제 뜨는가」, 『순은의 넋』(1980), 『에미』, 『산에는 눈 들에는 비』(1993), 『낫』 등이 여기에 속한다. 『장마』를 한국 여성의 모성의 한 유형으로 파악할 때, 『에미』는 그 연장선으로 읽힐 수 있다.[1]

70년대 후반에는 산업화에 따른 사회적 모순을 비판하며 현실에 적응하지 못하는 소시민 등 소외 계층의 문제를 형상화하였다. 산업사회의 결과인 물질 중심의 사회에서 빚어지는 빈부의 갈등 문제, 그 속에서 벌어지는 욕망, 그리고 권력의 생태를 다뤘다. 여기에 해당되는 작

---

1) 김치수, 해설 「윤흥길의 작품세계─윤흥길의 세 작품」, 『제3세대 한국문학』, 삼성 출판사, 1983, 424면.

품으로는 「엄동」(1975), 「제식훈련변천약사」(1975), 「내일의 경이」(1976), 「어른들을 위한 동화」(1976), 「날개 또는 수갑」(1977), 「빙청과 심홍」(1977), 「아홉 켤레의 구두로 남은 사내」, 「직선과 곡선」(1977), 「창백한 중년」(1977), 「꿈꾸는 자의 나성」(1982), 「몰매」(1990) 등이 있다. 장편『묵시의 바다』(1978), 「완장」(1983), 『백치의 달』(1985), 『옛날의 금잔디』(1993), 『빛 가운데로 걸어가면』(1997) 등도 여기에 속한다.

윤흥길의 체험에 입각한 소설은 강한 현실성을 지닌다. 그는 자신만의 독특한 해석과 언어로 현실의 아픔과 경험을 표현했다. 그의 소설에 내재해 있는 현실성은 그가 "가족과 이웃, 직장과 사회 속에서 살아오면서 자신이 직접 체험한 자신의 이야기와 타인들로부터 간접적으로 포획해 들인 이야기를 소설의 출발점으로 삼고"[2] 있기 때문이다. 여기서 말하는 '강한 현실성'이란 그가 직면하는 다양한 문제들에 대해 솔직한 태도로 일관하고, 시대적 갈등 상황에서 혼란을 겪는 서민들의 애환을 포장하거나 부풀리지 않고 있는 그대로 해석하고 대변하는 것을 의미한다. 따라서 "윤흥길의 체험은 개인사의 경계를 훌쩍 넘어서는 것이며, 윤흥길 자신은 어느덧 갈등하고 주춤거리는 소시민들의 대변자로서 서 있게"[3] 되는 것이다.

지금까지 윤흥길에 대한 연구는 그리 활발하게 진행되지는 못하였다. 그의 작품들이 중·고등학교 교과서에 실리며 관심이 높아지기는 했지만, 분단소설이나 성장소설 등 몇몇 작품에 국한하여 단편적으로 연구가 진행되어 왔다. 또한 일부 작품을 제외하고는 개별 작품에 대한

---

2) 홍정선, 해설 「깨어있는 자의 시선과 세계」, 『우리시대 우리작가 10-윤흥길 편』, 동아출판사, 1987, 398면.
3) 백로라, 「윤흥길의 작품세계」, 『숭실어문』 제13권, 1997, 167면.

구체적인 분석과 해석보다는 서평이나 단평 위주로 진행되어 개괄적인 비평의 범주에 머무는 실정이다. 이러한 이유로 윤흥길 문학에 대한 총체적인 접근이 이루어지지 못하여 작품의 다양한 의미를 드러내지 못하였다. 무엇보다도 윤흥길 소설의 연구가 중·단편에 치우쳐 있고 장편 전 작품을 아우르는 연구가 없다.[4] 특정 개별 작품에 대한 논의만 있을 뿐이다.

윤흥길은 『묵시의 바다』를 시작으로 20여 년간 12편의 장편소설을 발표하였다. 중·단편이 40여 편인 것에 비해 많은 비중을 차지한다. 또한 단편소설 중 연작소설[5]의 형식을 갖춘 장편 분량의 단행본도 출간하였다. 그것은 장편소설에 대한 그의 의욕으로 볼 수 있을 것이다. 그런데도 장편소설에 대한 연구는 활발하지 않다.

소설에는 우리의 삶이 담겨 있다. 장편소설에서는 소설의 육체라고 할 수 있는 현실의 구체성이 잘 드러난다.[6] 그런데 단편소설에서는 사회상, 생활상 같은 배경이 세밀하고 광범위하게 묘사되지 않는다.[7] 장편은 생활을 종적인 과정에서 제시한다고 하면 단편은 생활의 단면의 제시라고 볼 수 있다.[8] 이에 영미에서는 장편과 단편의 작가를 구별한

---

4) 이주석의 「윤흥길 장편소설 연구—개인과 집단의 갈등과 구원 양상을 중심으로」, 홍익대학교 대학원 석사 학위논문(2009)이 있을 뿐이다. 이 논문은 윤흥길 장편소설 중 『묵시의 바다』, 『백치의 달』, 『산에는 눈 들에는 비』만을 분석의 대상으로 삼았다.
5) 『아홉 켤레의 구두로 남은 사내』, 『소라단 가는길』, 『아버지는 나귀타고』(1985), 『말로만 중산층』(1989).
6) 채호석, 「1930년대 장편소설과 리얼리즘」, 민족문학사연구소 엮음, 『새 민족문학사 강좌 2』, 창비, 2009, 193면.
7) 이상섭, 『문학비평 용어사전』, 민음사, 2004, 61면.
8) 이상섭, 『문학의 이해』, 서문당, 1996, 155면.

다. 단편의 경우 제한적인 분량으로 사건을 다뤄야 하기 때문에 장편에
비해 작가의 솜씨가 훨씬 강하게 발휘된다는 인상을 준다. 윤흥길 소설
에 대한 평가도 그렇다.

단편이 윤흥길 문학의 핵심인 것은 분명하다. 그에 대한 평론집9)에
서도 그것을 알 수 있다. 편중된 연구이긴 하지만 그동안 많은 사람들
은 그의 단편에 대해 관심을 갖고 그 가치를 높게 평가했다. 상대적으
로 장편에 대해서는 그만한 가치를 두지 않았다. 정직한 작가 정신으로
당면한 현실성을 지닌 문학을 그렸다10)고 평가 받는 그가 단편에서만
그러한 것을 드러냈을 리는 없다. 그렇기 때문에 그동안 연구에서 제외
되었던 장편을 살피려고 한다. 장편에서 그려지는 인물들의 일상을 통
해 그가 드러내고자 하는 세계를 온전히 이해하기 위함이다.

윤흥길의 장편에서는 인간 내면세계의 복잡성이 잘 묘사되고 있다.
등장인물들의 삶에서 이중성이 드러난다. 그들은 세태나 권력에 비판
적 입장을 드러내기도 하지만 그 반대의 태도도 보인다. 권력에 의해
피해를 당하고 그것에 대해 반항도 하지만 그 권력에 묻어가고 싶어
하기도 하고 자신 역시 그 권력을 가져 보려고도 한다. 특히 『완장』에
서 보여주는 권력 세계에서의 주변인들의 태도는 인간 내면세계를 밀
도 있게 표현하고 있다. 여성 역시 이데올로기에 의해 여성이기에 피해
도 입지만 여성성을 교묘히 활용하는 면도 보인다. 민중들이 가지는 모
순적인 태도이다. 민중들은 역사나 세태의 피해자이면서 동시에 가해
자가 되기도 한다. 이렇듯 그의 장편은 민중들의 삶의 태도에서 복잡한

---

9) 김병익·김현, 『우리시대의 작가연구총서-윤흥길』, 은애, 1979.
10) 김치수, 「전반적 검토」, 『우리시대의 작가연구총서-윤흥길』, 은애, 1979, 9면.

인간의 내면세계를 잘 드러내고 있다.

그의 장편에서는 세계의 모순을 비판하기도 하지만 해결 방안도 제시하고 있다. 이것은 중·단편에서 보여주는 것에서 한발 더 나아간 작가 의식이라 할 수 있다. 주변인들은 가해자와 피해자로 구분지어 대립하기도 하고 권력과 물질에 욕망을 보이며 속물적인 태도를 보이기도 한다. 하지만 작가는 인간성 회복의 가능성을 제시하고 있다. 그것은 상대에 대한 연민과 공감이다.

장편소설에서 세태를 보여 줄 때 역사를 끌어들이는 것은 일반적인 특징이다. 윤흥길의 장편도 그렇다. 역사와 세태에 균형 있는 안배를 하고 있는 윤흥길이 권력과 이데올로기로 집약되는 세계의 폭력과 모순에 대면하는 주변인을 어떻게 그려내고 있는지에 대한 연구가 필요하다. 또한 이러한 것에 대한 해결 의지와 방안을 어떻게 제시하고 있는지도 알아보아야 한다.

소설의 특성을 규명하기 위해서는 이들이 드러내는 세계의 유형화가 필요한데, 주제 의식을 중심으로 한 유형화는 작가의 작품 세계를 이해할 수 있게 해 준다. 이에 윤흥길의 장편을 주제별로 유형화하여 그 특성을 살펴보고자 한다. 그동안 장편의 전 작품을 다룬 연구가 없어 그의 작품 세계에 대한 총체적인 접근이 이루어지지 않았다. 이 책은 윤흥길 장편소설에 대한 논의나 그의 문학 세계를 이해하는 데 도움이 되리라 생각한다.

2. 선행 연구 검토

1) 개관

윤흥길은 「회색 면류관의 계절」로 등단하였지만 그 후에 발표한 「장마」로 문단의 주목을 받기 시작하였다. 「장마」는 윤흥길 문학의 출발점으로 그의 문학의 본령이며 핵심이라 해도 지나치지 않으며, 그의 역사에 대한 의식과 묘사로서의 소설적 가능성을 보여주는 대표적인 작품이라고 극찬을 받기도 하였다.[11]

그가 활동을 시작하던 1970년대에는 그에 대한 평론집[12]이 나올 정도로 문단의 지대한 관심을 받았다. 이문구는 "1977년은 소설가 윤흥길의 해였다"고 평가하고 있으며,[13] 홍기삼은 "윤흥길의 인간과 사회를 바라보는 정직함과 용기 그리고 탁월한 성과와 재능은 70년대 후반에 가장 높이 평가되고 주목받아 마땅"하다고 하였다.[14] 그는 1980년대에는 "70년대 문학의 한 정점이었고, 동시에 80년대 문학의 새로운 지평을 연 선구자"라는 평을 받았으며,[15] 1990년대로 접어들어서는 "70년대 소설계를 대표하는 작가의 한 사람으로 화려하게 부상하였다"는 찬사를 받았다.[16]

---

11) 김치수, 「운명과 극복」, 『문학과 비평의 구조』, 문학과지성사, 1984, 162면.
12) 김병익·김현, 앞의 책.
13) 이문구, 「한 켤레 구두로 산 사내」, 『우리시대의 작가연구총서─윤흥길』, 은애, 1979, 169면.
14) 홍기삼, 「이데올로기의 민족적 해체」, 『우리시대의 작가연구총서─윤흥길』, 은애, 1979, 91-92면.
15) 성민엽, 「연작의 현재적 의미」, 『아홉 켤레의 구두로 남은 사내』, 문학과지성사, 1988, 309면.
16) 황종연, 「인간적 친화를 꿈꾸는 소설의 역정」, 『작가세계』, 1993, 여름, 28면.

하지만 윤흥길에 대한 논의는 1970년대 작품을 중심으로 작가나 작품을 개괄적으로 평가하는 수준에 그쳤고, 1990년대 후반에 이르러서야 연구 논문이 증가하는 추세를 보이고 있다. 이 경우에도 많은 연구들이 단편 위주로 전쟁의 비극과 산업화 속의 소시민의 삶에 초점을 맞추고 있다. 그러다 보니 이 주제에 부합하는 일부 작품만 반복적으로 거론되고, 여기에 해당되지 않는 작품들은 논의에서 제외되고 있는 실정이다. 2000년대 이후에는 윤흥길 작품의 기법적 특질과 구조를 분석하는 연구가 진행되고 있다.

이렇듯 동일한 작품을 동일한 시각으로 반복 평가한 연구들이 많다는 점은 기존 연구들이 지닌 문제점이다. 아울러 한국문학사에 남긴 윤흥길의 족적에 비해 그의 소설 전반에 대한 총체적인 연구가 이루어지지 못하고 있다는 점도 지적할 수 있다.

윤흥길 작품에 대한 연구를 다음과 같이 분류하기도 한다. 주제 면에서 민족의 한을 다룬 작품, 남북 분단의 비극 문제를 다룬 작품, 권력으로부터의 자유와 빈곤으로부터의 해방을 다룬 작품으로 나누는 견해이다.17) 또 문학적 제재 면에서 집단 사회와 개인의식 사이의 역학 관계를 다룬 작품, 시대 현실의 부정적 측면을 풍자적으로 드러내 보이는 작품, 자신의 유년의 기억들을 다분히 서정적인 분위기 가운데 회상하는 작품, 토속적 분위기를 빚어냄으로써 한국적 한을 다룬 작품 내용으로 분류하는 견해도 있다.18) 또한 6·25 동란을 체험한 어린이들의 성장 과정을 다룬 작품, 산업화 이후에 경험되는 삶의 여러 가지 양상을

17) 김병익, 「전반적 검토」, 『우리시대 작가연구총서―윤흥길』, 은애, 1979, 7-9면.
18) 천이두, 「비극의 근원적 탐색―윤흥길 작 「장마」」, 『문학과 시대』, 문학과지성사, 1982, 139-140면.

다룬 작품, 분단의 현실과 아픔을 다룬 작품으로 분류하기도 한다.[19]

이러한 분류 방식을 토대로 다음과 같이 선행 연구를 정리하되 장편
은 따로 떼어 그 성격을 알아보려고 한다.[20] 중·단편은 전쟁과 분단
의 체험, 산업화가 초래한 현실의 문제, 기법적 특질과 구조, 작가의 원
체험과 형식과의 상관성을 다룬 논의로 나누어 살필 것이다.

2) 중·단편에 대한 선행 연구

(1) 전쟁과 분단의 체험

윤흥길 작품에는 전쟁과 분단의 체험이 반복적으로 등장한다. 이에
전쟁과 분단 문제가 전개되는 양상에 주목하는 논의는 매우 활발하게
이루어지고 있다.[21] 이 논의에 가장 많이 등장하고 있는 작품은 "분단
문학의 새로운 이정표"[22]라 할 수 있는 「장마」이다.[23] 전쟁의 체험에

---

19) 김치수, 「윤흥길의 작품세계-윤흥길의 세 작품」, 『제3세대 한국문학』, 삼성출판
사, 1983, 423-424면.
20) 작가 의식이나 작품 세계에 대한 연구가 중·단편에 집중되어 있으며, 이에 반해
장편은 개별 작품에 한해 몇몇 특정 작품만이 논의되고 있는 실정이다. 장편 전
작품을 아우르는 논의는 아직 없다.
21) 고인환, 「윤흥길의 『소라단 가는길』에 나타난 탈식민성 연구」, 『현대소설연구』 제
31호, 2006, 267-86면.
백로라, 앞의 글, 165면.
오경숙, 「윤흥길의 분단소설연구-1970년대 중단편 소설을 중심으로」, 단국대학
교 교육대학원 석사 학위논문, 2010.
이금례, 「윤흥길 소설연구-분단소설을 중심으로」, 성균관대학교 대학원 석사 학
위논문, 2008.
임헌영, 『분단시대의 문학』, 태학사, 1992, 243면.
22) 최유찬, 「대립적 세계와 화해의 조건-윤흥길의 「장마」에 대하여」, 『모악어문학』
제2권, 1987, 66면.

서 유년 인물들의 변화를 보여주는 성장소설적 면모를 살핀 논의도 있고,[24] 상처를 극복하는 과정에서 드러나는 모성성과 주술성을 다룬 연구도 있다.[25]

백로라는 윤흥길이 다루는 전쟁 분단 문학은 차별성을 갖는다고 하였다. 이데올로기보다는 가족의 상실로 인한 개인의 정신적 상처의 측면에서 다뤘으며 다른 분단 소설들이 거의 외부적인 사건만 취급한 것에 비해 분단의 비극을 인간 내면세계에서의 비극성으로 승화시켰다고

23) 강진호, 「분단현실의 자기화와 주체적 극복 의지－1970년대 분단소설에 대해서」, 『1970년대 문학연구』, 소명출판사, 2000, 60-62면.
김윤식, 『우리 소설과의 만남』, 민음사, 1986, 145-147면.
김현, 「생활과 신비」, 『우리시대 작가연구총서－윤흥길』, 은애, 1979, 50-53면.
노진한, 「「장마」론－한국전쟁과 그 해결의 방법을 중심으로」, 『선청어문』 제23집, 1995, 496면.
박광현, 「윤흥길 소설 「장마」의 분석적 연구」, 순천향대학교 교육대학원 석사 학위논문, 2010.
배경렬, 「한국사상(문학) : 윤흥길의 「장마」에 나타난 샤머니즘의 의미 고찰」, 『한국사상과 문화』 제59집, 2011, 166-173면.
24) 김옥자, 「윤흥길 성장소설 연구－전쟁체험 성장소설을 중심으로」, 홍익대학교 교육대학원 석사 학위논문, 2009.
박정은, 「윤흥길 성장소설 연구－악의 체험과 죽음의 체험을 중심으로」, 홍익대학교 교육대학원 석사 학위논문, 2006.
양문규, 「분단 및 산업사회 현실에 대한 독특한 문제의식－윤흥길론」, 『현대문학의 연구』 제9권, 국회자료연구원, 1997, 138-143면.
이화진, 「윤흥길 성장소설의 세계와 의미」, 『반교어문연구』 31집, 2011, 248면.
25) 김병덕, 「불모의 현실과 여성적 화해의 세계 : 윤흥길론」, 『비평문학』 제39호, 2011, 35-39면.
김치수, 「운명과 극복－윤흥길」, 『문학과 비평의 구조』, 문학과 지성사, 1984, 163-167면.
배성환, 「윤흥길 소설에 나타난 인물 유형과 형상화 방법 연구－분단 소설을 중심으로」, 건국대학교 교육대학원 석사 학위논문, 2003.
이승철, 「윤흥길 분단소설 연구」, 대구대학교 교육대학원 석사 학위논문, 2008.
황영숙, 「윤흥길 소설의 여성 인물과 이미지 연구」, 『한국현대소설연구회』 제3호, 1995, 241-265면.

하였다.

　노진한은 『장마』를 한국 전쟁문학으로서 높이 평가하고 있다. 이는 평범한 한국 가족의 이야기에 한국전쟁의 비극과 화해의 과정을 샤머니즘이라는 정신적 토대로 응축시켜 놓았기 때문이라고 하였다. 반면, 김윤식은 이데올로기라는 근대적인 사상으로 생긴 갈등을 반근대적인 샤머니즘으로 해소하고 있다고 하며, 화해를 전제로 한 「장마」는 근대적 소설 형식의 미달 현상이거나 '서사시'에로의 후퇴 현상을 보인다고 하였다.

(2) 산업화가 초래한 현실의 문제

　산업사회 소시민들의 삶의 모습과 사회 현실의 문제를 극복하는 과정을 고찰한 연구이다.26) 이 연구들은 산업화 시대 소시민들이 겪어야 하는 삶의 문제와 피폐된 공장 노동자들과 농촌의 현실을 고발하고 있다.

---

26) 권영민, 『한국현대문학사 2』, 민음사, 2002, 294-296면.
　　박월선, 「윤흥길 소설연구」, 목포대학교 교육대학원 석사 학위논문, 2012.
　　양문규, 앞의 글, 143-148면.
　　오생근, 「정직한 삶의 불투명성」, 『우리시대 작가연구총서 - 윤흥길』, 은애, 1979, 34면.
　　오생근, 「개인과 사회의 역학」, 『우리시대 작가연구총서 - 윤흥길』, 은애, 1979, 112면.
　　이문구, 앞의 글, 170면.
　　이을선, 「윤흥길 소설연구 - 산업화시대의 소설을 중심으로」, 경원대학교 대학원 박사 학위논문, 2011.
　　이평전, 「윤흥길 소설에 나타난 자본주의 공간의 병리성 연구 : 1970년대 중·단편을 중심으로」, 『인문학연구』 통권37호, 2010, 134-136면.
　　정희정, 「윤흥길 소설 연구」, 고려대학교 교육대학원 석사 학위논문, 2004.
　　한정현, 「윤흥길 소설연구 - 1970·80년대 작품에 나타난 작가 의식을 중심으로」, 한국교원대학교 교육대학원 석사 학위논문, 2007.

이평전은 윤흥길의 작품에서 산업화에 따른 자본주의의 병리적 징후를 읽어 내는 작가 의식을 엿볼 수 있다고 하였다. 작가는 사회문제들을 사실적으로 재현하고 있으며 특히 주변인이 '집'의 취득과 상실이라는 과정을 통해 자본주의 사회의 주변부로 밀려나는 과정을 밀도 있게 재현하고 있다고 하였다.

(3) 기법과 구조

윤흥길 소설의 기법적 특질과 구조를 분석한 연구는 2000년대 이후 진행되었다.[27] 기법으로는 시점, 화자, 풍자와 해학, 아이러니 등이 분석되었고, 서사 구조의 변화를 위해 비, 공간(집) 등의 소재가 연구되었다. 또 작품에 등장하는 사투리에 대해 언급한 논의도 있다.[28]

김선인은 소설의 완성도를 높일 수 있도록 기법적 측면으로 기본 서사에 내화적인 삽화를 삽입하고 있다고 하였다. 우리나라의 전설, 전래

---

27) 김선인, 「윤흥길의 1970년대 분단소설 연구」, 한국교원대학교 교육대학원 석사 학위논문, 2007.
　　김소희, 「윤흥길의 분단소설 연구-서사적 특성과 주제구현 양상을 중심으로」, 성신여자대학교 교육대학원 석사 학위논문, 2005.
　　배미옥, 「윤흥길 소설의 서사구조 연구-중편소설 「장마」를 중심으로」, 단국대학교 교육대학원 석사 학위논문, 2005.
　　양한진, 「윤흥길 소설의 공간의식 연구」, 한남대학교 대학원 석사 학위논문, 2009.
　　위성웅, 「윤흥길 소설 장마의 서사구조 연구」, 서울산업대학교 대학원 석사 학위논문, 2009.
　　이보람, 「윤흥길의 분단소설 연구-인물의 유형을 중심으로」, 중앙대학교 교육대학원 석사 학위논문, 2013.
　　이희숙, 「윤흥길 소설에 나타난 폭력 양상 연구」, 강원대학교 대학원 석사 학위논문, 2014.
28) 장미영, 「살아있는 고향말, 익산 방언의 기록-윤흥길 연작소설 「소라단 가는 길」」, 『열린전북』 168호, 2013, 54-57면.

동화, 성경 이야기, 외국의 이야기 등을 기본 이야기 속에 삽입하여 작품의 분위기나 등장인물의 심리상태를 효과적으로 표현하고 있다고 평하였다.

위성웅은 윤흥길 소설에서 빈번히 등장하는 '비'가 서사에 미치는 영향을 연구하였다. 비가 시작되고 정점에 이르렀다가 소강상태를 거쳐 다시 정점에 이르는 변화에 맞추어 서사가 진행되며, 비의 양과 질에 따라 서사의 강약에 크게 영향을 미친다고 하였다.

(4) 작가의 원체험과 형식과의 상관성

윤흥길 소설에서 작가의 원체험이 소설의 인물 창조와 상관성이 있음을 밝힌 논의이다.[29] 연구자들은 작가의 원체험을 가난과 전쟁으로 설명하며, 이런 체험은 분단과 산업화 시대라는 역사·사회적인 상황을 대변하는 인물 창조로 이어진다고 하였다. 이것은 문학적으로 형상화하는 데 탁월한 능력을 발휘한 것이라고 평하였다.

3) 장편에 대한 선행 연구

장편에 대한 선행 연구는 그리 많지 않다. 그것도 몇몇 작품에 편중되어 논의가 되고 있는 실정이다. 세태를 보여주는 『완장』, 분단소설 논의의 연장에서 『낫』, 모성성과 관련하여 『에미』가 거론되고 있다. 『순

---

29) 김명심, 「1970년대 윤흥길 소설의 인물 연구—작가의 원체험과 인물창조의 상관성을 중심으로」, 전남대학교 대학원 석사 학위논문, 2009.
박자영, 「윤흥길의 분단소설 연구」, 단국대학교 교육대학원 석사 학위논문, 2010.

은의 넋』, 『밟아도 아리랑』(1988), 『옛날의 금잔디』에 대한 논의는 찾아
볼 수 없다.

윤흥길 장편에 대한 선행 연구자들은, 작가가 사회의 다양한 주변인
을 등장시켜 세태를 보여주는 탁월한 능력이 있다고 평하였다. 그 세태
는 권력, 물질, 종교 그리고 역사와의 갈등으로 그려지고 있다고 하였
다. 작가는 세태의 솔직한 비판을 위해 다양한 소재를 쓰는 것은 물론
민중적인 언어로 풍자하고 있다고 밝혀냈다. 그리고 세계에 대면하는
주변인들의 모순적 태도의 해결 방안도 찾아내고 있다고 하였다.

다음은 윤흥길 장편소설의 개별 작품에 대한 논의이다.

(1) 『묵시의 바다』

이 소설은 윤흥길의 첫 장편으로 '돌개 마을'이라는 제한된 공간에
서 벌어지는 개인과 집단과의 갈등을 그린 이야기이다. 이 작품에 대한
논의는 다음과 같다.[30]

이주석은 이 작품이 당시의 독재 권력의 전체주의적 성격에 대한 간
접적 비판을 담은 것으로 보았고, 박종훈은 윤흥길 소설의 갈등은 대부
분이 사회적 구조 때문이며 이 갈등의 해결책으로 개인의 현실 참여
의지를 제시한다고 하였다. 또 양문규는 일종의 집단적 주민동원 체제

---

30) 구모룡, 「권력의 생태학」, 『작가세계』, 1993, 여름, 102-108면.
　　박종훈, 「윤흥길 소설 갈등 연구―「아홉 켤레의 구두로 남은 사내」, 「장마」, 「묵
　　시의 바다」를 중심으로」, 원광대학교 대학원 석사 학위논문, 2013.
　　양문규, 앞의 글, 152면.
　　이희숙, 앞의 논문.
　　이주석, 앞의 논문.
　　한정현, 앞의 논문.

를 주도했던 당대 정권의 권위주의적 힘에 의해 훼손되고 억압되는 개인적 삶의 진실을 상징적으로 보여준다고 하였으며, 이희숙은 참담한 상황에 놓인 군중들이 '힘'에 귀속되는 과정을 그리고 있는데 이는 '폭력'에 순응하며 자신의 안위를 꾀하고자 하는 인간의 무의식 일면을 드러낸 결과라고 하였다.

구모룡과 한정현 역시 작품에서 드러내는 권력에 대해 논하였다. 구모룡은 권력의 속성에 대해 풍자적인 비판을 시도했으며, 작가가 권력 관계의 구속으로부터 놓여나는 진정한 삶은 사랑을 통해 이룩할 수 있다고 역설한 점을 긍정적으로 평가하였다. 반면 한정현은 일상적 삶 속의 권력관계와 권력 자체가 지닌 생태적 측면은 잘 표현되었으나 권력 관계의 허위성에서 벗어나기 위한 해결책으로서 인간적 화해만을 제시한 것은 작가 의식이 다소 관념적이기 때문이라고 지적하였다.

(2) 『에미』

격동의 현대사를 살아온 '에미'의 일생을 통해 우리 민족의 전형적인 어머니상을 보여주는 작품이다. 다음은 이 소설을 분석한 논의이다.31)

---

31) 경현주, 「윤흥길의 『에미』 분석―라깡의 주체이론을 중심으로」, 『연구논총』 27호, 1994, 49-68면.
김선인, 앞의 논문.
서은선, 「윤흥길 소설 『에미』의 모성신화 형성연구」, 『한국문학논총』 제43집, 2006, 344면.
양정애, 「윤흥길 소설의 공간 연구」, 경희대학교 대학원 석사 학위논문, 2005.
임혜경, 「윤흥길의 장편소설 『에미』에 나타난 삼각구도(미륵산―집―용당제) 연구」, 『논문집』 제34권, 1994, 223-224면.

김선인과 서은선은 모성성에 대해 분석하였다. 먼저 김선인은 '모성 탐구의 완성본'으로 그 정점을 이룬다고 하였다. 작가는 파행적인 시대 상황에서 모든 갈등을 무화시킬 수 있는 가능성을 여성의 모성애에서 발견하고, 갈등의 해결방법으로 모성을 제시하고 있다고 하였다. 또 서은선은 헌신적인 모성을 강조한 것이 전통적인 어머니 소설 같지만 가장 부재하의 모성을 보호해야 한다는 주제가 결과적으로 모성신화를 형성하고, 당시의 가부장 이데올로기를 거부하는 측면이 있게 되었다는 점에서 관심을 가질 만하다고 하였다.

공간 구도를 분석한 연구도 있다. 임혜경은 이 작품의 무대가 되고 있는 미륵산, 집, 용당제는 어머니의 이미지를 형상화하는데 중요한 역할과 기본 구도를 이루고 있다고 하였다. '하늘'(미륵)과 연결된 미륵산은 수직의 축을, 집과 용당제는 수평의 축을 이루는데, 이 세 공간은 어머니라는 하나의 산, 큰 삼각형 구도를 만들고 있다고 분석하였다. 또 양정애는 '물'은 공간을 정화하고 재생하며, '산'은 지상에서 천상으로 향해 나아가는 성스러운 공간이라고 분석하였다. 그리고 '큰방'은 성역으로 분리되어진 공간으로 해석하였다.

경현주는 『에미』에 나타난 주인공을 중심으로 라깡의 주체 이론을 통해 외디푸스 콤플렉스에서 벗어나 비로소 사회적 인간이 되는 화자의 정신적 여정을 분석했다. 어머니의 죽음에 직면한 화자는 회상이라는 정신적인 여정을 통해, 라깡식의 설명에 비추어 보아 상상적 단계에서 벗어나 상징적 단계에 도달함으로써 마침내 주체를 회복하게 된다고 하였다.

(3) 『완장』

권력을 상징하는 '완장'을 소재로 해학적 인물을 등장시켜 우리 사회를 그리고 있는 작품이다. 작품 세계나 권력의 세계를 다룬 논의들이 있다.[32]

김교선은 작품 세계를 분석하였다. 이 작품은 풍부한 이미지를 발산하게 하는 분위기 조성에 의하여 형성된 것으로, 그 분위기의 특징은 대체로 음습하고 기괴한 것이지만 환상적이기도 하고 유머러스하기도 하여 그 저변에서는 서정성을 느끼게 한다고 하였다.

이을선은 권력은 '자신의 자격지심을 덮으려는 것'이라는 약자의식에서 출발하고 발현된다고 하였다. 당대 현실을 살아가는 사람들은 부당한 대우와 폭력으로부터 받은 피해와 심리적 결과로 하잘 것 없는 권력의 수단에도 쉽게 집착하고 있다고 강조하였다. 또 권력은 비록 그것이 하잘 것 없는 것이라 할지라고 무의식적으로 자신의 위력을 과시하도록 만든다고 분석하였다.

한정현은 이 작품의 묘미는 우리 사회의 권력 구조를 '완장' 자체에 집착하는 희극적 인물로 희화화하여 보여준 데 있다고 하였다. 풍자와 아이러니 기법으로 심각한 주제를 전달하는 형식미와 권력 구조가 한국적 비극의 원인임을 암시한 주체의 심도가 결합됨으로써 완성도를 높이고 있다고 평하였다.

---

32) 김교선, 「윤흥길 작품 세계」, 『현대문학』 1982, 4.
   이을선, 앞의 논문.
   장소진, 「권력의 원시적 지향과 모성적 사랑」, 『시학과 언어학』 제24호, 2013, 163-186면.
   한정현, 앞의 논문.

장소진은 작가는 권력에 대한 원시적 욕망에 휩싸여 스스로를 파멸의 위기로까지 몰아가는 인물에게 그것으로부터 벗어날 것을 촉구하는 구원의 길을 마련하는데, 그것은 사랑과 모성이라는 포용성이라고 하였다.

(4)『빛 가운데로 걸어가면』

『완장』의 후일담으로 기독교의 잘못된 형태의 하나인 종말론의 폐해를 인간적이고 친근한 인물을 통해 풍자와 해학으로 그리고 있는 작품이다. 이 작품에 대한 논의는 다음과 같다.[33]

김주연은, 기독교적 상상력과 소재가 본격화된 작품으로 등장인물의 삶을 통해 기독교가 우리 사회 현실의 밑바닥을 어떻게 변화시키고 왜곡시키는지를 실감나게 그려내고 있다고 하였다. 작가에게 중요한 관심으로 다가온 것은 기독교 진리, 혹은 교리에 대한 깊은 천착이라기보다 교회 혹은 교인들의 실제 생활에 수용된 교회/교인들의 모습이라고 분석하였다.

김학균은 윤흥길은 어리석은 인물을 내세워 시한부 종말론에 빠져 있는 것처럼 보이게 하지만, 실제로는 시한부 종말론을 이끄는 지도자들의 행동과 돈에 대한 집착을 풍자하고 있다고 하였다.

윤흥길의 고향인 전라도 사투리에 대한 논의도 있다.[34]

이태영은 작가는 자신만의 문체로 등장인물의 성격을 창조해내고 소

---

33) 김주연, 「샤머니즘에서 기독교로─윤흥길의 소설」, 『본질과 현상』 제28호, 2012, 246-261면.
　　김학균, 「『빛 가운데로 걸어가면』에 나타난 '시한부 종말론' 고찰」, 『인문학연구』 제22호, 2012, 31-53면.
34) 이태영, 「윤흥길의 『빛 가운데로 걸어가면』에 나타난 언어 문체의 변화와 그 효용성」, 『국어문학』 제47집, 2009, 63-82면.

설의 분위기를 만들어간다고 하였다. 이에 이 작품의 지문에 나타나는 언어적 특징인 표준어를 벗어나 고향에서 자유롭게 쓰던 일상어에 집중했다. 이것은 등장인물에게 자유로운 기회를 부여하고 작가인 자신도 자유롭게 마음껏 표현하고자 노력한 것으로 해석된다고 분석하였다.

(5) 『낫』

자식들이 겪는 현재의 갈등은 아버지의 과거 행위 때문으로 그 갈등의 해소 과정이 그려져 있다. 다음은 이 작품에 대한 논의이다.[35]

화해의 측면을 살핀 논의에서 조구호는 작가가 제시하는 화해의 방안을 두 가지로 분석하였다. 하나는 갈등의 원인에 직접적으로 관계되어 있지 않다고 하더라도 그것이 나와 관련되어 있다면 외면하지 말고 내 문제로 받아들여야 한다는 주체적인 현실 수용과, 다른 하나는 각자가 당한 고통만을 내세우며 원한을 앙갚음하거나 보상받으려고 하기보다는 상대방의 상처도 이해하고 고통을 함께 나누자는 논리라고 분석하였다. 이금례 역시 화해가 증오와 살육, 보복의 역사로 점철된 한국 현대사의 비극을 치유할 수 있는 토대라는 사실을 작가는 제기하고 있다고 하였다. 또 양정애는 작가는 '화합의 공간'으로 '고향'을 주목하고 아버지와의 동일시로 궁극적인 공동체의 화해와 통합이 이루어지게 하

---

35) 김개영, 「한국 현대소설에 나타난 무속적 구원의 양상 연구─김동리『무녀도』, 이청
    준『이어도』, 윤흥길『낫』을 중심으로」, 고려대학교 대학원 석사 학위논문, 2007.
    김종욱, 「이미지로 씌어진 두 편의 소설」, 『문학동네』, 1995, 겨울, 312-316면.
    이금례, 앞의 논문.
    양정애, 앞의 논문.
    조구호, 「분단 극복을 위한 모색─윤흥길의 『낫』을 중심으로」, 『어문논총』 45호,
    2006, 543-566면.

고 있다고 하였다.

김종욱은, 작가는 이념 혹은 이데올로기가 인간애에 바탕을 두지 않았을 때 빚어지는 비극적 참상을 묘사하고 있다고 하였다. 이와 함께 보복과 적개의 악순환 역시 인간에 대한 신뢰로 극복되어야 함을 역설하고 있다고 평하였다. 하지만 분단 문제에 대한 진전된 역사인식을 기대하는 독자들의 욕구를 충족시키지는 못한다고 하였다.

김개영은 이 작품은 직접적으로 무속적 제재를 취하고 있지는 않지만 공간과 갈등 상황의 해소에서 무속성의 일단을 발견할 수 있다고 하였다. 즉 작품의 배경인 '산서'를 30년이라는 세월이 지났어도 한국전쟁으로 인한 비극성이 사라지지 않은 곳이라는 점에서 현재성이 유예된 공간이라고 분석하였다.

(6)『백치의 달』,『산에는 눈 들에는 비』

『백치의 달』은 풍요로운 물질에 욕망을 둔 등장인물의 속고 속이는 과정을 다룬 이야기이고,『산에는 눈 들에는 비』는『낫』과 비슷한 서사 구조로 고향에 돌아온 아들이 아버지의 과거로 인해 집단과 겪게 되는 갈등과 그 해결 과정을 그린 이야기이다. 이 작품들은 이주석의 논문에서만 언급되어 있다.[36]

이주석은『백치의 달』은 현대사회의 물신성과 비인간성을 사기꾼으로 알려졌으나 순수성을 간직한 인물을 통해서 비판적으로 그리고 있다고 하였다. 풍자와 해학이 적절히 배합된 작품으로 현대사회의 비인간적 면모를 잘 드러내고 있다고 하였다.『산에는 눈 들에는 비』는 과

---

36) 이주석, 앞의 논문.

거의 원한에 기인한 현재적 갈등을 다루었는데 그 구원의 방식으로 자기희생을 들었다고 하였다. 여기서의 자기희생은 죄로부터 한 인간의 구원이라는 측면에서 기독교적 종교성의 발로라고 하였다. 이 종교성은 간접적인 방법으로, 표면적으로는 거의 나타나지 않고 깊숙이 내재한 형식을 취한다는 점에서 종교성이 소설의 양식을 약화시키는 단점을 극복한 것이라고 평하였다.

이상으로 윤흥길 소설에 대한 기존 논의를 살펴보았다.

연구자들에 의하면 윤흥길은 사회를 바라보는 눈이 탁월하다고 하였다. 비판적인 시각으로 예리하게 판단하고 있으며 독특한 문체로 그것을 더욱 돋보이게 한다며 그 가치를 높게 평가하고 있다. 또 소시민을 등장시켜 독자에게 거리감을 주지 않고 그들의 삶에 깊게 공감할 수 있게 한다고 하였다. 그런데 몇 가지 한계점도 있다.

첫째, 윤흥길의 중·단편은 장편에 비해 활발하게 연구가 진행 중이다. 그런데 작품 중 하나의 주제만을 연구 대상으로 선정하여 분석을 시도한 경우가 대부분이다. 특정 시대나 특정 주제로 작품을 재단하여 도식화함으로써 주제 의식의 변모 양상이 잘되지 못하고 있다. 이에 윤흥길 장편의 전체 작품을 연구하여 작가의 작품 세계를 알아보는 연구가 필요하다.

둘째, 작품을 개인적 체험의 산물로 전제하는 연구가 많다. 작가는 자신의 경험과 자신이 살아가는 사회를 독특한 시각으로 바라보고 이를 바탕으로 새로운 세계를 만들어 낸다. 따라서 문학이 보여주는 세상은 작가가 체험한 현실 그 자체가 아니며, 작가의 경험을 반영하여 새롭게 형상화한 세계인 것이다. 작가의 원체험과 작품과의 상관성을 중심으로 작품 세계를 규명하려는 시도는, 작가와 작품의 관계를 지나치게 강조하게 된다. 그러면 작가가 작품을 통해 완성하고자 하는 새로운 세계에 대한 깊이 있는 분석에까지 나아가는 것을 방해한다.

셋째, 분단의 아픔을 모성성이나 한국의 토속적 정서로 극복하고 화해하고 있다고 분석하고 있다. 이에 그의 소설 세계를 샤머니즘 중심으로 설명하려는 움직임도 있다. 모성성을 주술성의 측면으로 파악하려는 것이다. 그러나 윤흥길 소설의 여성 인물은 그 성격과 역할이 다양하다는 점에서 다각적인 분석이 필요하다. 장편의 경우 평강공주형, 속물형, 희생형 등의 이미지로 그 유형을 나눠볼 수 있다.

넷째, 기법이나 형식 연구에서 풍자와 해학 등 넓은 범위의 비판 의식에 치우쳐 있다는 점이다. 소설의 기법 연구가 비판 의식을 형상화한 방식에만 집중될 경우 소설의 주제 의식 연구의 범위를 벗어날 수 없다는 한계를 지닐 수 있다. 또한 소설의 형식이 가진 미학적 특성이 사회 비판 의식을 드러내기 위한 골계미와 풍자미, 해학미 등에 제한되어 윤흥길 작품이 갖는 형식적 미학성을 온전하게 드러내기 어려울 수 있다. 그의 장편에서는 문장과 어구의 반복과 변주로 말놀이 자체가 가지는 심미적·치유적 효과가 있다. 또한 특정 지역에서 유통되던 민요와 민담, 비어와 속어, 유행담 등을 적극 활용하여 소설 작품 자체가 하나의 박물관과 같이 문화를 전승하는 매개체로서 기능할 수 있다는 사실도 보여주고 있다.

3. 연구 방법

윤흥길은 『묵시의 바다』를 시작으로 12편의 장편소설을 발표하였는데, 이 글에서는 10편을 연구 대상으로 삼았다. 『에미』, 『순은의 넋』, 『낫』, 『산에는 눈 들에는 비』, 『밟아도 아리랑』, 『완장』, 『묵시의 바다』, 『백치의 달』, 『빛 가운데로 걸어가면』, 『옛날의 금잔디』이다. 연재로만 끝난 『청산아 네 알거든』(1983, 한국일보)과 연재 이후 『산에는 눈 들에는 비』로 개작한 『언덕 위의 백합』(1985)은 제외하였다.

그의 작품 세계는 크게 두 계열로 집약된다. 하나는 전쟁과 분단의 아픔을 그린 작품들이고, 다른 하나는 산업화가 초래한 현실 사회의 모순을 비판하며 소외 계층의 문제를 다룬 것들이다. 전쟁을 직·간접적으로 겪은 이들의 아픔은 모성이나 과거와의 화해로 치유하고자 하고, 산업화가 초래한 현실 사회의 권력과 세태를 비판한다.

이에 이 책에서는 윤흥길 장편소설에서 드러나는 세계를 모성 탐구, 과거 탐구 및 화해, 권력 비판, 세태 비판 등으로 유형화하여 각각에 해당하는 개별 작품들에 대한 분석을 바탕으로 이러한 유형들의 특성을 살펴보고자 한다.

첫째, 윤흥길 장편소설의 대표적 주제인 모성의 세계를 『에미』와 『순은의 넋』을 대상으로 분석하려고 한다. 먼저 모성성의 원형과 변형이 어떻게 그려지며 모성이 가문 이데올로기나 가부장제 유지를 위해 어떻게 이용되고 있으며 모성의 확장 가능성과 사회적 역할로서의 모성이 어떻게 나타나는지를 알아볼 것이다.

1절에서는 윤흥길 소설에 나타나는 모성의 유형을 살펴보려 한다.

그의 소설에 나타난 모성의 이미지는 원형적 이미지로 계승되기도 하지만 변형되거나 낯선 방식으로도 보여주고 있어 모성에 대한 새로운 접근을 가능하게 한다.

모성의 기원은 여성이 신체적으로 갖추고 있는 조건 즉 임신, 출산, 양육에서 비롯된다. 이러한 원형적인 모성은 역사적으로 축척되어온 이미지로 드러난다. 많은 문학작품에서 모성의 이미지는 원형적 이미지에서 크게 벗어나지 않는다. 윤흥길의 장편에서는 자연물의 이미지로 전달된다. 그런데 원형적인 이미지의 모성이 변형되어 나타나기도 한다.

바다(물)와 산(대지)은 원형적 속성을 바탕으로 하는 모성의 이미지를 가진 자연물이다. 바다가 가지는 생성과 소멸은 자궁이 가지는 이미지를 연상케 한다. 갯가에서 살고 있는 생명체들에게 그곳은 삶의 터전이자 짓이겨지기도 하는 고난의 환경이다. 모성도 그렇다. 모성을 지켜내기 위해 삶의 터전에서의 어려움을 견뎌낸다. 산 역시 식물(꽃)과 동물들이 번식과 생식할 수 있도록 하는 모성 이미지를 가지고 있다. 또한 바위나 겨울나무 등이 보이는 정적이고 무성적인 이미지는 모성의 인내로 읽을 수 있다. 그런데 자연을 떠난 도시 공간에서의 모성 이미지는 변형되어 나타난다. 원형적 모성이 인간 사회의 인위적 재편에 따라 훼손되거나 변형되어 드러난다. 임신과 출산 즉 생물학적 모성의 이미지에서 보살핌만으로 그 이미지를 드러내기도 하고 모성의 주체가 성차에 관계없이 나타나기도 한다. 또 여건에 따라 모성을 포기하는 현실도 그려진다.

2절에서는 가문 이데올로기를 중심으로 모성을 분석해 본다. 모성이 생물학적인 의미를 넘어 가문 이데올로기를 비롯한 사회 권력의 요소와 어떻게 연관을 맺는지 알아보려는 것이다. 모성이 개인의 영역이 아닌 사회의 영역에서 다루어질 때 인물들의 대응 양상을 살펴볼 수 있다.

모성 담론에 의하면 모성은 가문 이데올로기나 가부장제 유지를 위한 수단으로 이용되기도 한다. 윤흥길 장편에서는 모성이 형성되고 부정되는 일련의 과정에는 모두 가문 이데올로기 혹은 가족 이데올로기라고 할 수 있는 공동체의 압력이 작용한다. 결혼과 가족이라는 제도의 테두리 안에서 이루어진 임신과 출산은 축복과 보호를 받을 수 있는 반면 그렇지 못한 경우는 홀대당한다. 후자의 경우에 공동체에서의 축출과 차별을 감수하고 자식을 낳아 기르는 모성도 있지만, 규범적으로 인정받지 못하는 자식을 버리고 공동체의 질서 안으로 들어가는 모성도 있다. 어떠한 환경 속에서도 자식을 길러내는 모성의 형태이든 제도 밖에서 태어난 아이들을 거래함으로써 유지되는 모성이든 개인과 그들이 속한 공동체의 질서를 유지시키는 데 기여한다.

3절에서는 모성의 확장 가능성에 대해 고찰해 보고 사회적 모성의 의미와 역할을 탐구해 본다.

지금까지 이 사회가 당연하게 여기도록 학습해온 모성 이미지에는 사회공동체가 원하는 여성상과 어머니상이 들어 있다. 태생적이고 자연적인 것으로 이미지화된 모성이다. 그러나 생물학적 모성의 의미를 사회적으로 확장하면 모성의 주체가 가지는 남성/여성으로서의 성차에 관계없이 보살핌의 정서로 나타난다. 사회적으로 확장된 모성이다. 이것은 현실의 문제를 해결하는 가능성으로서 기능할 수도 있다. 여기서 사회적 모성이란 생물학적 모성이 아니다. 권력의 재생산을 위한 모성을 넘어 소외 계층에 대한 관심과 보살핌의 영역을 설명하기 위한 개념이다. 여기에서 나타나는 모성은 성별에 관계없이 모성으로 상징되는 보살핌과 책임감의 기능이 사회적으로 확장되어 나갈 수 있는 긍정적 가치를 탐구해 볼 수 있게 해 준다.

둘째, 『낫』과 『산에는 눈 들에는 비』를 통해 과거의 탐구 과정을 고찰하려고 한다. 이 작품들은 귀향이라는 모티프가 공통적으로 담겨 있다. 등장인물들이 돌아가는 곳은 아버지의 고향이지만 본질적으로는 아버지의 과거, 그 아버지가 속해 있던 세계이다. 이들이 마주하는 과거 즉 역사적 상황이 인물들의 현실 인식에 어떠한 방식으로 영향을 미치고 있는지를 살필 것이다.

1절에서는 과거가 현재에 특별한 영향을 미치는 인물들의 삶을 고찰함으로써 이들이 과거와 어떻게 만나게 되는지를 살펴볼 것이다. 먼저, 소설에 나타나는 시대적 배경에 주목하려고 한다. 일제강점기는 기존의 이데올로기가 가진 문제점들이 드러나기 시작하면서 새로운 이데올로기가 유입되던 때이다. 이 혼란기에 이데올로기들은 자신의 세력을 넓히기 위해 다른 이데올로기들과 충돌하기도 하고 또 서로에게 이익이 된다면 융합하여 더 큰 세력을 만들어 내기도 하였다. 여기서는 거대 이데올로기의 충돌과 병합이라는 서사의 배경을 참고하여 그 안에서 일어나는 개인들의 삶을 조망하려고 한다.

한국전쟁은 이데올로기 전쟁이라는 가시적 상황이 극명하게 드러나는 사건이다. 극한의 폭력 상황 가운데 권력을 가진 집단과 그렇지 못한 집단의 피해 양상은 확연히 구분된다. 주변부의 인물들은 일제강점기나 한국전쟁 상황이 지나간 뒤에도 여전히 그 피해를 떠안고 살아간다. 실질적으로 전쟁 상황에서 가장 큰 폭력에 노출되었던 인물들이 오히려 가해자로 내세워지기도 한다.

가해자로 지목된 인물들의 과거의 악행이 개인 차원의 악행인가 아니면 사회적 사건 속에 휘말린 세대 혹은 계급 간의 갈등인가 살펴보고자 한다. 또한 피해를 당했다고 여기는 사람들의 기억 속에 존재하는 악인이 살아 있을 때와 그렇지 않을 때 가해자 자식들의 태도도 알아볼 것이다. 자식이 아버지의 과거를 이해하고 피해를 당한 사람들에게 용서를 비는 행위로 역사를 일단락 짓고 앞으로 나아갈 수 있기도 하지만, 가해자가 살아있을 때는 다르다. 당사자의 참회가 없을 때 자식이 희생양이 되기도 한다.

자식들은 아버지 고향으로 귀환하면서 아버지의 과거와 만나게 되고, 그 과거를 거부하지만 결국엔 인정하게 된다. 그러면서 아버지의 역사를 받아들이는 것이다.

2절에서는 인물들이 과거와 화해하는 방식에 사용되는 공감의 정서에 주목하여 사건의 해결 과정을 살펴본다. 역사적 사건 등의 거대 서사에 비해 사소한 것으로 간주되던 동정심과 연민 등의 정서가 전체 서사에 어떻게 영향을 미치는지를 분석할 것이다.

피해 집단은 가해 집단에 대해 사과를 요구하고 가해 집단 역시 능동적으로 가해를 인정하고 화해를 요청한다. 이것은 과거와의 화해를 위해 필요하다. 피해자의 정체성을 가지되 가해자에 대한 공감과 연민의 감정이 일어나 과거를 이해하게 된다. 가해자 역시 과거에 대한 책임을 국가와 역사라는 추상적 대상에만 전가시키지 않고 그것을 자신의 고통과 의무로 짊어지며 속죄한다. 가해자와 피해자라는 이분법적 구도에만 머무를 때 이들은 방어적이고 공격적이 될 수밖에 없다. 가해자와 피해자는 대립적 이분 구도를 넘어 화해의 가능성을 열어 나가고 있다. 가장 큰 피해를 당했던 집단의 인물이 가해자의 자손을 받아들이고 더 나아가 적극적으로 돕는 장면은 함께 살아가야 할 공동체의 상처 극복 방법을 보여주는 것이다.

셋째, 권력의 세계를 다룬 『완장』과 『묵시의 바다』를 대상으로 권력의 작동 방식을 추적해 보고자 한다. 권력은 자신을 유지하고 확장시키기 위해 감시와 회유, 처벌도 감행한다. 그 결과 감시 대상자들은 타자화되거나 폭력을 당한다. 이때 타자화된 대상자들은 권력에 도전한다. 그 과정을 분석할 것이다.

1절에서는 권력이 사용하는 감시 전략에 대해 살펴보고자 한다. 권력의 직접 감시와 감시 대상 간의 상호감시체계가 교차적으로 활용되는 양상도 살필 것이다. 또 감시원으로의 호명에 적용되는 이데올로기에 대해서도 알아본다.

분석 대상 소설에서는 성공적인 권력 유지 수단으로 위계질서적인 감시를 활용한다. 감시는 친밀한 사람들과의 분열뿐 아니라 감시원의 내부 분열도 가져온다. 또한 상호 감시체계로 감시의 대상이 되는 집단의 분열을 조장하기도 한다. 이때 분열이 생기게 되는 이유를 분석하고자 한다. 감시원은 자신을 공동체에 유익한 인간으로 호명 받아 감시를 하게 된다. 이데올로기의 주체가 되어 권력에 종속되어 사회 구성원으로서 살게 되는 것이다. 그런데 감시원은 자신의 정체성에 회의를 느낀다. 자신이 권력의 수단으로 이용된 것을 알았거나 그 이전의 삶에서 감시 대상자들과 나름의 추억을 떠올릴 때 그들에게서 자신이 바라는 삶의 정체성을 깨닫기 때문이다.

2절에서는 주변화 전략이 어떻게 이루어지고 있으며 이러한 전략을 활용하면서 권력은 어떻게 자신의 폭력을 정당화해 나가는지에 대해 살필 것이다. 이때 내세우는 이데올로기는 무엇인지도 알아본다.

권력은 감시뿐 아니라 회유와 처벌도 수행한다. 모든 주변인들이 권력에 포섭되는 것은 아니다. 그 권력에 도전하거나 방해가 되는 인물도 있다. 이때 권력은 그들을 회유한다. 그것에 활용되는 것은 물질적 안정이나 사회적 지위의 상승이다. 회유로 해결되지 않는 대상은 배제되어 타자화되기도 한다. 이 과정에서 폭력이 등장한다.

이 소설들에서는 권력을 유지하는 데 방해가 되는 인물은 대부분이 주변인들이다. 권력은 이들에게 안정된 직업으로 회유한다. 이것을 받아들이면 경제적 안정과 함께 사회적 지위까지도 높일 수 있고 무엇보다도 공동체 안으로의 편입도 할 수 있게 된다. 이런 제안을 받은 주변인들의 반응을 살펴보려고 한다. 회유를 거부한 주변인들의 불안한 심리는 무의식적으로 표출된다. 식물의 열매나 힘이 약한 생명체를 짓이기기도 하고 자신의 손가락에 피가 나도록 아무 곳에나 비벼대기도 한다. 이때 권력자들은 회유되지 않는 주변화된 인물들에게 공동체의 이익을 앞세워 폭력을 행사한다. 그 결과 자식이 보는 데서 구타를 하고, 공동체로부터 고립시키거나 고향을 떠나가게도 하고, 죽음에까지 이르게도 한다.

정당성의 허울을 쓴 폭력에는 이데올로기가 등장한다. 그것은 공동체의 안정이 개인의 안전과 이익을 보장한다는 논리이다. 주변화된 인물의 제거는 개인과 공동체의 안정과 이익이 된다는 것이다. 개인의 순결을 강조하기도 하고 마을의 체면을 내세우기도 하면서 권력은 자신의 영향력을 행사하며 권력을 유지하고 재생산한다.

3절에서는 인물들이 권력에 대응하는 양상을 다룰 것이다. 대응 방식의 차이가 인물의 세계관의 차이를 어떻게 반영하는지 고찰한다. 나아가 권력에 도전하는 인물들의 앞으로의 삶을 조망해 본다.

권력을 마주한 인물들의 대응 방식은 다양하다. 지배 이데올로기를 내면화하여 권력을 재생산하는 데 몰두하기도 하고, 권력에 부응하려다 결국 이용만 당하기도 한다. 또 권력에 맞서며 회유에도 넘어가지 않다가 끝내 배제되기도 하며 죽음에 이르기도 한다. 권력에 맞서다 공동체에서 배제된 주변화된 인물들은 연대하여 서로의 상처를 치유한다. 자신의 기득권을 내려놓고 상대방의 영역에서 권력에 대항하기도 한다. 주변화된 타자들 간의 연대가 꼭 성공할 것이라고 예상할 수는 없다. 하지만 폭력적인 권력에 대항하여 연합한다는 것만으로도 그 의의는 크다. 이들의 연합에는 인간애를 바탕으로 한 공감의 정서가 핵심이다.

넷째, 『백치의 달』, 『빛 가운데로 걸어가면』, 『옛날의 금잔디』를 통해 풍자와 해학으로 그려내고 있는 현실을 탐구하려고 한다. 물질 중심의 현대 사회에서 등장인물들의 욕망과 좌절을 어떻게 그려내어 비판하고 있는지, 또 결국 이들 작품은 현실 세계의 문제점을 극복할 방법으로 무엇을 제시하고 있는지 알아볼 것이다.

1절에서는 물질 중심 사회의 특성을 알아봄으로써 인간의 속물성과 허위의식을 분석할 것이다.

산업화 사회의 급격한 성장은 도시를 비정상적으로 비대하게 만들었다. 이런 도시 산업화는 물질적 풍요를 목적으로 한다. 분석 대상의 소설에서는 물질적 토대와 관련이 있는 아파트 건설 현장, 종말론을 신봉하는 종교 집단의 수련원, 양로원 등을 배경으로 인간의 윤리 문제를 드러냈다.

소설의 인물들은 잘못된 경제관과 도덕관으로 물질의 욕망만을 채우려고 한다. 물질 중심의 사회에서는 사람을 평가하는 기준은 실력이 아니라 외형적인 표지이다. 따라서 허위의식이 만연할 수밖에 없다. 서울대 배지나 영문 시사 주간지로 사기를 치고, 대기업 부장이라는 외적 가치로 성공을 가장한다. 신성해야 할 종교마저도 헌금의 크기에 따라 집단에서의 서열이 달라지는 현실을 보여준다. 행복의 잣대를 물질로 여겨 종교단체의 사기 행각에 적극적으로 가담하기도 한다. 또 경제력이 없거나 자식들로부터 보호받지 못하는 노인들마저도 자신을 지키기 위해 거짓으로 물질을 과시하기도 한다.

2절에서는 약육강식의 탐욕스러운 욕망을 정당화하는 자본의 논리로 이루어진 사회 현실을 살펴본다. 끊임없이 욕망을 추구하지만 결코 만족을 얻을 수 없는 소비사회의 문제와 이렇게 될 수밖에 없는 사회의 구조적 모순을 분석할 것이다.

물질만을 욕망하는 사회에서 도덕적인 인간은 찾아보기 어렵다. 먹고 먹히는 야만적인 관계가 지배하기 때문이다. 합리적인 방법으로는 욕망을 채울 수 없기에 선택된 방식이다. 그런데 물질만을 추구하는 욕망은 결국 좌절을 가져와 속물적 인간들을 허무하게 만든다. 물질적 풍요가 행복을 가져다주지 못한다는 반성적 사고가 없는 한 이들은 끊임없는 욕구불만에 시달릴 수밖에 없다.

인물들이 물질에 대해 보여주는 탐욕은 허무로 끝을 맺는다. 행복이 돈으로 해결된다고 믿어 돈에 욕망을 품었지만 그것 때문에 부인을 잃게 된다. 또 물질적 풍요를 얻고자 평생 사기 행각을 벌였지만 사회의 인정을 받지 못한다. 사기 행각을 벌여 재물을 빼앗으려 했지만 결국 쫓기는 신세가 되기도 한다. 또한 물질 중심 사회에서 아무런 사심 없이 진정으로 주고받는 따뜻한 인정이란 이룰 수 없는 허위의식이라는 것을 깨닫기도 한다. 이렇듯 물질적 풍요를 바탕으로 한 이들의 욕망은 충족되지 못하고 허무하게 끝난다.

3절에서는 물질에만 욕망을 두는 세계에서 상실해가는 인간성을 회복하려면 어떠한 노력이 요구되는가에 대해 고찰할 것이다.

윤흥길 소설의 부도덕한 인물들은 도덕적이고 교훈적인 인물들에 비해 비중이 높을 뿐만 아니라 현장감을 준다. 주변화된 인물들이 보이는 추태와 비행에도 그들의 삶을 이해하고 동정하게 된다. 그들의 삶이 궁지에 몰리게 된 근원적인 이유에 대해 탐구하게 되기 때문이다.

물질에만 욕망을 두며 속물성을 드러내던 인물들이지만 인간적인 회복의 가능성을 찾아볼 수 있다. 그것은 바로 가족이다. 거짓만을 일삼으며 물질을 쫓던 인물에게 아기가 생기자 희생적인 태도로 가족을 보호할 책임을 느낀다. 또 돈을 쫓아 속고 속이다 생의 마지막까지 온 인물들이 따뜻한 인정을 받자 삶의 의미를 찾기도 한다. 인간애를 바탕으로 한 양로원은 확대된 가족 공동체로 표현되기도 한다. 가족의 범위가 혈연을 넘어 신뢰와 배려로 맺은 것까지도 의미가 확장되는 것이다. 인간애를 바탕으로 인정, 연민 그리고 책임감으로 속물성을 극복할 가능성을 발견하게 된다.

제 2 장

모성 탐구

『에미』, 『순은의 넋』을 중심으로

윤흥길 장편소설의 대표적 주제는 모성이다.[1] 『에미』와 『순은의 넋』
이 모성의 세계를 다루고 있다. 여성의 몸은 병이나 거부반응, 생체조
직의 죽음을 유발시키지 않고 자기 안에 생명이 자라도록 관용하는 특
수성을 지닌다.[2] 이렇듯 모성의 기원은 여성이 신체적으로 갖추고 있
는 조건 즉 임신, 출산, 양육에서 비롯된 것이며, 그러한 모성은 생명의
근원이자 모태로서의 자아실현 의지, 자신의 생산물에 대한 보호의지,
자애라는 감정, 생명의 원천과 비밀을 파악할 수 있는 능력으로서의 이
성을 그 특질로 한다.[3] 그리고 원형은 그 형태를 구성하는 근본적인[4]

---

1) 윤흥길 소설 세계에서 갈등의 화해는 전통적인 모성에서 유래한다. 전통적인 어머
   니의 지혜에 도달하는 과정이나 엄격한 관용의 모성이 윤흥길의 작품 속에 내재하
   고 있다. 김치수, 「운명과 극복―윤흥길」, 『문학과 비평의 구조』, 문학과지성사,
   1984, 163-167면.
2) 뤼스 이리가라이, 박정오 옮김, 『나, 너, 우리』, 동문선, 1998, 47면.
3) 최원오, 「모성(母性)의 문화에 대한 신화적 담론 : 모성의 기원과 원형」, 『한국고전
   여성문학연구 14』, 2007, 185면.
4) 이상섭, 『문학비평 용어사전』, 254면.

특질에 초점이 있는 용어라는 점에서 볼 때, 모성 원형은 곧 모성의 특질을 지칭한다.

모성 담론에 의하면 여성의 모성은 '가문 이데올로기'나 가부장제 유지를 위한 수단으로 이용되기도 한다.[5] 그러나 생물학적 모성의 의미를 사회적으로 확장하면 모성의 주체가 가지는 남성/여성으로서의 성차에 관계없이 보살핌과 돌봄 등의 정서로 현실의 문제를 해결하는 가능성으로서 기능할 수도 있다.

여기서는 신화적 모성 이미지를 바탕으로 원형적 모성성이 윤흥길의 소설에서 어떻게 드러나는지 분석하고, 이를 바탕으로 모성의 의미가 가지는 한계와 가능성을 탐색해 보고자 한다.

1. 원형적 모성의 계승과 변형

『에미』는 1982년 한국방송사업단 출판국과 일본의 신조사가 동시에 출간한 작품으로 작가가 머리말에서 밝혔듯 "한국 어머니상의 한 전형", "지금은 차츰 퇴색해가는 전형적인 어머니상", "향수처럼 다가오

---

5) 모성에 관한 연구는 1970년대 페미니스트 연구의 중요한 성과 가운데 하나이다. 리치, 디너스타인, 초도로우 등의 연구는 사회적 구성물로써의 모성을 부각시키기 시작했고 모성이 여성 담론의 주요 영역이 될 수 있음을 입증했다. 그러나 1980년대에 들어서면서 사회적으로 모든 여성, 특히 아이를 둔 여성들이 일하기 시작하면서 어머니로서의 여성 정체성이 여전히 중요하지만 여성의 유일한 정체성은 아니라는 점이 담론화되었다. 여성을 어머니로 환원함으로써 구체적으로 일어나는 여성 억압은 여성의 사회 참여에 대한 제한, 여성의 성적 주체로서의 욕망 표출에 대한 제한이라는 현실로 나타나고 있다. 심영희·정진성·윤정로 공편, 『모성의 담론과 현실』, 나남, 1999, 24-26면.

는 한국의 에미"를 그려 보겠다는 의도로 나온 작품이다.[6] 작가가 생각하는 이른바 '한국적 모성의 한 전형'은 모성이 가지는 원형성과 밀접한 관련을 가질 것이다. '한국적 모성의 한 전형'이라는 말은 그것이 독자와 작가의 머릿속에 모성의 원형적 이미지로 자리잡고 있다는 뜻이기 때문이다. 여기서는 모성을 자연물의 상징으로 원형적 속성을 그려내고 있다.

『에미』는 바로 그 '에미'의 아들인 기범이 어머니가 위독하다는 소식을 듣고도 늑장을 부리다가 마지못해 귀향하여 '미륵산'과 마주하는 장면으로 소설의 첫머리를 시작한다.

> 마침내 산이 보였다.
> 산은 그 볼품없고 어리숙하고 그리고 또 무척이나 게을러 보이는 철회색의 육중한 몸뚱어리를 궁싯궁싯 놀려 시야를 가득 흐려 놓는 자우룩한 먼지의 훼방을 뚫고 알게 모르게 한 걸음 두 걸음 다가오는 중이었다. 이른바 미륵산(彌勒山)이었다.[7]

윤흥길 소설은 공간적 배경을 저수지나 바다 등 주로 물의 이미지를 바탕으로 한다.[8] 바다의 공간 이미지가 죽음과 삶이 공존하는 재생과 부활의 의미가 강하다면, 산은 흙이나 꽃에서 추출할 수 있는 토착과 생명의 이미지가 강하다. 이는 "동물에 가까운 맹목적인 모성 본능과

---

6) 윤흥길, 『에미』, 한국방송사업단, 1982, 머리말.
7) 윤흥길, 『에미』, 한국방송사업단, 1982, 1면. 앞으로 이 작품을 인용할 때는 『에미』라고 하고 인용한 면수의 숫자를 괄호 안에 적기로 한다.
8) 『묵시의 바다』는 갯벌, 『완장』은 저수지, 『빛 가운데로 걸어가면』에서는 서사의 시작과 끝이 강을 배경으로 하고 있다. 또 『산에는 눈 들에는 비』에서도 『완장』의 그 저수지가 배경이다.

잡초처럼 질기고 마르지 않는 샘처럼 풍성한 생명력"[9]을 한국적 모성의 원형으로 생각한 작가의 의식과도 관련이 있을 것이다.

기범은 미륵산을 바라보며 어머니를 떠올린다.

> 그러나 어머니가 믿는 미륵신앙을 빌어 굳이 정의를 내려 본다면, 미륵산은 아직은 산이 아닌 셈이었다. 도솔천(兜率天)의 미륵이 앞으로 56억 몇 천만년 후에나 나타날 미래불(未來佛)인 것과 마찬가지 이치로 미륵산 또한 산은 분명 산이로되 미래의 산이었다. 한 여자로서 보낸 어머니의 평생이 도무지 여자 대접을 못 받는 비참한 것이었듯이, 여자 아닌 여자로서의 삶만을 어머니가 살아왔듯이 미륵산은 인근에서는 기중 의젓하고 그들먹한 외양에도 불구하고 제대로 산 대접을 못 받고 있는 거나 마찬가지였다. (『에미』, 9)

미륵산은 어머니에 직접 비유됨으로써 그 정체성이 확정된다. '미륵산'은 이름에 등장하는 '미륵'님의 신성성과는 동떨어지게도 "볼품없고 어리숙하고 그리고 또 무척이나 게을러 보이는 철회색의 육중한 몸뚱어리를 궁싯궁싯 놀"리며 "알게 모르게 한 걸음 두 걸음 다가오는"데 시골 아낙네의 느릿느릿한 동작을 연상케 한다. 어머니의 모습은 볼품없지만, 미륵산처럼 늘 그 자리를 지켜왔다. 그러나 기범은 어려서부터 어머니를 좋아하지 않았다. 자식을 위해 어머니 자리를 지키고자 했던 억척스러움이 싫었기 때문이다. 그래서 위독하다는 소식을 듣고도 고향으로 가고 싶어 하지 않는 것이다. 엄마에게 가까이 가고 싶어 하지 않는 것처럼 미륵산으로부터도 거리를 두고 싶어 한다. 그런데 어쩔 수 없이 고향에 도착한 기범을 미륵산이 먼저 마중하는 셈이다. "그 산"이

---

9) 윤흥길, 『에미』, 한국방송사업단, 1982, 머리말.

라는 지칭이 가지는 거리감과 함께 "알게 모르게 한 걸음 두 걸음 다
가오는" 모습은 귀향에 소극적인 자세로 일관하던 기범에게 자기도 모
르게 뒷걸음질을 칠 것만 같은 이미지로 다가오는 것이다.

> 길가에 쭈그리고 앉아서 청승을 떠는, 내 몰골을 아까부터 누군가가
> 열심히 지켜보고 있다는 사실을 나는 퍼뜩 알아차렸다. 내가 개여뀌들을
> 바라보는 그것과 똑같은 시선으로 그 누군가도 나를 바라보고 있다는 느
> 낌이 이젠 확신에 가깝게 내 가슴에 전해져 왔던 것이다. 나는 그 시선
> 이 있을 법한 방향을 향하여 천천히 고개를 들어 보았다. 그러자 이마를
> 들이받는 기세로 미륵산이 시야 가득히 달려왔다. 마치 짙은 안개 속을
> 헤매는 눈뜬장님과도 같이 꽁무니에 거느린 구름 같은 먼지로 그러잖아
> 도 알량한 내 시력을 무용지물로 만들면서 반대 방향으로 엇갈려 지나가
> 던 노란 버스도 이젠 멀리 사라지고 없는 지금, 미륵산은, 모처럼만의 귀
> 향길에서 나하고 두번째로 딱 마주친 그 산은 한결 더 크고 선명한 모습
> 으로 어느새 내 눈 앞에 성큼 다가와 있었다. (『에미』, 2)

『에미』의 공간적 배경인 '미륵산'은 폐쇄적 성향이 강하다. 이 폐쇄
성의 의미는 이 공간이 실제로 외부와 단절되었느냐 아니냐의 문제가
아니라 그 공간에 들어서는 순간 등장인물들의 심리가 외부 세계에서
와는 다른 방식으로 작동하면서 그들을 다른 인간으로 만드는 데 있다.
"마치 짙은 안개 속을 헤매는 눈뜬장님과도 같이 꽁무니에 거느린 구
름 같은 먼지로" 둘러싸인 이 공간은 "그러잖아도 알량한 내 시력을
무용지물로 만들면서" "반대 방향으로 엇갈려 지나가던 노란 버스도
이젠 멀리 사라지고 없는" 고립성과 폐쇄성을 드러낸다. 이러한 미륵
산과의 만남은 "뇌리에서 본디부터 없었던 존재인 양 말끔히 지워버리
지 못해 무던히도 안달하면서 지내"[10]던 기범에게 어머니의 얼굴을 바

로 떠올리게 하여 어머니의 세계로 들어오는 최초의 관문과도 같은 역할을 한다.

> 미륵산과의 갑작스런 해후가 묘하게도 내게 잊었던 어머니를 다시 실감하게 하는 계기를 가져다 주었다. 그것은 살아 있는 어머니의 생생한 숨결뿐만이 아니라 부음(訃音)이 연상시켜 주는 차가운 주검까지도 두루 일깨우는 악역을 수행하고 있었다. 하지만 나는 사람들이 자기 어머니의 죽음을 두고 통상적으로 느끼는 슬픔의 경지까지는 아무래도 실감할 수가 없었다. 더구나 일정한 슬픔의 높이에 도달하지 못하는 나 자신이 별로 안타깝게 느껴지지도 않았다. 나는 다만 미륵산과 정면으로 맞선 자세에서 한 여인의 기구하기만 했던 일생 위에 찍혀진 희미한 종지부 하나를 당연한 순서인 양 기정사실로 거두어들일 따름이었다. (『에미』, 3)

"추호도 어머니의 몸에 신세짐이 없이 마치 여름 날 시골집 마당으로 쏟아지는 소낙비에 섞여 떨어지는 붕어나 미꾸라지처럼 하나의 독자적인 생명체로 태어난 듯이"(3) 행동해 오던 기범을 지켜보고 있는 '미륵산'은 바로 고향과 어머니 그 자체이다. 위의 대목에서 기범은 어머니의 임종에 대해 아무런 슬픔을 느끼지 않는 듯한 자세를 취하고 있다.

원거리에서 바라본 미륵산과의 조우가 고향에 대한 기억을 불러일으키는 최초의 시각적 인식이었다면, 고향에 왔음을 실감케 하는 것은 익숙한 사투리를 들으면서이다.

---

10) 윤흥길, 『에미』, 한국방송사업단, 1982, 3면. 앞으로 설명 중에 인용하는 것은 인용한 면수의 숫자만 괄호 안에 적기로 하고, 한 문장 안에 같은 면수가 인용될 때는 마지막 인용 부분에만 면수를 적기로 한다.

「내고(내꽤)여!」

과연 그렇구나, 하는 뜻으로 고향 사람들이 즐겨 사용하는 고향의 언어였다. 무심결에 내뱉은 그 사투리 하나가 내 가슴에 남긴 효과는 대단한 것이었다. 그것은 어린아이의 손을 떠난 자그만 차돌멩이 한 개가 잔잔한 연못 위를 퐁퐁퐁 튀기면서 물수제비를 뜰 때 일으키는 파문의 행렬에나 비길 만했다. 내 언어의 창고 저 밑바닥에 깊이 사장되어 있던 녹슨 사투리 한 마디를 우연히 꺼낸 그 행위로 말미암아 내 몸의 극히 미세한 어떤 부분부터 점차로 고향 속에, 내가 그토록 잊고자 했고 버리고자 했던 고향의 울타리 안으로 나도 모르게 편입되어 들어가는 듯한 기분이 순간적으로 느껴졌다. (『에미』, 6)

기범에게 어머니의 세계는 "내 언어의 창고 저 밑바닥에 깊이 사장되어 있던 녹슨 사투리 한 마디"이다. 기범이 그토록 잊고자 했고 버리고자 했던 세계지만 결코 버리거나 잊을 수 없이 그의 몸 일부로 각인되어 있는 것이다.

어머니의 평생이 도무지 여자 대접을 못 받는 비참한 것이었던 이유는 어머니가 '사팔눈'이기 때문이다. 사팔눈을 가졌다는 신체적 장애로 어머니는 부유한 가문이라는 배경에 얹혀 가난하고 야심 많은 남자에게 떠넘겨지듯 시집을 가게 된다. 혼인 이후 자신을 떠나 돌아오지 않는 남편뿐 아니라 친정에서도 버림받고 자식에게까지 인정받지 못한 채 살아온 어머니의 삶에 대해 기범은 부채 의식을 가지고 살아간다. 그는 "뇌리에서 본디부터 없었던 존재인 양 말끔히 지워버리지 못해 무던히도 안달하면서"(3) 살아온 것이다. 그는 어머니의 삶을 지워버리고자 했으나 지워버리지 못해 무던히도 안달하면서 지내왔고 "정말 삶답게 살았다고 주장할 만한 빛나는 시절을 출생 이후 거의 가져보지 못한"(14) 어머니에 대한 부채감과 죄의식 등의 감정으로 한 번 어머니 쪽으로 발을 디디게 되면 "깊이 모를 심연처럼 나를 끌어들이려는 어둠의 입구"(15)와도 같은 감정에 빠질 것 같은 두려움을 느끼고 있었던 것이다.

> 어머니는 두 눈을 지그시 감은 채로 돗자리를 깐 이부자리 위에 반듯이 드러누워 있었다. 그래서 어머니의 일생을 일찌감치 비극 속에 몰아넣는 가장 주된 역할을 해 온 그 사팔눈도 어느 겨를에 거짓말처럼 비현실 속의 것이 되고, 얼굴 가득히 피어오르는 병적인 홍조와 함께 정체를 알 수 없는 평안이 거기에 머물고 있었다. (『에미』, 21)

어머니는 '미륵산'처럼 변함없고 든든하면서 동시에 '사팔눈'을 바라보듯 불안하고 흔들리는 이미지로 그려진다. 기범에게 어머니는 "병적인 홍조와 함께 정체를 알 수 없는 평안"이 머무는 양면적 대상이다. 이는 '사팔눈'이라는 어머니의 신체적 특성과도 관련이 있다. '눈'은 시계를 보는 창이면서 동시에 인물의 내면을 들여다보게 하는 통로의 이중적 속성을 가지고 있다.11) '사팔눈'이어서 어머니가 아버지에게 버림받게 되고 기범이 어머니를 동정하면서도 두려워하게 된다.

> 제비가 보였다. 흥부의 편인지 놀부의 편인지는 몰라도 제비는 두 마리였다. 그것들은 몇 미터의 간격을 두고 앞쪽에서 차례로 나타나서는 마치 지상을 향하여 근접 사격을 수행중인 전투기 편대와도 같이 거의

---

11) 인간의 눈은 이성을 대표하는 대표적인 몸 기호이다. 데카르트에 의하면 절대적인 명증성과 확실성을 가진 지식은 시각의, 시각에 의한 사유물이다. 정화열 저, 박현모 옮김, 『몸의 정치』, 민음사, 1999, 258면. 즉, '사팔눈'이라는 것은 단순히 신체의 부분이나 장기의 장애가 가진 의미를 넘어 이성의 불구이며 완전한 신체로 정상성의 삶의 범주에 편입하지 못하는 소외를 의미하는 것이다.

땅바닥에 닿을 듯이 내리꽂힌 다음 내 머리 바로 지척에서 공중으로 훌쩍 솟구치는 아슬아슬한 곡예를 벌였다. 제비들의 지나친 저공비행이 무엇을 뜻하는지 나는 잘 알고 있었다. 그것은 머잖아 곧 내리게 될 비를 예고하는 조짐이었다. 제비들이 날개로 땅바닥을 핥고 지나가는 모양을 지켜보면서 나는 아마 오늘 밤이나 내일 아침 안으로 틀림없이 비가 올 것 같다고 생각했다. 그리고 그와 같은 발상은 곧 내가 과거의 익숙한 세계 속으로 한 발짝 더 가까이 들어서고 있음을 의미한다는 사실을 깨닫고는 떨떠름한 기분에 사로잡혔다. 그렇다. 그것은 다름아닌 어머니의 세계였다. 나는 나 자신도 의식하지 못하는 사이에 어느덧 어머니가 장구한 세월을 들여 난공불락으로 구축해놓은 미망(迷妄)의 영역 안으로 시나브로 동참하고 있는 셈이었다. (『에미』, 7)

어머니는 "미망(迷妄)의 영역"이자 "과거의 익숙한 세계"이다. 어머니가 날씨를 점치는 방식은 제비들의 행동을 관찰하는 것이었다. 어머니는 인류가 오래전부터 활용해 온 방법으로 자연에 순응하고 자연과 함께 살아왔다. 어머니의 이런 원시적인 것은 주술적인 이미지와도 연결된다.

주술은 인간의 목적 달성을 위하여 하나의 수단으로 사용되어 왔다.12) 주술은 강력한 힘을 발휘하여 재앙을 물리치고 평안이 오도록 하는데, 주술물은 자연적인 획득과 인위적인 획득이 있다. 자연적인 획득은 특별한 노력을 하지 않고도 뜻하지 않은 존재로부터 증여하고자 하는 그의 의지에 의하여 자연적으로 획득하는 것이다. 그러나 인위적인 획득은 이미 나타난 질병이나 재앙을 없애기 위하여 사람이 인위적으로 만들어 사용하는 것이다. 『에미』의 어머니의 주술은 인위적이라

---

12) 김금자, 「『삼국유사』 소재 설화에 나타난 주술성 연구 : 주술물 획득과정을 중심으로」, 우석대학교 교육대학원 석사 학위논문, 1996.

할 수 있다. 자신의 소원을 성취하기 위하여 인위적으로 주술물을 만들어 사용한다.

> 어려서 내가 달구지 바퀴에서 본 머리카락은 하나같이 검고 반질반질 윤기가 흐르는 비단실 같은 것들뿐이었다. 어머니는 매일매일 해질녘마다 자기 머리털 한 올씩을 뽑아 달구지에다 매다는 것으로 하루 가운데서 가장 의미심장하고 엄숙한 일과를 삼곤 했다. 이를테면 그것은 혼자 사는 여자가 밖에 나가서 돌아오지 않는 가족을 불러들이는 비밀스런 의식이었다. 달구지 바퀴에 매달려 나풀거리는 그 머리털은 그 사람을 향한, 그 사람을 애타게 부르는 어머니의 영혼의 손짓이었다. 그것은 한 여자의 한 남자만을 염두에 둔 소리 죽인 흐느낌이었다. 그것은 한 여자의 일편단심이면서 그니 혼자만이 아는 처절한 희열이요, 동시에 절망이기도 했다. 그것은 머리를 풀어 하늘에 제사지내는 한 여자의 기도이면서 다른 한편으로는 저주를 의미하기도 했다. (『에미』, 27-28)

'사팔눈'을 가진 어머니는 주술적인 힘을 빌려 남편과 아들이 자신에게 돌아오기를 기원하는 의식을 날마다 치른다. 매일매일 해질녘마다 자기 머리털 한 올씩을 뽑아 달구지에다 매다는 것으로 하루 가운데서 가장 의미심장하고 엄숙한 일과를 삼는 행위는 "희열"이면서 "절망"이다. 돌아오지 않는 남편에 대한 기다림과 소망인 동시에 처음부터 자신을 사랑한 적이 없었던 남편과 세상에 대한 원망과 좌절을 매번 확인하는 행위이기 때문이다. 어머니의 주술적 행위는 지극히 가련한 한 여성으로서의 "기도"와 주술적 힘을 가진 무녀로서의 "저주"가 가지는 괴기스러운 이미지를 동시에 가진다.[13] 어머니의 이런 이미지

---

13) 윤흥길의 작품에서 여성은 폭력적 억압에서 살아가는 방법이 또 살아온 역사와 관습이 결국은 샤머니즘에 많은 부분 기대어 왔음을 시사한다. 즉 샤머니즘은 점쟁

는 아들에게 자신의 비밀스러운 행위를 들켰을 때 구체화된다.

> 어느 날, 달구지에 머리카락을 매달다가 그 현장을 나한테 맨 처음 들
> 켰을 때, 너무도 당황한 나머지 어찌할 바를 몰라 쩔쩔매던 어머니의 표
> 정이 지금도 눈에 선했다. 어머니는 그날 한참을 허둥대다가 때마침 밀
> 려오는 저녁놀의 바다 속에 스스로 풍덩 빠져들어 온몸이 불그레한 놀빛
> 에 함빡 젖고 있었다. 그러나 그것은 순간에 지나지 않을 뿐, 어머니는
> 금세 사람의 형상이 아닌, 짐승이나 귓것의 얼굴이 되어 무시무시한 눈
> 초리로 나를 노려보며 미친 듯이 뜻 모를 고함을 질러대기 시작했던 것
> 이다. (『에미』, 28)

어린 기범은 어머니의 비일상적 행위를 일상적으로 마주하면서 오히
려 익숙하게 여긴다. 여기에는 동생 기춘과 경쟁하며 싹튼 어머니에 대
한 독점 의식이 반영되어 있다. 사람들에게는 '버림받은 사팔눈'의 여
인인 어머니가 가진 특별함을 자신만이 알고 있기 때문이다.

> 나는 특별히 딴 사람으로 보일 때의 어머니를 언제나 더 좋아했다. 보
> 통때의 평범한 어머니는 내 어머니가 아니었다. 그것은 기춘이 혼자만의
> 어머니였다. 이따금 생면부지의 딴사람 같은 모습을 하고 내 눈 앞에 불
> 쑥 다가설 때 나는 비로소 그니가 나를 낳은 진짜 어머니임을 뛰는 가슴
> 으로 실감하고 했던 것이다.
> 어머니는 반쪽에다 자애 어린 미소를, 나머지 반쪽엔 불 같은 노여움
> 을 각각 나누어 담기 위하여 박을 타듯이 언제나 자기 자신을 둘로 쪼개
> 었다. 그리고 또 언제나 기춘이에겐 미소를 지어 보이는 반면 나한테는

이나 무당 등과 같은 직접적인 풍속의 등장으로 나타나기도 하지만 모든 일에서
주체의식이 결여된 채 요행만을 기대는 사고방식으로도 나타난다. 그런데 『장마』
에서는 민족의 비극마저도 샤머니즘 안에서 처리함으로써 현실을 빈틈없는 리얼
리즘으로 육화해낸 작가이다. 김주연, 앞의 글, 251-252면.

노여움만 터뜨렸다. (『에미』, 54)

전쟁 중에 성폭력의 결과로 낳은 것으로 추정되는 기춘과 달리 기범
은 어머니가 평생을 두고 그리워한 남편의 아들이다. 어머니는 버림받
은 여인으로서의 비천함을 상징하는 기춘과 부잣집 딸로 태어나 어엿
한 남성과 정식으로 혼인하여 낳은 자식이라는 당당함을 상징하는 기
범을 엄격히 구분하여 양육한다. 무조건적 자애로 길러온 기춘과 달리
기범에게는 언제나 냉정하고 근엄한 이미지의 어머니였지만 정작 미륵
님에게 제사를 지내러 가는 길에 동행하는 것은 늘 기범 혼자였다.

> 전희(前戱)에 성감대를 내맡긴 암컷으로 변해서 고샅길 좌우의 울창한
> 대나무숲은 널름거리는 마파람의 혀끝에 헤프게 놀아나고 있었다. 땀에
> 젖어 번들거리는 발정난 짐승을 연상케 하는, 쉬지근하면서 끈적끈적한
> 바람이 그 의뭉스러운 내부를 구석구석 핥을 적마다 대나무들은 서서히
> 절정을 향하듯 부드럽게 잎사귀를 떨어 가며 연신 앓는 소리를 고조시키
> 고 있었다. 그네들의 화합은 내 손에 들린 랜턴에 의해 순식간에 결딴이
> 나 버렸다. 불빛의 예리한 칼날이 바람보다도 더욱 빨리 무자비한 난도
> 질을 시작하자 대나무숲은 갑자기 비명으로 가득 채워졌다. 잠에서 깬
> 참새 떼가 연약한 날개를 포르릉거리며 장님처럼 대나무에 부딪히며 빛
> 의 함성에 빠져 날카롭게 울부짖는 것이었다. (『에미』, 36)

어머니와 함께 찾은 미륵산은 지극히 성애적인 이미지로 나타난다.
어머니도 마찬가지다.

> 시나브로 어머니의 말꼬리가 바들바들 떨리기 시작했다. 연두빛 나일
> 론 옷감을 뚫고 어머니의 겨드랑이 근처에서 쉬지근한, 어쩌면 들척지근
> 하게도 느껴지는 야릇한 땀내가 솔솔 풍겨왔다. 꽃물을 들인 듯이 벌겋

게 상기된 어머니의 얼굴엔 온통 땀이 배어 있었다. 나는 등골을 타고
줄줄이 흘러내리는 땀방울들의 행렬을 섬뜩하니 느꼈다. (『에미』, 59)

마을이라는 일상적 공간에서 어머니는 평생 자식을 키우며 남편을
기다리는 인내와 "하늘마저도 이겨내고야 마는"(125) 억척스러운 어머
니지만, 미륵산에서의 어머니는 "야릇한 땀내"를 풍기며 나에게 "섬뜩"
한 기분마저 느끼게 한다. 성애화된 어머니의 이미지는 '합환화의 춤'
을 추는 장면에서 극대화된다. 모성성만을 가진 어머니가 아니라 여성
성을 가진 어머니의 모습을 보여주는 장면이다.14)

> "꽃 봐라, 꽃!"
> 숲속을 헤치며 묵묵히 산만 타던 어머니가 별안간에 이렇게 소리쳤다.
> (중략)
> 어머니는 우르르 달려가 자귀나무의 손에서 무단히 분홍꽃 한 송이를
> 홱 낚아챘다. 그리고 그것을 낱낱이 분해하는 눈으로 요모조모 살피다가
> 는 필경 코끝에 대고 개처럼 킁킁 냄새까지 맡기 시작했다. 톡톡 잘라서
> 자귓대로나 쓴다면 꼭 알맞을 짧은 매듭들이 진 가지끝에서 어머니처럼
> 나도 꽃 한 송이를 슬쩍 따냈다. 그러자 못생긴 자귀나무는 수줍은 듯이
> 또는 화가 난 듯이 미모사를 닮은 그 갈라진 깃털 모양의 잎을 부르르
> 떠는 것이었다.
> 주로 선연한 분홍 물감만을 골라 묻히다가 거꾸로 세워 말려 놓은 털
> 붓을 연상케 하는 꽃이다. 부드럽게 일어선 꽃잎의 털로써 동그란 테를

---

14) 시골을 배경으로 하는 윤흥길의 소설에 등장하는 여성(어머니)은 양면적 태도를
보인다. 그것은 자식을 소중하게 보살피고 양육하고 영양분을 주는 선의 요소와
주술적인 강렬한 정열과 본능을 지닌 태도이다. 황영숙은, 윤흥길은 이런 모습을
긍정적으로 그려내고 있으며, 그것은 가장 한국적인 어머니상을 보여준 것이라고
하였다. 또한 자연(물, 빛, 색채, 동·식물)을 배후로 하여 여성인물을 그렸는데 그
것은 자연을 근원으로 한 모성과 강인한 생명력을 형상화하여 보여주면서 소설
미학적 특징을 이루었다고 하였다. 황영숙, 앞의 글, 241-265면.

이룬 채 위쪽을 향해 활짝 열려진 그것은 마치 하늘을 우러러 뭔가를 애타게 갈구하는 듯한 몸짓과, 마치 그 기도에 답하여 하늘이 상으로 내리는 뭔가를 소중히 받아 간직하려는 듯한 몸짓을 동시에 그려내고 있다. 냄새를 맡아보면 아주 음울한 느낌을 주는, 끈적끈적하면서도 왠지 모르게 용수철처럼 배배 뒤틀린 것 같은 기묘한 향기가 코끝에 강렬하게 잡힌다. 벽 안에 갇혀 오랜 기간 억압을 당하는 냄새, 동시에 억압에도 체념하지 않고 끊임없이 벽 속을 배회하며 탈출을 시도하고 있는 냄새 바로 그것이다. 말하자면 그것은 내 의식의 뒤편에 숨어 있는, 나도 모르는 어떤 짐승의 잠을 마구 깨워 마구 소리치며 일어서도록 충동질하는 냄새다. 다시 말하자면 그것은 몹시 부끄러움을 타는, 그러면서도 다른 한편으로는 그 부끄러움과 맞싸워 가며 은밀히 본능을 구가하는 여인의 저 복숭아빛 속살과도 같은 꽃이다. (『에미』, 63)

어머니는 유일하게 미륵산에서 스스로에게 자유를 허락한다. 여기서 어머니의 여성으로서의 자아는 "꽃"으로 상징된다. 그녀는 "못생긴 자귀나무"에서 핀 "분홍꽃"을 보고, 냄새를 맡고 급기야 머리에 꽂고 마구 부러뜨리며 흔드는 행위로 꽃과 일체가 되어간다. 이를 바라보는 기범은 그녀의 행동을 모방하며 어머니와의 동일시를 시도한다. 그러나 곧 이러한 행위가 가지는 본능적이고 성애적인 분위기를 깨달음으로 "현기증과 함께 울컥 구역질"(66)을 느끼게 된다.

어머니가 자귀나무 꽃으로 온몸을 치장하며 냄새를 풍긴 이유는, 그날 아버지가 오랜만에 동네의 면사무소에 들를 일이 있다는 소식을 듣고 생긴 희망 때문이었다. 기범은 먼 훗날 "자귀나무를 가리켜 합환목(合歡木)이라 부르기도 한다는 사실"과 "분홍꽃 특유의 모양과 냄새가 남녀간의 화합을 돕는다는 믿음 때문에 그 방면에 자신이 없는 사람들 중에서 더러는 자귀나무를 자기집 뜰에 옮겨다 심기도 한다는 사실도 아울러 알게 되었다.”(66) 이 밖에도 기범은 아버지를 기다리며 비워둔 안채에서 때때로 “헝겊쪼가리 하나 걸치지 않은 알몸이 되어 방금 바느질을 마친 요때기 위에 똑바로 드러누워”(85) 있는 어머니의 모습을 훔쳐보게 된다.

어머니의 행동들은 아버지가 돌아오기를 기원하는 주술적 행위인 동시에 스스로의 욕망을 개방하려는 시도로 볼 수 있다.15) 위의 장면들에서 어머니는 “지성소”를 지키는 “예수”(87)와 “음탕한 대나무 숲”(88)을 닮았다. 자신의 신체를 제물 삼아 경건한 의식을 거행하듯 이뤄지는 이 행위는 주술사의 인신공희를 연상케 한다. 이런 행위는 어린 기범에게 죽음을 연상시키며 두려움의 감정을 느끼게 한다. 어머니의 주술적 의식은 기범이 성인이 되어 돌아올 때까지도 유지된다.

> 있었다. 분명히 있었다. 옛날이나 조금도 다름없는 모양으로 그것은 어김없이 거기에 매달려 있는 것이었다. 오랜 세월의 풍상과 우로에 삭고 뒤어서 가시처럼 표면이 껄쭉껄쭉해진 그 방사상(放射狀)의 바퀴살 하나하나마다 올올이 매달린 채로 그것들은 아주 섬세한 바람의 장난에도 나울나울 매우 민감하게 반응을 보이는 중이었다. 흔들리는 불빛 아래서 여러 올들이 모여 가닥을 이루고는 소리없이 춤을 추는 그것들을 통하여 나는 머리끝이 쭈뼛해질 만큼 섬쩟한 귀기를 느끼고 있었다.
> 내가 나뭇결의 거스러미 틈서리에서 빼낸 머리카락은 모두 합쳐서 한 움큼이나 되었다. 낱낱이 하얗게 센 한 움큼의 머리카락이 불빛을 받아 손바닥 위에서 희읍스름한 광택을 떠올리고 있었다. 어린 시절에 서낭나무에서 보았던 오약새끼(왼쪽으로 꼰 새끼줄)에 꽂힌 울긋불긋한 헝겊이

---

15) 이와 유사한 행위에 대해 성적 충동이 아닌 잉태에의 갈망으로 보는 시각도 있다. 하응백, 「자기 정체성의 확인과 모성적 지평」, 『작가세계』, 1995, 여름, 54-68면. 이러한 분석을 따른다면 어머니는 자신의 여성성과 모성을 확인하기 위한 정체성 확인의 수단으로 합환화의 춤을 추는 것으로 볼 수도 있다.

나 동네 탱자나무 울타리 같은 데서 보았던 자그만 사람 모양의 제웅 따
위를 한꺼번에 올려놓은 것같이 내 손은 떨리고 내 가슴은 두방망이질을
했다. (『에미』, 27)

성인이 된 기범은 여전히 주술적 기원으로 자신의 소망을 실현시키
고자 하는 변함없는 어머니를 확인한다. 기범의 "손은 떨리고" "가슴은
두방망이질을 했"던 데에는 어린 시절로 돌아간 듯한 공포의 감정, 그
리고 긴 세월 동안 변하지 않은 어머니를 확인한 데서 오는 놀라움, 이
를 알고 있으면서도 정작 자신이 미워했던 아버지와 마찬가지로 어머
니를 돌아보지 않았던 자신에 대한 죄책감 등이 복합적으로 반영되어
있다. 어머니와 고향을 외면하려는 노력에도 결국은 어머니에게로 돌
아올 수밖에 없었던 자신의 선택이 사실은 스스로의 결단이었다기보다
는 그녀의 기원과 기다림에 의한 필연적인 결과일 수밖에 없다는 인식
이 그에게 "섬쩟한 귀기를 느끼"게 했을 수도 있다.

나는 라이터의 불로 머리카락을 태우기 시작했다. 노린내를 풍기며 머
리카락은 호로록 타서 이내 없어져 버렸다. 형체는 없어졌으나 머리카락
은 냄새로 남아 뒤에까지 머물다가 잠시 후에는 그것마저도 내 주변을
떠나 버렸다. 이제 남아 있는 거라곤 어머니의 마음이었다. 식을 줄 모르
고 지칠 줄도 모르는 그 초인적인 집념만은 언제까지나 달구지 바퀴에
칭칭 휘감겨 아무리 세월이 흘러도 시퍼렇게 귀기가 서린 체 나울나울
춤을 출 것이었다. (『에미』, 27)

기범은 "식을 줄 모르고 지칠 줄도 모르는 그 초인적인 집념"에 대
한 두려움과 어머니의 기다림을 알면서도 부응하지 않았던 자신에 대
한 질책의 감정을 "태우기 시작"한다. 기범은 어머니가 매달아둔 머리

카락에 대해 겉으로는 냉정하고 잔인한 태도를 보이지만 이를 계기로 오랜 세월 돌아오지 않는 남편과 자식을 기다리며 살았을 어머니에 대한 연민의 감정과 어린 시절의 기억에 완전히 사로잡히게 된다. 머리카락을 태우는 냄새는 어린 시절 풀모기를 쫓기 위해 피웠던 모깃불의 "매캐한 냄새"와 연결되어 "눈물을 글썽거려 가며 마구 재채기를 해"(28)댈 수 있는 상상을 가능하게 만든다. 결국 어머니의 의식은 기범을 다시 어머니의 세계로 불러들인 것이다.

기범이 가진 어머니에 관한 가장 강렬한 기억은 바로 죽음에 대한 체험이다. 기춘을 임신한 사실을 안 어머니는 처음이자 마지막으로 자신을 냉대한 큰오빠에게 찾아가 도움을 요청하지만 철저히 거부당한다. 그러자 기범을 데리고 저수지로 향한다. 저수지의 물은 기범에게 마치 자궁의 양수와도 같은 역할을 한다. 기범은 "어머니랑 함께라면 죽음도 별로 두렵지 않을 것 같은 생각"을 하며 죽음 역시 "탐스럽게 솟은 보들보들한 젖가슴이며 물고기처럼 싱싱하게 뛰노는 심장의 고동과 같은"(98) 어머니의 모습으로 연상된다. 이때 물은 기범과 어머니를 죽일 수 있는 죽음의 물이면서 동시에 재생과 부활의 의미를 가진다.

> 겨울바람 같은 죽음의 목소리가 나를 무섭게 협박했다. 꼼짝없이 죽음의 손에 덜미를 잡혀 나는 숨조차 제대로 못 쉬면서 점점 깊어지는 차가운 물속으로 한걸음 두걸음 빠져들어갔다. 물이 무릎을 넘었다. 사타구니가 물에 잠겼다. 배꼽이 잠기고 가슴이 잠겼다. 드디어 목까지 물에 잠겼을 때, 나는 금새 까무러칠 것만 같은 혼미 속에서 죽음의 목소리를 다시 들었다. (『에미』, 100-101)

기범은 어머니와 함께 저수지에서 상징적 죽음을 경험한다. 이것은 생명과 죽음을 동시에 은유하는 자궁이나 출산의 과정에 빗댈 수 있다. 자궁은 곰이 웅녀로 재탄생하는 동굴과도 같은 공간이다. 출산의 과정에서 새 생명이 잉태되지만 그 생명이 죽을 수 있는 무덤의 이미지도 있다. 재생과 부활, 그리고 죽음의 이미지를 가지고 있는 것이다.

출산은 생명을 창조하는 과정이지만 실제 아기를 낳다가 어머니가 죽기도 할 뿐만 아니라 그 이전의 '나'는 죽고 새로운 정체성을 획득한다는 의미에서 죽음과 삶을 동시에 경험하는 과정이다. 태아 역시 출산의 과정을 거치고 나서야만 더 이상 태아가 아닌 한 인간으로서 인정받을 수 있는 것이다.

> 기범아, 똑똑히 듣거라. 에미허고 너는 저 속에 빠져죽었다. 알었냐? 너허고 나는 시방 생판 딴 사람이다. 아까막시깡장 있던 우리는 죽어서 없어지고 시방 여그 요렇게 서 있는 우리는 갓난 애기맨치로 세상에 새칠로 나온 거다. 너는 앞으로 죽는 날까장 오늘 있었던 이 일을 절대 잊어선 안 된다. 알었냐? (『에미』, 101)

어머니는 죽으려고 했지만 차마 죽지 못하거나 처음부터 그런 마음이 없었던 것일 수도 있다. 중요한 것은 어머니와 기범이 상징적인 죽음을 체험했다는 사실이다. 이제 어머니는 이전과는 완전히 다른 사람으로 변한다. 이들은 "갓난 애기맨치로 세상에 새칠로 나온" 것이며 죽음에 대한 경험은 탄생의 순간과 마찬가지로 "앞으로 죽는 날까장 오늘 있었던 이 일을 절대 잊어선 안" 되는 원체험으로 자리잡은 것이다.

죽음과 부활은 자식과 어머니 모두에게 해당된다. 자식은 성장하여 어머니로부터 분리하고자 하는 과정에서 어머니를 점차 부정하기 시작한다. 『에미』에 나타난 어머니를 바라보는 기범의 시선처럼 인내는 억척스러움으로 욕망은 추함으로 비쳐지는 것이다. 그러나 기범은 결국 어머니의 품으로 돌아온다.

어머니는 변함없는 든든한 모습으로 자신을 지키고 있다. 부정하고 멀리했어도 언제든 자식이 돌아와 안길 수 있는 넉넉한 자연의 모습이다. '어머니'라는 이름과 자리를 지키려 초인적인 힘까지 빌리려 하는 것은 모성 본능 때문이다. 맹목적인 모성 본능과 질긴 생명력으로 한국적 모성을 지켜나가고 있는 것이다. 한편으로 어머니는, 여성성을 보이기도 한다.

자연물의 상징과 원형적 속성으로 모성을 은유적으로 그리는 『에미』와 달리 『순은의 넋』은 도심의 공간을 중심으로 한 서사가 주축을 이룬다. 『순은의 넋』에 나타나는 도시 공간에서의 모성은, 자연물을 은유로 하여 계승되는 『에미』의 모성과는 차이가 있다. 도시는 원형적 모성이 인간 사회의 인위적 재편에 따라 훼손되거나 변형되는 공간이다.

『순은의 넋』에는 어머니로부터 분리된 인간의 시선으로 모성이 그려지고 있다.16) 주인공 유준상은 자신을 버린 어머니에 대한 그리움과 적개심이라는 양가적 감정을 바탕으로 성장해 간다. 그에게 '어머니'는 자신을 낳고 버린 상상 속의 어머니와 자신을 길러준 어머니로 존재한다. 이는 각각 '김 보모'와 '원장'이라는 여성 인물로 형상화되어 성과

---

16) 프로이트가 오이디푸스 콤플렉스 이후 단계에 초점을 맞춰 아버지와의 관계를 중심으로 유아의 성 정체성을 설명한 것과는 달리, 초도로우는 오이디푸스 이전 단계에 비중을 두고 어머니와의 관계를 중심에 두고 유아의 정체성에 대해 말한다. 여아는 어머니와 성이 같기 때문에 어머니를 모델로 하는 '자연스런 동일시'를 통해 의존적이지만 안정된 정체성을 획득하는 반면, 남아는 어머니와 성이 다르기 때문에 남성 모델에 자신을 맞추는 '위치적 동일시'를 통해 남성됨을 배우는 독립적이지만 불안한 정체성을 획득한다는 것이다. 게일 오스틴, 심정순 역, 『페미니즘과 연극비평』, 현대미학사, 1995, 96-97면.

속을 대표하는 모성의 이미지를 구체화한다.

> 현악기의 가방을 그대로 축소해 놓은 모양으로 현관 앞에 등나무 열매
> 들이 주렁주렁 길게 매달려 있었다. 집 안에 들어설 적마다 매번 그것이
> 눈에 거슬리곤 했다. 비단 그가 어머니라고 부르는 여자와 함께 살림채
> 로 사용하는 반양식 구옥(舊屋)뿐만이 아니라 은광원(恩光院)을 형성하는
> 건물이라면 의무실이건 사무동사건 어느 것이나 다 출입구 위에 등나무
> 덩굴이 촘촘한 차양을 이루고 있어 문 안으로 들어서려면 반드시 그 그
> 늘을 통과해야만 되었다. 그런데도 그는 앙증스런 바이올린 가방 같은
> 열매를 볼 때마다 새삼스럽게 분노 비슷한 감정에 휩싸이면서 아예 톱으
> 로 밑둥부터 잘라 버리고 싶은 충동을 곱게 삭이지 못해 치를 떨었다.
> 어머니가 애지중지 가꾸어 온 식물이라서 감히 제 손으로 잘라낼 수는
> 없는 형편임을 누구보다 그 자신이 잘 알기 때문에 그가 느끼는 분노는
> 한층 실감을 얻곤 했다.
>
>   (중략)
>
> 그는 모둠발로 땅을 굴러 훌쩍 몸을 솟구치면서 머리 위의 열매를 땄
> 다. 잘록한 허리를 가진 쥐색의 꼬투리는 섬세한 털로 덮여 있어 백스킨
> 의 안쪽 보풀을 만지듯이 손에 닿는 마른 감촉이 부드러웠다. 그의 손가
> 락 끝에서 초생달 모양으로 휘다가 꼬투리는 마침내 중동이 딱 부러져
> 나갔다. 절단면에 배어 있는 선연한 물기가 육안으로도 충분히 느껴졌다.
> 죽음의 계절 저 밑바닥에 잠겨서도 메마른 등나무는 다가오는 봄에 대비
> 하여 생명의 씨앗을 은밀히 키우고 있었던 모양이다.[17]

『순은의 넋』은 등나무 열매를 바라보는 준상의 가학적 시선으로 시
작된다. 준상은 전쟁고아로 은광원에서 성장했다. 고아원 원장인 유 원
장은 여자 아이 순실과 남자 아이 준상을 입양해 키우고 준상을 은광

---

17) 윤흥길, 『순은의 넋』, 이조출판사, 1987, 17-18면. 앞으로 이 작품을 인용할 때는
    『순은의 넋』이라고 하고 인용한 면수의 숫자를 괄호 안에 적기로 한다.

원의 부원장으로 삼는다. 유 원장은 준상이 "어머니라고 부르는 여자"
이며 직장 상사이다. 그런 그녀가 "애지중지 가꾸어 온 식물"인 등나무
열매를 준상은 "아예 톱으로 밑둥부터 잘라 버리고 싶은 충동을 곱게
삭이지 못해 치를 떨"며 손으로 뜯어낸다. 어머니에게 버림받은 준상
이 '어머니'라 부르는 이의 애정이 담긴 사물에게라도 어머니에 대한
원망을 드러내고자 하는 대목이다.

등나무 열매는 "현악기의 가방을 그대로 축소해 놓은 모양"으로 "잘
록한 허리를 가진 쥐색의 꼬투리는 섬세한 털로 덮여 있어" "절단면에
배어있는 선연한 물기가 육안으로도 충분히 느껴"지는 "생명의 씨앗"
이다. 첫 장면에서 묘사되는 열매의 외양은 자궁 속에 들어있는 태아의
모습을 연상케 한다. "은광원(恩光院)을 형성하는 건물이라면 의무실이건
사무동사건 어느 것이나 다 출입구 위에 등나무 덩굴이 촘촘한 차양을
이루고 있어 문 안으로 들어서려면 반드시 그 그늘을 통과해야만" 할
정도로 이 열매들은 은광원의 상징과도 같은 존재이다.

"생명의 씨앗"들을 바라보는 준상은 이유를 알 수 없는 분노와 파괴
감을 느낀다. 자신과 같이 부모에게 버려진 아이들이 모여 있는 은광원
에서 태아와 자궁이란 "무척 지치고 귀찮아하는 듯"[18]한 이미지로 존
재하기 때문이다. 자신이 버림받았다는 생각은 은광원의 아이들 역시
버림받은 존재라는 생각으로 이어진다. 그렇기 때문에 자궁 속 태아처
럼 생긴 등나무 열매 역시 준상에게는 저주스런 사물인 것이다. 자궁
속 태아가 태어나면 자신처럼 버림받을 수도 있을 거라는 생각이 그의

---

18) 윤흥길, 『순은의 넋』, 이조출판사, 1987, 17면. 앞으로 설명 중에 인용하는 것은
    인용한 면수의 숫자만 괄호 안에 적기로 하고, 한 문장 안에 같은 면수가 인용될
    때는 마지막 인용 부분에만 면수를 적기로 한다.

마음과 행동을 지배하는 것이다. 특히 그에게 은광원은 "6 · 25 직후의 전쟁고아들에 대한 시설 보호(施設保護)로 출발하여 입양 사업 위주로 성격이 바뀐"(21) 공간이다. 그는 어머니에게 반항하듯 유원장의 방침에 맞서 입양에 대한 대가성 현물 등을 받는 행동으로 은광원의 의미를 조롱한다. 그에게 생명은 "감상에 빠져"(27) 대할 수 있는 존재가 아니다. 생명에 대한 준상의 인식은 그의 세계관과 연결된다.

> 순서를 말할 것 같으면 맨 먼저 그 아이를 버린 건 신이지요. 그 다음에 그 애 에미 애비 되는 것들이 두번째로 버렸는걸요. 어머님은, 아니 원장님은 무뇌증이 돌멩이나 나무토막보다 가치 있다고 생각하십니까? 그런 것도 생명 축에 든다고 믿으십니까? 설령 그걸 세번째로 버렸다 한들 그게 꼭 죄가 될까요? 세 번째가 죄가 된다면 그 죄를 심판할 자는 누구죠? 신입니까? 첫번째로 버린 신이 세번째로 버린 나를 심판할 수 있습니까? (『순은의 넋, 186-187)

준상의 세계관의 바탕에는 버려진 아이라는 자의식이 자리잡고 있다. 준상이 가장 자주 하는 말은 "왜들 기르지 못할 아이는 낳는가"(19)이다. "그는 세상에 태어나자마자 길거리에 버려진 영아실의 핏덩이들을 올바른 생명의 범주에 넣지 않는 것이 습관화되어 있었다."(19) 따라서 은광원의 일 역시 "감상은 절대 금물"이며 "감상의 허물을 벗고 나면 그때는 쉽게 싫증을 내고 못 견디어 할" "감상보다는 차라리 기계적인 비정한 자세가 더 능률적"(27)인 일이다. 그에게 부과된 "삼신할멈의 역할"(47)은 숭고하고 신비한 일이 아니라 "애가 없어서 외국엘 못 보낸다구요"(29)라며 아이를 버리는 대가로 돈을 요구하는 사람들과 상대하는 "진부한 의식"(47)이다.

위악적이고 냉소적인 태도로 일관하는 준상과 달리 유 원장은 "바위를 뚫는 낙수물의 심정으로 그릇된 관습의 벽을 꾸준히 허물어 가"(47)기 위해 노력한다. 그녀는 자신의 친모를 알려 달라며 패륜적으로 추궁하는 준상에게 자기라며 거짓말을 해가면서까지 자신만의 원칙을 지키고자 한다. 생모가 아닌 양육만의 어머니도 자식을 보호하기 위한 모성은 가지고 있다. 어머니들은 자식의 안녕을 위해 희생하고 인내한다. 유 원장이 보여주는 태도도 그렇다.

유 원장과의 대화에서 준상은 "단순히 사고 방식만의 차이가 아"니며 "출신의 차이에서 비롯되는 메울 수 없는 간극"(192)이라고 생각한다. 어머니가 누구인지 알고 어머니의 사랑을 받고 자란 유 원장과 그렇지 않은 자신은 다르다고 생각하는 것이다.

> 그는 결코 영아실의 아이들을 사랑하지는 않았다. 그 애들을 사랑한다는 건 말하자면 자기 자신을 사랑하는 거나 매한가지 행위였다. 전에도 그랬듯이 그는 앞으로도 그 애들을 다만 눈으로 확인하고 그 애들의 미래에 닥칠 행과 불행의 질량을 침묵으로 저울질해 볼 심산이었다. (『순은의 넋』, 175)

유 원장의 헌신적 사랑에도 준상의 공허한 마음은 채워지지 않는다. 그에게 세계는 은광원 그 자체이다. 은광원 아이들에 대한 냉소적 자세는 자신에게도 마찬가지다. 유 원장의 눈에 들어 입양이 되고 부원장의 이름을 얻었지만 결국은 버려진 아이라는 자의식을 은광원의 아이들을 보며 매일 확인하는 것이다. 그는 "아무리 나잇살을 쳐먹어도 고아한테는 영영 자라지 않는 부분이 있"(190)다며 유 원장에게 반항한다.

저것들은 이제 조금만 더 자라면 알게 될 것이다. 세상이 어떻게 돌아가고 있다는 걸, 옛날하고는 전혀 다른 세상이란 걸, 개천에서 용나고 가난한 집 자식들이 대개 두뇌가 우수하다는 따위 말들은 이제 다 빈말이며 공갈이며 미신이며, 실제는 비싼 과외와 학원비 조달이 가능한 유복한 가정의 자녀들이 이미 유리한 고지를 선점하고 있다는 사실을, 애당초 그렇게 출발점부터 다르기 때문에 기를 쓰고 뛰어 봤자 역시 역부족이고 족탈불급이라는 사실을, 요즘 세상은 돌고 도는 게 아니라 처음부터 정해진 일정한 자리에 끝까지 구어박히기 십상이란 걸, 그리고 탁아소에 위탁되는 아이들은 훗날 어른이 되어서도 결국 제 자식을 제 부모가 저를 그랬듯이 다시 탁아소에 맡기게 될 공산이 크다는 걸 저것들은 속없이 무럭무럭 자라나는 제 키와 함께 이제 차츰 알게 될 것이다. (『순은의 넋, 126-127)

준상은 탁아소에서 뛰노는 아이들을 냉소적으로 바라보며 그들이 가질 미래의 불행을 예언하려는 것처럼 보인다. 그는 이 아이들의 미래에 영향을 미칠 사회적 한계를 인식하고 있다. "유복한 가정의 자녀들"과 "애당초 그렇게 출발점이 다르기 때문에" "처음부터 정해진 일정한 자리에 끝까지 구어박히기 십상이란 걸", 다시 말해 가난을 대물림할 수밖에 없다는 사회의 구조적 문제를 지적하고 있는 것이다.

그런데 그가 "빈민가의 탁아소 아이들에게서마저 일말의 배신감 같은 걸 느끼"며 더욱 가학적으로 그들을 냉소하게 된 데는 "그들한테는 그래도 진짜 피붙이 살붙이들이 딸려 있다는 엄연한 차이점"에 대한 분노와 열등감이 자리잡고 있기 때문이다. 이러한 내면을 가진 준상에게 등장한 인물이 '김 보모'이다.

김 보모의 이름은 김연숙으로 과거 은광원에 아이를 버린 경험이 있다. 그녀는 이혼한 뒤 아기의 행방을 찾기 위해 은광원에 위장 취업하

지만 아기들을 돌보며 원래의 목적과는 다르게 살아간다. 아무도 입양
하기를 원하지 않는 은혜를 자신의 딸로 입양하는 등 은광원 아이들을 헌
신적으로 돌보던 중[19] 준상의 의심을 사게 되고 급기야 겁탈을 당한다.

> 바로 그때였다. 불현듯 어머니라는 단어가 아무런 영상도 더불지 않은
> 채 한 장의 백지처럼 그의 뇌리에 자리를 잡고는 서서히 김 보모의 윤곽
> 을 떠올리기 시작하는 알궂은 환각 현상이 뒤따르는 것이었다.
> (중략)
> 어미를 뚫고 나오면서 그 어미를 죽인다는 살모사 새끼마냥 그는 제 몸
> 을 아무런 저항 없이 받아들이는 다른 하나의 몸뚱이를 그 근본부터 처절
> 히 파괴하려는 기세로 거칠게 설쳐대고 있었다. (『순은의 넋』, 222-223)

준상에게 어머니는 "아무런 영상도 더불지 않은 채 한 장의 백지처
럼" 자리잡았다. 준상은 과거를 고백하는 김연숙에게 자신을 버린 어
머니의 이미지를 덧씌운다. 준상이 어머니를 연상하며 김연숙을 겁탈
하는 장면은 『에미』에서 어머니가 나체로 누워있던 안채에 아내와 기
거하게 된 기범이 과거를 회상하며 아내를 겁간하는 장면과 유사하다.
이들에게 어머니는 숭고한 대상이자 지극히 속된 대상이며 독점하고자
하나 영원히 가질 수 없는 욕망의 대상으로 존재한다.

『에미』에서 기범이 아내를 겁간하려고 하고, 『순은의 넋』에서 준상
이 김연숙을 강간하는 장면은 신중하게 해석해야 한다. 남성 주인공의
고뇌와 성장을 묘사하기 위한 수단으로 여성 인물에 대한 폭력이 동원
되는 서사가 그려지기 때문이다. 남성 인물의 심리를 표현하기 위해 여

---

19) 이에 대해 조남현은 "상록수형 인간"으로 평가한다. 조남현, 「빛과 어둠의 사이」,
 윤흥길, 『순은의 넋』, 이조출판사, 1987, 248면.

성 인물을 소모적으로 형상화할 경우 작품에 대한 폭넓은 해석의 가능성을 차단한다. 또한 인간애의 확장과 같은 작품의 주제와 모순될 수 있다.

어머니가 자신의 생산물인 자식을 본능적으로 지켜내고 보호하려는 의지를 품는 모성의 원형은 『에미』에서만 드러나는 게 아니다. 출산이 아닌 양육으로도 모성의 특질은 나타난다. 『순은의 넋』에서 유 원장이나 김 보모가 보여주는 양육과 자애, 보호가 바로 그것이다.

『에미』에서의 모성성은 자연물의 비유나 신화적 이미지를 바탕으로 그 원형이 드러난다. 여기에서 미륵산은 어머니에 비유된다. 볼품없는 모습으로 토착과 생명의 이미지를 품고 늘 그 자리를 지키며, 변함없는 든든함으로 어머니의 얼굴을 바로 떠올리게 하는 관문과도 같은 역할을 한다. 미륵산은 지극히 성애적인 이미지로도 나타나는데 모성성만을 가진 어머니가 아니라 여성성을 가진 어머니의 모습을 보여주는 것이다. 여기서 어머니가 보여주는 성애적인 행위는 결국 아버지의 귀가를 소원하는 것이다. 그것은 자식을 온전하게 키우고자 하는 모성성을 바탕에 두고 있다. 또 신화적 이미지를 바탕으로 주술적인 행위가 나타나기도 한다. 어머니는 주술적인 힘을 빌려 가족들이 돌아오기를 기원하는 의식을 날마다 치른다. 이 행위는 어머니의 죽음을 계기로 소원을 이루며 끝이 난다. 초인적인 힘까지 빌려 '어머니'라는 이름을 지키려는 모성 본능을 보여주고 있는 것이다.

그런데 이 모성성은 출산한 생모가 아닌 양육자에게서도 나타난다. 『순은의 넋』에서 유 원장은 생모가 아니지만 준상의 패륜적인 행위를 참아내며 희생한다. 또 김 보모는 자식을 버린 죄책감으로 봉사를 시작하지만, 모성성을 바탕으로 하는 헌신으로 변하기도 한다. 원형적 모성이 변형되어 나타나는 것이다.

모성은 이해타산이나 사욕이 없는, 이 세상 무엇보다도 큰 사랑이며 본능적인 배려이다.

2. 가문 이데올로기와 모성의 역할

신화적 모성 시대에서 여성은 자신이 낳은 아이를 공동체의 구성원으로 키워 나갈 수 있지만 남성중심사회로 바뀌자 여성의 출산은 모성을 보호받을 수 있는 출산과 그렇지 못한 것으로 나뉜다. 결혼과 가족이라는 제도의 테두리 안에서 이루어진 출산은 축복과 보호를 받을 수 있는 반면 그렇지 못한 임신과 출산은 홀대당한다. 『에미』와 『순은의 넋』에 나타나는 모성에 대한 위협과 자식들의 상처는 이러한 이데올로기와 관련이 있다.

『에미』에서 외삼촌이 어머니를 떠넘기듯 재산과 함께 얹어 아버지에게 혼인시킨 것은 어머니가 '사팔눈'이기 때문이었다.

> 큰외삼촌으로 하여금 그토록이나 어머니한테 잔혹하게 굴도록 시킨 것은 다름아닌 그의 죄책감이었다. 자기 친누이를 엄청난 비극의 와중으로 몰아넣었다는 죄책감에서 도망치려고 그는 삼십년 동안이나 혼자서 몸부림을 쳐 왔다. 그러면서도 다른 한편으로는 자기 자신을 벌하기 위하여 스스로 동생과의 관계를 끊음으로써 자기 자신 아닌 동생을 벌하고 마는 매우 역설적인 방식을 취하게 되었다. (『에미』, 42-43)

  '사팔눈'이라는 것은 남들처럼 평범한 혼인을 하기 어려운 요건이다.
이는 '완전한 신체'를 바탕으로 하는 '정상성'의 논리와 관련되어 있다.
'비정상성'을 가진 어머니는 어느 정도의 '비정상적' 일상에서 오는 고
통을 감내해야 한다고 여겨지기 때문이다.[20] 따라서 어머니의 불행한
결혼 생활은 어머니의 가족들에게 어머니를 구조해야 할 이유가 되지
못한다. 이때 작용하는 것이 '출가외인'의 논리이다. 한 번 출가한 여성
은 시집간 가문의 여성이며 이러한 혼인관계를 파기한 여성에게 가해
지는 사회적 차별은 가부장 제도를 유지하는 기본 테두리이다.

  특히 어머니를 사회적으로 고립시키게 된 결정적 계기는 기춘의 임
신이다. 남편이 집을 나간 상태에서 둘째를 임신한 어머니는 친정 식구
들과 동네 사람들에게 외면당하는 처지가 된다. 처음이자 마지막으로
도움을 청하러 간 친정에서 냉대를 당한 이유 역시 가문을 더럽힌 죄
인이라는 명분 때문이었다. 기범과의 동반 자살이 미수에 그치고 난 뒤
어머니는 완전히 다른 사람이 되어 기춘의 목숨을 살려 낸다.

    그후로도 어머니는 혼자서 뭘 먹다가 나한테 가끔 들켰다. 그때마다
  어머니는 뱃속에 든 어린애를 들먹이곤 했다. 변변한 아이를 낳으려면
  무슨 수를 써서든 무조건 잘 먹고 봐야 된다는 이야기였다. 용당제 저수
  지에 가짜로 빠져죽기 전까지만 하더라도 어머니는 전혀 그러지 않았었
  다. 나한테 한 숟갈이라도 더 먹이기 위하여 자신은 부엌 안에 숨어서
  죄인처럼 누룽지나 풀떼기 따위 험한 음식으로 끼니를 때우곤 했었다.
  그러던 어머니가 한번 가짜로 죽었다가 살아난 뒤부터는 생판 다른 사람

_____

20) 장애 여성이 그려지는 소설의 전형 중 하나는, 장애 여성들은 그녀들에게 불리하
   게 작용하는 여건을 수용할 줄 알고 겸손하며 다른 사람들의 도움에 끝없이 고마
   워한다. 그리고 그녀들의 상대역들은 그녀의 상황에 대한 모든 것을 비난하고 괴
   롭히며 계속 채찍질한다는 것이다.

으로 바뀌어 이젠 자기 욕심만 채우기 위해서 혼자 부엌에 숨어 먹는 것
이었다. (『에미』, 109)

어머니는 "한 번 가짜로 죽었다가 살아난 뒤부터는 생판 다른 사람
으로 바뀌어" 배 속의 아이를 먹인다. 남편 한 사람만을 기다리며 마치
열녀와도 같이 수행하던 어머니에게 기춘의 임신은 자신의 욕망과 삶
에의 의지를 확인시켜 준다.[21] 가부장제라는 제도 밖에서 임신한 자식
이지만 어머니에게는 기범과 똑같이 소중한 배 속의 생명이다.

기춘의 출생은 집을 나간 아버지가 인민군에게 붙잡혀 학살당할 위
기에 처했을 때 당한 겁탈의 결과로 암시된다. 그런데 이 사건의 배경
으로 미륵님에 대한 어머니의 신앙이 제시된다는 점은 주목할 필요가
있다. "어머니는 숲속에 납작 엎드린 채로 사방에 폭탄이 떨어져 작렬
하는"(204) 전쟁 통에 "제발 남편을 살려만 달라고 빌고 또 빌었다".
(205) 이때 어머니는 "니 남편은 살려줄 테니깨 너는 내가 시키는 대로
허겠느냐"는 환청을 듣고 "이제 남편이 죽음의 구렁텅이로부터 놓여나
게 되었음을 믿어 의심치 않으면서 차츰 정신을 잃어"(205) 가고 이날
기춘을 임신하게 된다.

> 아버지 또한 그런 사람들에 못지않은 요행수를 잡은 경우였다. 그야말
> 로 기적이나 다름없는 생환이었다.
>
> (중략)

---

21) 단식은 성욕의 기호를 지워 없앰으로써 신체를 정화한다. '숙녀다운 식욕부진'은
여성들의 가는 허리를 강조하는 유행이 만연하게 되면서 공개적이고 규범적인 것
이 되었다. 배고픔의 호소와 폭식, 탐식은 남성 중심 사회로부터의 일탈을 의미하
는 것일 수 있다. 헬레나 미키, 김경수 옮김, 『페미니스트 시학―여성의 비유와 여
성의 신체』, 고려원, 1992, 25-52면.

저희들끼리 뭐라고 귀엣말을 나누는 대목까지 어렴풋이 듣다가 아버지는 그만 기절해서 저절로 굴러떨어지고 말았다. 아무런 경황도 없는 인민군들이 이미 집행을 끝낸 것으로 착각하고 다음 사람으로 한 다리 건너 뛰는 바람에 아버지는 결국 무사할 수가 있었다. (『에미』, 267)

어머니가 들은 목소리는 환청일 수도 있다. 그런데 중요한 점은 어머니는 자신의 희생으로 아버지가 살아났음을 추호도 의심하지 않았다는 것이다. 어머니에게 기춘은 남편을 살린 대가로 얻은 아들이며 남편이 이후 성공적인 정치가로서의 삶을 살아가는 데 결정적 기여를 했다는 증거물이다. 어머니는 남편과의 끈질긴 투쟁 끝에 둘째 아들 기춘을 남편의 호적에 입적시키는 데 성공한다. 비록 그것이 미망에 가까운 어머니 혼자만의 믿음일지라도 결국 아버지는 어머니가 기춘을 임신하게 된 바로 그날 "기적이나 다름없는" "요행수"를 통해 목숨을 건지게 된 것이다. 기춘의 출생에 대한 비밀과 아버지의 생환에 관한 설명이 서사의 후반부에 등장하면서 앞에서 묘사된 어머니의 기행과 욕망은 모두 정당한 어머니의 역할로 환원된다. 그녀는 실질적으로는 남편의 조강지처이지만 호적에는 오르지 못함으로써 법률적 부인의 지위를 가지지 못한다. 그러한 어머니가 평생을 다해 남편을 기다리고 남편과의 사이에서 태어난 아들을 길러내며 자신을 배신한 남편을 구하기 위해 자신의 몸을 희생하는 것이다. 남편에게 제도적으로 보호받지 못한 아내였던 어머니는 마을 공동체의 구성원과 남편의 호적에 혼인 관계 내 정식 친자로 등재되어 있는 아들들에게 어머니로서의 지위를 확고하게 보장받는다.

어머니의 그 반쪽짜리 시선이 내 눈을 가만히 응시하고 있었다. 어찌 보면 꼭 방심 상태에 들어 있는 듯하기도 한 오른쪽 정상적인 눈 하나만 으로도 어머니는 아들이 걸어 오는 눈싸움에서 승리하기에 충분냈다. 그 것은 온전히 꿈을 꾸는 눈이었다. 꿈에 빠져 그 꿈 속에서 헤어날 줄 모 르는 눈이었다. 두 개의 눈동자가 단 하나 올바로 박힌 눈동자를 번번이 이겨내지 못하는 까닭은 도대체 무엇 때문일까. 야박한 현실이 계산속 어두운 꿈을 도저히 대적할 수 없는 탓일까. (『에미』, 25)

어머니의 눈은 "온전히 꿈을 꾸는 눈"이면서 "꿈에 빠져 그 꿈 속에 서 헤어날 줄 모르는 눈"이다. 기범이 어머니의 눈을 제대로 마주하지 못하는 이유는 어머니가 가진 "꿈"의 원천이 자신으로부터 비롯되고 있다는 사실을 알고 있기 때문이다.

어머니에게 "자신보다 더 아끼고 사랑하던, 살아있는 보람의 전부나 다름없는 유일무이의 대상"(14)은 바로 기범 자신이다. 어머니에게 기 범은 자신을 버린 남편과 가족으로 대표되는 세계 전체에 대항할 수 있는 유일한 수단이었다. 기범은 공식적으로 인증 받은 남편의 자식이 자 똑똑하고 공부 잘하기로 소문난 "제대로 생긴 남씨 하나"(15)이다. 기범에 대한 어머니의 맹목적인 기대와 질타는 '남씨' 가문에서 자신의 입지를 세워 줄 유일한 대상이기 때문이다.

"아무쪼록 앞으로도 이년의 소원을 모르쇠허지 마시고, 아무쪼록 불꽃같은 눈으로 굽어보시고, 아무쪼록 칠산바대(七山바다) 같은 귀로 들으시사, 아 무쪼록 요놈이 무병장수허게코롬 살펴주시고 아무쪼록 요놈이 입신양명 허게코롬 살펴주시고, 언젠가는 이 에미년 앙가슴에 선지같이 맺힌 한덩 어리를 봄눈 녹이듯기 지놈 지손으로 풀어줄 날이 하루빨리 찾아오게코 롬 아무쪼록아무쪼록 살펴주시고 또 살펴주사이다아아!" (『에미』, 59)

어머니에게 기범의 "입신양명"은 "에미년 앙가슴에 선지같이 맺힌 한덩어리를 봄눈 녹이듯기 지놈 지손으로 풀어줄 날"이다. 기범이 고향을 등지고 살아간 이유 중에는 어머니의 기대에 부응하지 못했다는 자격지심이 자리하고 있을 수 있다.

> "제 개인 차가 아닙니다, 어머님. 그리고 회사 차도 두 대가 아니라 저 것 하나뿐입니다."
> 나는 어머니의 잘못된 생각을 지적해주었다.
> "에미가 그러는디 다른 차가 또 있다드라."
> 어머니는 힘도 안 들이고 태연히 대꾸했다.
> "그건 짐이나 실어나르는 용달차예요. 아무튼 과장하는 건 좋지 않아 요."
> "니가 맨든 니 회사에서 부리는 자동차니깨 니 차라고 좀 혔기로서니 왈칵 틀린 말을 아니니라."
> 어머니는 담담히 말했다. 그러나 그 어조에는 확고한 신념이 깃들여 있었다.
> "에이참, 어머님두! 말만 사장일 뿐이지 그게 어디 저 혼자서 하는 회 삽니까. 뻔히 아시면서 자꾸만 그러시면 외려 제 입장이……"
> "에비야!"
> 어머니의 목소리는 별안간 커다란 손바닥이 되어 내 입을 틀어막았다. 어머니의 사팔뜨기 눈이 분노로 이글이글 불타고 있었다. 무척이나 자존 심이 상해 있는 얼굴이었다.
> "누가 무슨 소리를 씨월거리드라도 내 눈엔 니가 여부없는 사장님이 다. 내 자식이 어디가 어떻게 못나서 남들 다 타는 자가용 한 대 부리고 살 주변머리가 못 된단 말이냐?" (『에미』, 35)

어머니에게 기범은 "죽으면 찬물 한 대접이라도 떠얹어 줄" "내리 백점이나 받고 번번이 일등만 뽑아오는 게" 아니라 "사람새끼"이기도 한 "맏아들"(55)이다. 자식에 대한 맹목적 사랑과는 별도로 '맏아들'이기에 거는 기대와 욕심도 작용한다는 뜻이다. 가부장제 사회에서 여성의 위치는 남편의 위치와 동일시되는 경향이 있다.[22] 그런데 남편에게 인정받지 못하는 어머니에게 남편과의 사이에서 태어난 기범은 어머니가 아내의 자리를 지켜낼 수 있는 버팀목이다. 기범이 어머니의 "피 맺힌 정성"으로 "일류"(52)중학교에 입학하자 그녀는 "도지사보담도 더 높은 벼슬을 살어야 헌다"(61)고 주문한다. 도지사는 남편이 근무하는 도청에서 가장 높다고 여겨지는 "벼슬"로 어머니는 "도지사보다 더 높은 벼슬이 많이 있다는 사실은 전혀 모르고 있는 듯했다. 앞으로 한 계단 더 올라 아버지가 도지사로 되는 날, 어머니는 아마 그날이나 되어야 더 큰 욕심을 부릴 수 있을 것이었다."(62) 아들이 자신을 외면한 남편보다 더 잘난 위치로 올라서길 바라는 어머니의 욕망은 자식을 통해 가부장제 안에서 자신의 존재를 인정받고자 하는 욕구이다. 어머니의 욕망과 가부장제 사회의 욕망은 긴밀히 연관되어 있다. 여성은 남편과 아들의 성취를 통해 자신의 존재를 인정받고 남편과 아들로 대표되는 남성은 여성들의 '재생산노동'[23]을 통해 안정과 휴식을 제공받는다. 이들의 연결고리가 톱니바퀴처럼 맞물릴 때 근대 이후 산업사회의 가부장제는 더욱 공고히 유지될 수 있다. 여성들의 재생산 노동에 대한 사

---

22) 가부장제 사회에서 남성에게 귀속되는 심리적 우월성은 논리적 우월성의 표현으로 해석되고, 그와 함께 남성적 가치는 초개인적 타당성을 획득하는 것으로 보인다. 리타 펠스키, 김영찬 옮김, 『근대성과 페미니즘』, 거름, 1998, 82면.

23) '재생산 노동'의 용어는 실비아 페데리치가 자신의 저서에서 사용한 것으로 여성의 출산과 양육 등 가정 내에서 이루어지는 전반적 보살핌을 의미한다. 실비아 페데리치, 황성원 옮김, 『혁명의 영점 : 가사노동, 재생산, 여성주의 투쟁』, 갈무리, 2013, 308-329면.

회·경제적 비용이 최소화될 때 산업사회가 추구하는 고도의 생산력은 효율성을 높일 수 있다. 이를 위해 강조되는 것이 여성의 헌신이며 여기에는 모성의 역할이 무엇보다 중요하다. 모성은 출산과 양육을 기본으로 하며, 양육은 육체적·정서적 양육까지도 책임지기에 산업사회의 생산자를 길러내게 되는 셈이다. 어머니로서의 정체성이 여성의 유일한 정체성은 아니기 때문에 역설적으로 여성이 가진 모성성은 더욱 강조될 수밖에 없다. 모성 외의 정체성을 최소화할 때 여성의 정체성 확인은 모성성을 통해 가능해진다. 정체성으로서의 모성은 어머니로서 여성의 헌신을 당위적 규범으로 제도화할 수 있다.[24]

『에미』에서 자식을 보호하기 위해 모든 역경을 억척스럽게 겪어낸 어머니의 헌신은, 자식의 정체성을 확정하는 데 결정적 역할을 한다. 이때 그 헌신은 당연한 것이 되며 자식의 정체성이 확보될 때 어머니의 정체성 또한 확정되게 된다. 자식을 지켜내기 위한 본능인 모성이, 아들을 지켜내게 되는 것이다.

> 그때 나는 문득 한 개의 삼각형을 생각해냈다. 마치 땅을 밟지 않고 걷기라도 하는 듯이 나는 발밑 아닌 허공을 향하여 랜턴을 겨냥했다. 차와 아내와 어머니-이렇게 세 개의 꼭지점이 만드는 허구에 찬 삼각형을 어둠의 하늘에다 그리는 작업이 나한테는 실제로 가능했다. 그러자 웃음이 나왔다. 고목나무 밑둥에 덮인 자잘한 이끼 종류 같은 웃음이 두드러기처럼 소리없이 전신으로 번짐을 느꼈다. (『에미』, 34)

기범은 자신을 사이에 두고 아내와 어머니로 이루어진 삼각형 구도를 상상한다. 이때 아내와 어머니가 욕망하는 대상은 '기범'이 아닌

---

24) 심영희·정진성·윤정로 공편, 앞의 책, 24-26면.

'차'로 대표되는 가치이다. 기범에게 이들이 그리는 삼각형은 "허구에 찬 삼각형"이다. 기범이 타고 온 회사 차는 그의 사회적 성공을 드러내고자 하는 어머니와 아내에게 일종의 전리품이다. 어머니는 친정과 남편 모두에게 아무런 지원을 받지 못하고 길러낸 아들의 성공을 동네 사람에게 각인시킴으로써 자신의 모성을 인정받는다. "사리를 분별할 줄 알고 상당한 교양을 갖춘, 제법 여유있는 양갓집 출신의 배운 여자"(88)인 아내는 남편의 성공을 시어머니에게 암시함으로써 자신의 위치가 기춘의 부인이나 어머니, 혹은 동네의 모든 여인들과는 다른 것임을 내세우고자 한다. 이들은 기범의 성공이 아직은 미완의 것이며 어쩌면 그들이 바라는 대단한 성공은 이루어지지 않을지도 모른다는 사실을 알고 있다. 기범의 '차'가 회사에서 빌린 차이며 차든 회사든 그것들을 만들어내는 자본의 힘이 기범이 아닌 기범의 동업자에게 나온다는 사실을 알고 있기 때문이다.

마을 사람들에게 기범의 사회적 성공의 정도를 속이는 데 공모한 어머니와 아내는 기범에게 각각 자신들의 욕망을 투사한다. 어머니는 자신을 돌아보지 않는 기범이 얼마나 바쁘고 성공한 인물인가를 내세움으로써 마을 사람들에게 기범이 "너같은 소자(효자)를 둬서 느그 엄니는 죽어도 덜 억울하겠다"(114)는 이야기를 들어왔던 아들의 성공을 확인시키는 한편 그러한 아들을 둔 자신의 노력을 보상받고자 한다. 고향에 내려갈 때 반드시 커다란 회사 차를 가지고 내려가야 한다고 주장한 아내는 자가용 승용차에 대한 자신의 집착과 허영심을 "시어머니에게 본때있게 한번 효도하는 결과"(35)로 포장한다. 그러면서도 효심 때문에 가식적 모습을 보인 자신과 달리 "허전한 오지랖을 꾸미기 위한 모조품 보석 같은 싸구려 장신구의 일종"(35)과도 같은 허풍을 떠는 어머니를 한 수 아래로 내려다보는 아내의 태도에 기범은 불편함을 느낀다.

> 어머니는 당신 자신을 위해서가 아니라 빡빡하게 돌아가는 아들의 톱니바퀴를 수월하게 해주려는 일념에서 그처럼 윤활유를 쳤을지도 모른다. 오만스럽다는 평판 때문에 어렸을 적부터 마을 분위기하고는 늘 곁돌기만 하던 큰 아들에게 다른 사람들하고는 뭔가 확연히 구별되는 비범한 대목을 차제에 강조해 보이고 싶었을 것이다. 일평생 땅이나 파먹고 살 시골 농투성이들을 상대로 마땅히 큰아들이 오만스럽게 굴 수밖에 없는 어떤 구체적인 근거를 제시할 필요성을 느꼈을 것이다. 그리고 당신이 일단 마음속에 설정해 버린 허구는 시간이 흐름에 따라 으레 요지부동의 진실로 둔갑하기 마련이다. 그것은 나 자신도 이해하기 어려운 어머니의 일면이었다. 그런데 그와 같은 성격을 뺌길이밖에 안 되는 아내의 이해력이 어떻게 잴 수 있을 것인가. (『에미』, 35-36)

결국 아들의 성공에 대한 어머니의 "일념"은 어머니의 믿음 속에서 실현되었다. 그 성공이 사회에서 인정받는 것인지는 중요하지 않다. 사실, 기범은 친구의 자본을 빌려 작은 회사의 명목뿐인 사장 행세를 하면서 온갖 궂은일을 도맡아 하며 친구의 눈치를 보아야 하는 처지이다. 자신의 성공을 맹목적으로 믿는 어머니 앞에서 기범은 위로를 받을 수밖에 없다. 어머니의 이런 믿음을 부담스러워하던 기범은 결국 어머니를 냉소적으로 바라보는 아내에게 대항해 어머니의 심리적 지지자가 된다. 아내를 곱게 보지 않던 기범이 "아내한테 처음으로 대견스러움을 느낀" 것은 아내가 "언제나 깔끔히 가지던 도회지 여자로서의 몸가짐을 버리고 이젠 불편한 시골 살림에도 어느덧 이력이 난 여편네 같이 스스럼없이"(243) 숲길에서 노상방뇨를 할 때이다. 기범의 아내는 시

어머니의 세계 안에 편입될 때 "대견스럽"(243)게 여겨진다. 이는 남성
중심사회에서 가족 이데올로기가 작동하는 방식이다. 개인이 개성을
버리고 공동체의 질서 안에 편입되도록 요구하는 것이 공동체 이데올
로기의 특성이라면, 가족 이데올로기는 공동체 중에서도 특히 가족의
질서와 규범을 따르는 것으로 개인의 정체성을 규명하려는 시도이다.
특히 여성의 몸은 개별 여성들이 스스로를 여성으로 인지하는 기본 출
발점인 동시에 온갖 차이를 지닌 개별 여성들을 '여성'이라는 하나의
집단으로 묶어주는 근거이기도 하다.[25] 기존의 제도화된 모성을 여성
의 정체성과 동일한 것으로 간주하여 모성을 신비화하며 위대한 것으
로 강조한 것은 그것이 가부장제에 기여하기 때문이다.

　법의 테두리 밖에서 이루어지는 임산과 출산은 보호받지 못하며 모
성의 힘도 잃는다. 그리고 다른 이들의 이해나 동정도 얻지 못하는 결
과를 낳는다. 『순은의 넋』에서 김 보모가 자신의 아이를 은광원에 보
내기까지의 과정은 "직접 겪은 당사자 입에서는 그럴 수 없이 절실하
고 피눈물 나는 체험일지 몰라도 이제껏 그와 엇비슷한 사례들을 무수
히 접해 온 은광원 부원장 위치에서 볼 때"는 "그리 놀라울 것도 가슴
쓰릴 것도 없는 그저 그렇고 그런 이야기에 지나지 않을 뿐이었다."
(218)

　　원래 타고나기를 맺고 끊지 못하는 성격, 한때의 불장난과 날이 밝은
　　후면 금세 지워지고 말 무성한 맹세와 남자의 일방적인 배신, 그리고 임
　　신, 집안에서 쫓겨난 후 객지를 전전하다가 어느 날 주인집 아주머니의

---

25) 배은경, 「몸에 대한 여성학적 시각들」, 한국여성연구소 엮음, 『새 여성학강의』, 동
　　녘, 2002, 139면.

조력을 받아 가며 자취방에서 겪었던 외롭고 고통스러운 해산....

　　김 보모의 과거담은 준상에게 전혀 감동을 주지 못했다.

　　(중략)

　　사생아가 딸린 여자의 고된 객지 생활, 어머니의 불시 방문, 집안으로
부터의 용서와 결혼 권유, 새 출발의 유혹과 새 출발의 선결 요건인 장
애물의 제거를 결심하기까지 빠져나가야만 했던 어둡고도 긴 통로, 당시
해외 입양 기관이던 은광원과의 접선, 젖먹이를 은광원에 맡기고 돌아설
때의 차마 떨어지지 않던 발걸음...... (『순은의 넋』, 218)

　　김 보모를 비롯해 은광원에 아이를 보내는 미혼모들의 공통점은 가
족들에게 수치로 여겨진다는 것이다. 임신과 동시에 이를 숨기거나 집
안에서 쫓겨나게 된다. 그 후 객지를 전전하다가 어머니 등 갑작스런
가족의 방문으로 "집안으로부터의 용서와 결혼을 권유"받는다. 그리고
새 출발의 유혹과 새 출발의 선결 요건인 장애물 즉 아이를 입양기관
이나 영아원에 맡기도록 강요받는다. 이들은 임신과 출산, 그리고 유기
의 과정에서 "사생아" 당사자가 아닌 "집안"의 "용서"를 빌어야 하는
존재가 된다. 이들의 신체와 성은 개인의 것이 아니다. 이들은 "집안"
에서 관리하는 대상인데, 이러한 규범은 여성의 신체에 가해지는 규제
이다. 여성의 신체에 부과되는 '순결 이데올로기'는 가족이나 가문의
정체성과 연결된다. 여성의 신체적 순결은 가부장제 안에서 생산되는
자손들의 혈통적 순수성을 보장하는 한편, 자신의 육체적 욕망을 쫓아
규범의 바깥으로 이탈하는 것을 방지한다. 이때 여성의 몸은 여성 개인
의 것이 아니다. 여성의 몸은 권력의 현실적인 작용점으로서 존재한
다.[26] 여성의 몸은 지배와 저항이 맞물리는 전쟁터이다.[27] 이들에게

---

26) 김미현, 『여성문학을 넘어서』, 민음사, 2002, 80-100면.

"사생아"는 "장애물"이다. 이러한 "장애물"을 숨긴 채 결혼했다가 이혼에 이르게 된 김 보모의 생애는 여성의 성은 개인의 영역이 아니며 임신과 출산 역시 정당한 것과 그렇지 않은 것으로 나뉘는 가부장제 사회의 단면을 보여준다.

여고생 미혼모인 용선의 아이를 불임 부부인 송 대리 부부에게 넘기는 과정에는 사회적으로 보호받는 모성과 그렇지 못한 모성의 형태가 대비적으로 나타난다. 법적 테두리 안에서 이루어진 임신과 출산은 당당하며 많은 이들의 축하와 함께 보호받게 되는 반면 그렇지 않은 임신과 출산은 떳떳하게 내 놓을 수 없는 숨겨야 하는 수치스런 일이 된다. 법적 테두리 밖에서의 모성도 인정해 주고 지켜줘야 하는 모성이다. 그러나 가부장제가 낳은 가문 이데올로기는 정당한 임신과 출산만을 지켜주고 보호해 줘야 하는 모성으로 인정한다.

> 기도원에 들렀다가 곧장 차를 되짚어 타구 달려오는 길이에요. 맨 처음 얘길 듣는 순간엔 정말 하늘이 무너않는 것만 같았지요. 찻 속에서 내내, 너 죽고 나 죽자, 너 죽고 나 죽으면 그만 아니냐 하구 막된 생각만 하면서 시간을 보냈어요. 어쩌나 눈앞이 캄캄하든지 지금도 가슴이 벌렁거리구 사지가 후들후들 떨리는군요. (『순은의 넋』, 174)

> 김박사의 지시에 따라 용선이는 입원실에서 분만실로 옮겨졌다. 그 뒤를 이어 용선이가 들어 있는 간막이 바로 옆에 송 대리의 부인이 들어갔다. 친모와 양부모간에 서로 얼굴을 마주치는 불상사가 없도록 준상과 김박사는 일정한 시차를 두고 세심한 배려를 했다. 보안을 유지하기 위해 준상은 신 보모를 먼저 은광원으로 돌려보냈다.
> (중략)

---

27) 배은경, 앞의 글, 149면.

준상은 보호자 대기실 한구석에서 어정거리는 송 대리를 한쪽으로 불
렀다.

"노인 양반들한테 전화를 하십쇼. 이젠 아무 때나 나타나도 상관없으
니까."

(중략)

연락을 받자마자 송 대리의 두 노친네는 득달같이 달려왔다.

(중략)

"저게 우리 며늘애기 소리 아닌가"

(중략)

"그래그래, 참을 필요 없다! 아플 때는 소리라도 실컷 질러야 후련해지
느니라!"

(중략)

비명이 뚝 그치고 병원 내부엔 잠시 적막이 감돌았다. 이윽고 그 적막
의 꼬리에 매달려 갓난애의 울음이 넌출넌출 딸려나왔다.

(중략)

"축하합니다. 고추예요, 고추!"

"고추라면 그럼 손주 아닌가베!"

(중략)

"저 녀석이 즈이 애비를 쏙 빼닮았네요. 이목구비가 어렸을적 즈이 애
비 영락없다니깐요. 저 우는 입 좀 보세요!"

준상이 보기엔 하나도 닮은 데가 없었다. 애당초 용선이의 아들이 송
대리를 닮을 까닭이 없었다. 그런데도 두 노인네는 자기 손자가 자기 아
들을 빼박은 것같이 닮았노라고 법석을 떠는 것이었다.

(중략)

김 박사는 그냥 지나쳐갔다. 그 쌀쌀맞은 뒷모습에 대고 두 노인네는
서로 번갈아 가며 허리를 굽실거렸다.

"수고 많으셨습니다, 원장님!"

"정말 고맙습니다!" (『순은의 넋』, 239-241)

용선은 보호받지 못하는 모성이다. 배 속에서 자라고 있는 아이에

대한 애정을 바탕으로 하는 용선의 모성은 "너 죽고 나 죽자"로 말려야 할 모성이다. 딸의 안위를 걱정하며 낙태와 입양을 강요하는 모성은 여성 인물들이 자발적으로 여성 억압적 사회규범을 확대하고 재생산해 나가는 것처럼 보이게 만든다. 그러나 이러한 태도는 제도 안에서 살아남고자 하는 여성들의 욕망으로 볼 수 있다. 모성 신화를 지닌 어머니 역시 남성중심사회에서 제2의 성[28])에 불과하며 제도 안에서 살아남고자 하는 욕망을 인정해야 한다. 모성만으로는 살아나갈 수 없는 사회의 규범이 모성을 여성 아니 한 인간으로 살아가게 만드는 것이다.

불임으로 시댁과의 갈등과 사회적 차별을 겪어야 하는 송 대리의 부인은 겉으로는 법적으로 보호받는 모성의 권리를 가진다. 이들의 임신과 출산을 위한 모든 노력은 가족과 사회의 지원을 받는다. 나아가 이들이 용선의 아이를 자신들의 아이로 바꿔치기 하는 과정에서 보이는 절실함은 강권당하는 모성이라는 점을 보여준다. 특히 아직 태어나지 않은 태아가 반드시 아들이기를 바라며 출산을 준비하고 기대하는 마음은 모성 가운데서 존재하는 위계를 드러낸다. 아직 존재하지 않은 대상이라 할지라도 아들에 대한 모성은 딸에 대한 모성에 앞선다. 그러나 송 대리 부인은 가문의 대를 이어야 한다는 가족 이데올로기의 희생자이다. 결혼과 동시에 여성으로서가 아니라 모성으로서 존재해야 되는 것이다. 그렇지 않을 경우 이 여성은 보호받지 못하는 여성이 되는 것이다.

『에미』와 『순은의 넋』에서 모성이 형성되고 부정되는 일련의 과정에는 모두 가문 이데올로기 혹은 가족 이데올로기라고 할 수 있는 공동체의 압력이 작용한다. 『에미』에서 어머니는 신체적 장애를 이유로

---

28) 시몬느 드 보부아르, 이희영 옮김, 『제2의 성』, 동서문화사, 2009, 637면.

가족에 의해 거래와도 같은 혼인 생활을 시작하고 기범을 가진다. 전쟁이라는 극단적 폭력의 상황에서 남편과 가족의 보호를 받지 못한 모성은 강간을 당하여 기춘을 가지게 된다. 어머니는 기범을 어엿하게 길러 가문 안에서 자신의 위치를 인정받고자 하는 한편 기춘을 남편의 호적에 편입시켜 규범 안에서 기를 수 있도록 노력한다. 어머니는 자식의 안위만을 생각하는 틀에서 벗어나지 못한다. 『순은의 넋』에서 김 보모를 비롯한 "미혼모"들은 "집안으로부터의 용서"와 "새 출발"을 위해 모성을 포기한다. 송 대리 부부는 현실에 순응하려 존재하지 않는 대상에 대한 모성을 바탕으로 "사생아"를 거래한다.

공동체에서의 축출과 차별을 감수하고 자식을 낳아 기르는 모성을 그린 게 『에미』라면, 규범적으로 인정받지 못하는 자식을 버리고 공동체의 질서 안으로 들어가는 모성을 보여주는 게 『순은의 넋』이다. 『에미』의 어머니처럼 어떠한 환경에서든 자식을 길러내는 모성의 형태이든 『순은의 넋』에서처럼 제도 안팎에서 태어난 아이들을 거래함으로써 유지되는 모성이든 개인과 그들이 속한 공동체의 질서를 유지시키는 데 기여한다는 공통점이 있다.

3. 모성의 확장 가능성과 사회적 모성

『에미』와 『순은의 넋』에 나타나는 모성은 원초적이고 본질적인 애정 관계를 바탕으로 헌신했다고 하더라도 어디까지나 공동체의 질서 안에서 유지되는 모성이라는 한계를 가진다. 이들의 모성은 공동체 자체를 유지하는 힘을 가지고 있다. 공동체의 유지에 모성이 기여한다는 점은 양면적 분석을 요구한다. 남성중심사회를 유지하기 위해 여성의 희생을 강요하는 반면 그러한 공동체를 유지시키는 것은 모성 자체가 가지는 '살림'과 '보살핌' 때문이기도 하다는 것을 주목해야 한다.

『에미』의 어머니는 출산의 현장에서 "내가 모르는 어떤 사람이 되어 죽을 둥 살 둥 있는 힘을 다해서 내가 모르는 어떤 싸움에 골몰해 있었다." "어머니 몸뚱이 전체가 하나의 처절한 싸움터였다." "어머니는 자신의 말마따나 완전히 혼자였다. 주변에 사람이 여럿 있긴 했지만 아들인 나도, 이모나 외숙모도 모두 전혀 인연이 닿지 않는 남남지간에 불과할 따름이었고 복덕 할매는 더구나 어머니에게 아무런 도움도 되지 못했다. 어머니는 자기 손으로 높은 울타리를 치고 스스로 그 속에 들어가 외부와 일체 연락을 끊은 상태에서 힘겨운 상대에 단신으로 맞서 그 자신만의 독특한 방식으로 목숨을 건 외로운 싸움을 벌이고 있었다."(121)

하지만 어머니는 방안을 억누르는 무거운 공기에 조금도 신경을 쓰지 않았다. 윗이빨로 힘껏 깨물어서 낸 깊은 상처를 아랫입술 언저리에 지닌 채로 어머니는 소리 없이 웃고 있었다. 어머니의 얼굴엔 승리자로서의 너그러운 미소가, 보람과 자부심을 느끼는 사람만이 가지는 터질 듯한 환희가 가득히 번져나고 있었다. 어머니의 팔 하나가 이불 밖으로 드러나더니 천천히 내 앞으로 뻗어오기 시작했다. 나를 향해서 다가오는 손의 의미를 나는 직감적으로 깨달았다. 그것은 나더러 손을 마주 뻗어 붙잡으라는 신호였다. 그리고 그것은 앞으로 다시는 부엌에 숨어서 혼자만 배추꼬랑이나 잔칫집의 부침개 따위를 양껏 포식하는 불공평한 일들이 없을 거라는 굳은 약속이자 다짐이기도 했다. (『에미』, 122)

목숨을 건 출산이 끝나고 어머니는 다시 기춘을 가지기 전으로 돌아온다. 기춘의 임신과 자살 기도 이후 동물적 본능에 충실한 채 낯선 모습을 보였던 어머니는 기범에게 손을 내밀어 "앞으로 다시는 부엌에 숨어서 혼자만 배추꼬랑이나 잔칫집의 부침개 따위를 양껏 포식하는 불공평한 일들이 없을 거라는 굳은 약속이자 다짐"을 한다. 제도 밖에서 임신한 기춘을 지키기 위한 어머니의 투쟁은 "어떻게든 남씨 가문의 호적에 입적시키고야 말려는 그 끈질기고도 극성스런 싸움"을 "기춘이가 취학 연령에 다다를 때까지 지칠 줄 모르고 계속"(122)한다. 남편이 집을 나간 이후 이루어진 임신과 출산으로 얻은 기춘은 누가 보더라도 남편의 자식으로 인정받기 어렵다. 이러한 기춘을 호적에 입적시키기 위해 투쟁한다는 것은 어머니의 존재가 제도 안에서 인정받기를 바라는 것은 아니다. 자신이 아닌 기춘이 태생적 한계로 제도권의 차별을 받는 일을 최소화하기 위한 어머니로서의 투쟁이다. 혼인 관계 내 자녀로 호적에 입적되지 못하는 것은 제도의 보호를 받을 수 없는 아이가 되는 것이기 때문이다. 어머니는 오직 기춘의 "취학"(122)과 미래를 위해 투쟁한 것이다. 어머니는 기춘의 입적을 위해 아버지의 축첩에 관한 비리 등의 투서를 서슴지 않으며 평생을 기다리던 남편과의 싸움도 불사한다.

어머니는 남성중심제도에 맞서 자식의 정체성을 확보하기 위해 투쟁한 것이다. 공동체의 질서를 유지시키기 위해 사회에 순응하는 게 아니라, 자식을 보호하기 위해 제도권 안으로 들여오고자 모성의 역할을 다한 것이다. 결국 이 모성은 현실 사회에 맞서 싸워 이겨낸다.

어머니는 한 여성으로서, 인간으로서의 삶 대신 '에미'로서의 삶을 선택한다.

> 비겁도 다 비겁 나름이고, 용감도 다 용감 나름이다. 은장도로 당신 먹을 따서 자결허신 선조 할머니를 둔 느네 외갓집안이 훌륭헌 줄이사 나도 잘 안다. 하지만 외놈들한티 겁간당허고 뙤놈들헌티 겁간당허고, 그렇게 정절을 더럽히는 족족 예펜네들이 한통속같이 죄다 자진허기로 들었더라면 오늘날 이 조선 천지에는 사람이라곤 씨도 안 남어났을 것이다. 원래가 힘없고 성정 모질지 못헌 백성은 조상적부터 대대로 늘 당허면서만 살기 마련이다. 그렇다고 죽는 것만이 장땡이냐? 한 번씩 당헐 적마다 너도너도 다 은장도를 빼든다면 뒷감당은 누가 할 것이냐? 물론 은장도가 나뿌다는 건 아니다. 은장도는 은장도대로 장허다. 하지만 송죽 같은 절개가 있으면 쇠심줄 같은 목숨도 반다시 필요헌 법이다. 난리통에도 안 죽고 살어남은 어린 것들을 거둘 손은 있어야 한다. 숭년이 지나간 후에 그래도 또 팔소매를 걷어붙이고 빈 논밭으로 들어서는 사람은 남어 있어야 헌다. 그런 사람들이 있은 연후라야만 은장도도 값이 나가는 법이다. (『에미』, 144-145)

어머니는 기범에게 "씨 뿌리고 열매 거둬서 어린것들 배를 채워 주는 일이" "은장도를 들이대는 일보다 휘낀 편허고 수월헌 노릇으로 보이냐? 죽는 용기보다 살어남는 용기 쪽이 휘낀 가볍다고 생각허냐?" (145)는 질문을 던진다. 자신이 책임져야 할 자식이 둘이나 생긴 어머니에게 필요한 것은 "송죽 같은 절개"가 아닌 "쇠심줄 같은 목숨"이다. 어머니에게 "은장도"는 사치이며 "숭년이 지나간 후에 그래도 또 팔소매를 걷어붙이고 빈 논밭으로 들어서는 사람"이 되어야 하는 것이다. 어머니는 자신을 "그런 사람들"로 표현함으로써 은연중에 "조상적부터 대대로 늘 당허면서만 살기 마련"인 "힘없고 성정 모질지 못헌 백성"으로서 삶의 의미를 부여한다.

어머니에게 "버러지 같은 목숨 구질구질허게 부지허느니 차라리 한 시라도 일찍 죽는" 일은 "비겁헌 년이 되"는 일이다.(145) 그녀는 아무런 도움도 없는 고립된 상황에서 자신만이 아이들을 살릴 수 있다는 사실을 누구보다 잘 알고 있다. 집을 나간 기춘을 걱정하는 둘째 며느리에게 "느그 시에미가 얼매나 지독한 예펜넨지 너 아느냐"(241)며 하는 말에는 삶에 대한 자신감이 묻어 있다.

> 나를 통째로 물려받은 자식인디, 그런 애비가 그리 허망허게 꺼울러질 성부르냐? 아니다, 아니여! 어림도 없다, 어림 반푼어치도 없어! 애비는 돌아온다. 인자 두고 봐라. 때가 되면 애비는 반다시 돌아오고야 만다. 돌아올 수밲이 없느나라. 애비가 언제 돌아올지 나는 알고 있느니라. 그 시간까장도 나는 벌써 훤히 다 내다보고 누웠느니라" (『에미』, 241)

어머니는 기춘이 '미륵님'의 아들이라고 평생을 주장했지만 이번에는 하지 않는다. 자신이 낳은 아들이기에 반드시 돌아올 것이라고 믿고 있기 때문이다. 그녀의 믿음은 기범에게 보인 것과는 다르다. 기범에 대한 믿음에는 남편과의 정식 혼인관계에서 낳은 아들로서 그의 출세와 성공을 통해 자신을 인정받고자 하는 욕망이 내재되어 있다. 그러나 기춘의 경우는 그의 성공이 자신의 위신을 세워주고 남편과 세상과의 관계에서 자신의 입지를 세워주기 때문이 아니다. 그가 미륵신의 아들이라는 평생에 걸친 자기 세뇌와도 상관이 없다. 남편과 남편의 정식 아들인 기범이 집을 나가 돌아오지 않는 동안 평생을 자신의 곁에 남아준 기춘은 "나를 통째로 물려받은 자식"이기 때문이다. 기춘의 아버지가 누구인지는 어머니 자신도 모른다. 그러나 분명한 것은 기춘이 그녀의 아들이라는 것이다.

어머니의 임종을 앞두고 외삼촌이 기범에게 말했듯 "골라잡을 권리는 거지반 남자들 쪽에만 일방적으로 베풀어"져 "남자들이 버려도 괜찮다고 생각허는 하찮은 것들 속에는 맡어놓고 여자도 들어"(254)가던 세상에서 기춘으로 대표되는 버려진 생명들을 지켜낸 것은 어머니이다. 기범은 어머니가 불쌍하다고 생각하는 외삼촌의 말씀에 "반대하고 싶"(256)다며 자신의 생각을 밝힌다.

> 저 역시도 여지껏 그렇게 믿어 왔습니다. 여자들만 불쌍하다고 말입니다. 그런데 절대로 그렇지 않다는 걸 조금 전에 처음 깨달은 겁니다. 여자들은 결코 난리에 당하지도 않고 남자에 당하지도 않는다고 저는 생각합니다. 필요에 따라서 다만 적당히 당해 주는 척, 짓밟히는 척할 뿐입니다. 어떤 폭력도 여자를 완전히 지배할 수는 없기 때문에 당했다느니 짓밟혔다느니 하는 표현은 여자들한테 전혀 어울리지 않는다고 봅니다. 여자들은 폭력에 맞서기보다는 난리도 남자도 한꺼번에 다 자기네 내부에다 수용해 버립니다. 그게 바로 모성 본능이겠죠. 여자는 토지하고 같아서 흉년일수록 오히려 더 깊숙이 씨앗을 감싸는 겁니다. 난리를 견디고 그 난리 뒤에 언젠가는 올 태평성대까지 다리를 놓아주기 위해서는 잠시도 생산 활동을 중지할 수가 없는 겁니다. 달리 뭐 거창하게 얘기할 것도 없이 제 어머니가 바로 그런 경우라고 생각합니다.
>
> (중략)
>
> 말하자면 저나 기춘이는, 어쩌면 아버지까지도 포함해서 우리 식구 모두는 어머니라는 토지에 뿌려져서 흉년을 넘긴 운 좋은 씨앗들인 셈이죠. 실은 바로 이 말을 하고 싶어서 부랴부랴 큰외숙님을 찾아뵌 겁니다.
>
> (『에미』, 256)

어머니가 기범과 기춘을 비롯해 아버지까지 모두 자신의 희생을 바

탕으로 "흉년을 넘긴 운 좋은 씨앗들"로 만들어주었다는 점은 분명하
다. 기범은 어머니의 임종을 맞아 "어머니의 죽음과 결부되는 그와 같
은 모든 일들이 실상은 어머니하고 전혀 무관한 것임을" "확실히 느끼
고 있었다."(282) 그는 자신의 제수씨인 기춘이댁에게 "기춘이가 돌아오
면 봐야 하니까 그 때까지 얼굴은 가려 놓지 마시"(282)길 당부하며 기
춘이 돌아올 것이라는 어머니의 믿음을 이어간다.

　작품의 마지막에서 "대문간이 갑자기 소란스러워"지며 "소문을 듣고
모여든 마을 사람들"이 "내가 서있는 곳에서 보이지 않는 어느 한 지
점을 향하여" "일제히 시선을 집중시킨 채로 손가락질을 곁들여가며
자기들끼리 뭐라고 쑤군덕거리기 시작"(283)한다. 그러자 기범이 "불현
듯 떠오르는" "예측이 딱 맞아떨어지는지 어쩌는지를" "직접 확인해
보기 위해" "급히 대문간으로 달려나가기 시작"(283)한다. 어머니에게
돌아온 사람은 기춘이거나 아버지일 수도 있다. 어머니와 기범의 믿음
과 같이 기춘이 돌아올 것임은 독자 역시 예상 가능한 결말이다. 기범
은 이미 "어머니의 장례를 치르는 대로 곧장 전주로 달려가" "아버지
를 만나서 산에 관해서 이야기를 할 작정"(283)이다. 어머니의 죽음으
로, 평생 원망하던 아버지와 기범이 만나게 되는 것이다. 사람들이 모
여 "쑤군덕거리는" 분위기와 "급히 대문간으로 달려나가는" 기범의 예
측이 암시하는 대문간의 인물이 아버지일 경우 어머니의 평생에 걸친
기다림은 마침내 끝이 나는 것이다. 기범과 기춘, 아버지가 어머니의
죽음을 계기로 모여드는 장면은 어머니가 평생을 기원한 모든 기다림
이 해소되는 것이다. 수레바퀴에 검은 머리부터 흰 머리까지 하루도 빼
놓지 않고 달아매며 빌었던 욕망이 온 동네 사람들의 이목이 가장 집

중된 시간과 공간에서 실현되는 순간인 것이다. 『에미』에서 궁극적으로 남편과 자식들은 어머니가 살려낸 "씨앗"이다. 이들을 변화시키는 힘의 원천이 바로 어머니의 모성이다.

『에미』에서의 모성이 생모의 모성, 자연으로서의 모성에 집중되어 있다면, 『순은의 넋』에서는 사회적 모성과 관련이 있다. 준상을 길러준 유 원장은 고아원의 모든 아이들에게 상징적이며 실질적인 엄마의 역할을 한다. 김 보모 역시 처음에는 자신이 낳아 버린 아이에 대한 죄책감으로 보모 일을 시작하지만 점차 자신의 책임감과 모성을 직접 낳지 않은 다른 아이들에게까지 확장시켜 실현시킨다. 이들의 모성은 앞에서 언급한 원형적 모성 혹은 자연적 모성이나 모성이 사회적으로 규제되었을 때 나타나는 억압적 한계를 넘어 사회적 연대와 책임의 영역으로 확장될 수 있다는 가능성을 보여준다.

다음은 『순은의 넋』에서 준상이 산부인과 의사와 송 대리 부부 등과 결탁하여 유 원장 몰래 아이를 불법 입양시키는 장면이다.

> 일가족 셋이 다시 한데 어우러져 눈물까지 글썽이는 모양을 지켜보다가 준상은 슬그머니 자리를 떴다. 이젠 오늘 당장 죽어도 여한이 없겠다는 말이 그의 귀에 들렸다. 퇴장하는 배우와도 같이 그는 병원에서 빠져나오면서 허전함을 느끼고 있었다. 관객들의 반응이 요란한 만큼 배우가 느끼는 허탈감도 거기에 비례하는 듯했다. 그러나 그는 허탈감과 함께 전달되어 오는 거센 감동을 잇새로 차근차근 음미하고 있었다. 그 자신이 짠 각본에 따라 노인양반 일가가 연기한 감격의 물결이 자꾸만 그 자신의 소유인 양 착각되는 것이었다.
> 어떤 악조건이나 불행 속에서도, 심지어 저주 속에서도 생명은 또 꼬리를 물고 태어나기 마련이다.
> 어떤 사람한테는 축복받지 못한 생명이 또 다른 어떤 사람에겐 신이

점지하는 축복의 선물로 받아들여질 수도 있다는 산 증거를 그는 직접 목격했다. 하나의 생명을 방금 꺼냈으니까 이제는 하나의 죽음을 묻을 차례였다. 지금쯤 아마 은광원에서는 공의(公醫)의 진단과 경찰의 확인 절차가 끝나 있을 것이었다. 무뇌증을 타고난 천진이가 진정 어머니의 말대로 천사였는지 혹은 죽어서 정말 하늘나라에 갔는지는 그가 알 바 아니었다. 그는 다만 그 아이의 주검을 자기 손으로 직접 땅 속에 묻어 주고 싶을 뿐이었다. (『순은의 넋』, 242-243)

입양된 아이가 자신의 비밀 입양 사실을 알았을 때 받을 충격을 누구보다 잘 알고 있는 준상의 행위는 그 자체로 도덕적 논란의 대상이 된다. 그러나 그가 그렇게라도 해서 한 생명을 축복 속에 살릴 수밖에 없었던 이유도 있다. "어떤 사람한테는 축복받지 못한 생명이 또 다른 어떤 사람에겐 신이 점지하는 축복의 선물로 받아들여질 수도 있다는 산 증거를 그는 직접 목격"함으로써 그가 평소에 말해왔던 '타고나기를 불행하도록 신에게 버림받은 생명'이란 있을 수 없다는 사실을 깨닫는다. 한 생명의 탄생이 축복받지 못한다면 그것은 그 아이나 산모의 탓이라기보다는 사회의 문제일 수 있다는 것이다. 가족과 결혼이라는 이름으로 묶어 놓은 모성과 작품의 배경이 전쟁 직후라는 점을 들 수 있다. 가부장제와 가문 이데올로기로 보호받지 못하는 모성도 있고, 경제적 형편이 어려운 이들은 법적 테두리 안에서의 임신과 출산이라 하더라도 양육의 책임을 모성으로 지켜낼 수가 없었던 것이다.

작품의 후반부에서 순실이 어린 시절로 퇴행하여 "방바닥에 흥건히 괴는 오줌" 싸는 장면에서 준상은 피 한 방울 섞이지 않은 유 원장의 입양된 딸 순실을 "그 자신의 누이동생"이라고 생각한다.[29]

---

29) 서서 오줌을 누는 유아기적 퇴행에 대해 남성성 콤플렉스로 해석하는 시각도 있

　이윽고 그는 참 보아서는 안 될 것을 보고야 말았다. 방바닥에 넓게
퍼진 그녀의 월남치마 아래로 쏟아부은 것처럼 물이 흘러나오고 있었다.
그니는 질질 오줌을 지리고 있었다. 급전직하였다. 성년의 나이를 단숨
에 뛰어내려 그니는 저 유소년의 시절로 급작스레 퇴행하는 중이었다.
방바닥에 흥건히 괴는 오줌이 그로 하여금 남매 관계를 새삼스레 의식하
도록 만들었다. 순실이는 분명 그 자신의 누이동생이었다. 아직도 그니
는 자신의 보호 아래 있어야 할 섬약한 인형이었고 어느 해의 크리스마
스 선물로 어머니가 점지해 준 핏줄 이상의 핏줄이었다. 그는 만 이십
년 동안이나 연습해 온 동기간의 정으로 순실이를 와락 끌어안았다.
　(중략)
　"인연이란 게 네가 생각하는 것처럼 그렇게 간단하진 않아. 어떻게 해
서 맺은 인연이든 어디까지나 인연은 인연인 거야. 진짜 핏줄은 아닐망
정 그래도 없는 것보다는 백 배 나아."
　중얼거리는 동안 그는 천진이와 김 보모를 생각하고 있었다. 묘하게도
순실이가 지린 오줌이 은광원에 두고 온 사람들의 얼굴을 상기시켜 주는
역할을 했던 것이다. (『순은의 넋』, 234)

　순실이는 분명 "그 자신의 누이동생"이며 "아직도 그니 자신의 보호
아래 있어야 할 섬약한 인형이었고 어느 해의 크리스마스 선물로 어머
니가 점지해준 핏줄 이상의 핏줄이었다." 냉소적으로 바라보던 입양
가족으로서의 관계를 새롭게 깨닫게 된 것이다. 여기에는 순실의 실종
과 방황 등의 장치가 개입되어 있기는 하지만 순실 역시 자신과 마찬
가지로 입양으로 갈등과 상처를 지닌 인물이라는 동류애가 작용하는

다. 여아가 어머니와의 동일시를 경험했던 전 오이디푸스로의 회귀를 의미한다는
것이다. 이여진, 「오정희 소설에 나타난 여성 인물의 억압 기제 연구」, 숭실대학교
석사 학위논문, 2001, 28면. 전 오이디푸스 단계로 돌아가 어머니와의 동일성 추
구를 위해 여성성을 부정하게 된다는 분석은 어머니와의 분리로 인한 고통을 평
생 인지하고 있는 순실과 준상의 공통적 욕망이라고 할 수 있다.

것으로 보인다. 순실에게 가족애를 느끼는 것을 시작으로 준상의 관심
은 은광원 아이들에게로 확장된다. "입양에 얽힌 앞뒤 모든 과정에서
배설 본능과 종족 보존 본능 그 이상의 의미를 부여할 수가 없었"던
준상은 마지막 장면에서 "아이의 주검을 자기 손으로 직접 땅 속에 묻
어 주고 싶"다는 의지를 보인다. 아이들과 직접적으로 관계를 맺으며
타인의 삶에 깊이 관여하게 되는 것이다.30) 김 보모 역시 마찬가지이
다. 자신이 버린 아이를 찾고 싶다는 생물학적 모성의 이면에는 입양시
킨 아이를 진정으로 위한다기보다는 그러한 방식으로 자신의 죄책감을
해소하려는 이기적 욕망이 자리했을 수 있다. 그러한 김 보모가 아이들
과 만나면서 점차 변해가는 과정은 생물학적 모성을 넘어 사회적으로
확장되는 모성으로서의 돌봄과 보살핌의 가치를 드러낸다. 모성은 철
저하게 혈연 중심 사회에서만 유지된다고 여겼던 원칙들이 혈연이 아
닌 가족의 개념으로 유지될 수 있음을 보여주는 것이다. 이 사실만으로
도 모성의 기준은 사회적 통념을 넘어서는 것이라 할 수 있다.

---

30) 이에 대해 수잔 손택은 그녀의 저서 『타인의 고통』에서 "당면의 문제가 타인의 고
통에 눈을 돌리는 것이라면 더 이상 우리라는 말을 당연시해서는 안 된다."(23면)
고 말한다. 그녀는 사진이나 영화 등 객관화된 대상으로 접근하는 타인의 고통에
대해 "사람들로 하여금 그런 고통이나 불행은 너무나 엄청날 뿐만 아니라 도저히
되돌릴 수도 없고 대단히 광범위한 까닭에 아무리 특정 지역에 개입을 하고 정치
적으로 개입을 하더라도 그다지 변화를 가져올 수 없다고 느끼게 만들어 버린다.
어떤 문제가 이 정도의 규모로 인식되어 버리면 고작 연민의 늪에 빠져 허우적댈
수밖에 없다. 그리고 해당문제를 추상적인 것으로 만들어 버린다."고 말함으로써
실천으로 이어지지 못하는 감상적인 동정이나 냉소주의적 시선에 대해 비판한다.
그녀에 의하면 어떤 문제들이 "당신에게 보여지지 않는지, 그러니까 당신이 그 밖
에 어떤 잔악 행위들과 어떤 주검들을 보지 못하고 있는지 회피해서는 안 된
다."(33면)고 말한다. 수잔 손택, 이재원 옮김, 『타인의 고통』, 이후, 2004.

자기 자신과의 투쟁이야. 끝없는 투쟁의 연속일 수밖에 없어. 하루에
도 열두 번씩 변덕을 부리고 제풀에 지치고, 제풀에 분노하고, 이렇게 오
두방정을 떨다 보면 언젠가는 결국 누가 밀알 노릇을 맡아야 하는지 분
명해지는 순간이 오지. 다른 사람들은 어떤지 몰라. 난 그래. 하나님을
믿고 말씀대로 따라 살려고 애는 쓰지만 유감스럽게도 내 경우 그것은
말씀 자체에 힘입음이 아니었어. 거름을 필요로 하는 아이들이 내 눈 앞
에 끊이질 않았어. 그런데 내 대신 썩어 줄 사람이 주위에 아무도 없었
어. (『순은의 넋』, 192)

유 원장은 "자기 인생에서 무엇으로 최고의 가치를 삼아야 할지"(193)
를 결정한 인물이다. 그녀는 "자기 자신하고 피나는 투쟁 없이 얻어지
는 천직 의식은 있을 수도 없을 뿐만 아니라 또 설사 있어 봤자 그것은
아무 가치도 없다는 걸"(193) 믿고 있다. "아무런 책임감도 의무감도 요
구하지 않는 자유로운 천지는 없을까"(184)라고 생각하는 준상에 대한
유 원장의 답변은 모성 논의에 적용해 볼 수 있다. 유 원장의 말에는
숭고하고 완벽한 모성을 상징하는 그녀조차도 "자기 자신하고 피나는
투쟁"과 "하루에도 열두 번씩 변덕을 부리고 제 풀에 지치고, 제 풀에
분노하"는 순간이 있음을 보여준다. 신화적으로 존재하는 모성이나 '하
나님의 말씀'과도 같이 당위적으로 부과되는 모성으로 "거름"과도 같
은 어머니의 역할을 감내하는 것은 "있을 수도 없을 뿐만 아니라 또
설사 있어 봤자 그것은 아무 가치도 없다"는 것이다.

준상은 출산과 입양의 과정에 김 보모와 유 원장의 간섭이나 도움
없이 전적으로 개입함으로써 생명의 탄생과 입양 문제에 대해 새롭게
인식하게 된다. 하나의 생명을 살려낸 희열을 느낌으로써 다른 생명들
에 대한 관심이 생겨난 것이다. 생물학적 모성을 사회적 모성으로 확장

시킨 김 보모와 생물학적 모성을 경험한 적은 없지만 "내 눈 앞에 끊이지 않"는 아이들의 필요를 외면하지 않고 "거름"이 되어 "썩어줄 사람"이 되겠다고 "자기 자신과의 투쟁" 끝에 밀알 노릇을 하는 유 원장은 모두 각자의 사회적 모성을 실현해 나가는 다양한 인물들이다. 모성은 여성의 태생적인 가치도 아니고 모든 여성에게 필수적인 것도 아니다. 여기에서 보여주는 모성은 성별에 관계없이 모성으로 상징되는 보살핌과 책임감의 기능이 사회적으로 확장되어 나갈 수 있는 긍정적 가치를 탐구해 볼 수 있게 해 준다.

『에미』의 모성은 생물학적 모성이다. 그러나 사회적으로 인정받는 기범의 출생과는 다르게 기춘은 법의 테두리를 벗어나는 출생이다. 그러나 어머니는 기춘을 사회적으로 인정받게 하기 위해 가부장제도에 도전하여 끝내 자식을 사회의 테두리 안으로 들여 놓는다. 반면 『순은의 넋』은 사회적 모성이다. 모성의 원형인 임신과 출산으로 이루어진 것이 아니다. 그러나 양육으로 모성을 실현한다. 또한 모성의 여성성을 벗어난다. 여성만이 모성을 지닌 것이 아니라 사회적 기능으로써의 모성을 보여주고 있는 것이다. 이렇듯 모성은 원형적인 모습 그대로 계승되기도 하고 또 변형되어 유지되기도 한다. 이 모성은 생물학적 개인의 모성에서 나아가 성별을 넘어 사회적 모성으로 확장되고 있다.

제 3 장

과거 탐구 및 화해

『낫』, 『산에는 눈 들에는 비』, 『밟아도 아리랑』을 중심으로

한국 전쟁과 분단 상황은 한국 사회를 가장 결정적으로 특징짓는 핵심 요인으로 군림하여 사회, 정치, 경제, 문화 등 모든 측면에 걸쳐 강력하게 그리고 속속들이 작용하였다.[1] 분단 상황은 개인의 죽음이나 상처, 가족의 고난이나 파멸, 이산의 차원을 넘어 공동체 전체에 압도적인 의미를 가진다. 분단 상황이라는 객관 현실이 분단 문제를 중요한 소재로 삼도록 작가들을 강요했기에 분단소설은 한국 소설사의 중요한 줄기로 형성되었던 것이다.[2] 윤흥길 소설에서의 과거 탐구에도 한국전쟁과 관련한 공동체의 기억이 드러난다.

그의 전쟁 및 분단 관련 소설에 대해, 자아가 자신에게 상처를 입힌 전쟁의 냉혹성에 맞서기는 하지만 객관적인 분석을 거치지 않은 샤머니즘적인 치유를 그리고 있으며 비극적 현실의 근원을 객관적으로 파헤치기에 앞서 감정적 호소의 화해를 함으로써 근본적으로 작가 체험

---

1) 김윤식·정호웅, 『한국소설사(개정증보판)』, 문학동네, 2000, 471면.
2) 위의 책, 470면.

의 직접성에서 크게 나아가지 못한다고 평가하기도 한다.[3] 그러나 이러한 평가는 윤흥길의 작품을 「장마」 중심의 단편 소설에 국한시켜 연구한 결과라고 할 수 있다. 윤흥길 장편 소설에 나타난 한국 전쟁의 체험과 시대의식은 이른바 제1세대 작가들의 직접 체험을 넘어 후속 세대의 간접 체험과 현실 인식을 그리고 있다.

『낫』, 『산에는 눈 들에는 비』에는 귀향이라는 모티프가 공통적으로 담겨 있다. 등장인물들이 돌아가는 곳은 일차적으로는 아버지의 고향, 곧 자신의 물리적 고향이지만 본질적으로는 아버지의 과거, 그 아버지가 속해 있던 세계이다. 등장인물들의 과거 탐구 회귀 장소는 바로 고향이다. 이들이 마주하는 과거는 바로 한국전쟁이라는 역사적 사건이다. 여기에서는 윤흥길의 장편 소설에 나타난 과거의 탐구 과정에 대해 살펴봄으로써 한국전쟁이라는 역사적 상황이 인물들의 현실 인식에 어떠한 방식으로 영향을 미치고 있는지를 살펴보고자 한다.

1. 과거(역사)로의 귀환

주인공 귀수의 과거 탐구는 귀향으로부터 시작된다.

낯설게만 느껴지는 땅이었다. 아버지의 고향이었다. 그의 고향은 아니었다. 명백히 타향이었다.[4]

---

3) 정호웅, 「분단문학의 새로운 넘어섬을 위하여」, 김승환·신범순 엮음, 『분단 문학비평』, 청하, 1987, 92면.
4) 윤흥길, 『낫』, 문학동네, 1995, 7면. 앞으로 이 작품을 인용할 때는 『낫』이라고 하고 인용한 면수의 숫자를 괄호 안에 적기로 한다.

『낫』의 첫 장면은 "아버지의 고향"으로 귀향하는 귀수의 생각으로 시작한다. 아버지의 고향은 그에게 "낯설게만 느껴지는 땅"이면서 "그의 고향은 아니었다. 명백히 타향이었다." 귀수는 어머니의 유언으로 자신의 생부 배낙철의 무덤을 찾기 위해 '산서 마을'을 찾아간다. 그에게 '산서'는 첫 장면의 소제목과 같이 "불쾌지수 99"[5]로 다가온다.

> 자신을 낳은, 혹은 실제로 낳아주었다는 생부의 고향에서 맨 먼저 그를 환영해준 것은 가슴을 후비고 쥐어뜯는 어떤 특별한 감회가 아니었다.
> (중략)
> 자신의 식솔들을 이끈 채 모처럼 큰맘 먹고 생부의 고향을 방문한 그가 끈끈하게 땀이 밴 구두창을 통해서 발바닥으로 만져보는 대지의 감촉은 그저 거칠고 삭막하기만 했다. (『낫』, 7-8)

귀수가 처음 느낀 고향의 이미지는 "거칠고 삭막"하다. 이런 첫인상은 이후 귀수의 가족들이 산서 마을에서 겪을 냉대와 멸시를 예고한다. 그와 그의 가족들이 그런 대우를 받았던 이유는 그의 아버지 배낙철 때문이다.

> 털털거리는 고물버스가 산서(山西)의 면소재지 정류장에 닿는 순간 그의 머리에 대뜸 떠오른 것은 다른 무엇보다도 낫이었다. 손을 대면 섬뻑 베일 것 같은, 잘 드는 한 자루의 낫이 그에게는 필요했다. 그 물건을 손쉽게 구하기 위해서 이 낯선 고장에서 자신이 어떻게 처신해야 좋을지를

---

5) 윤흥길, 『낫』, 문학동네, 1995, 차례. 이 작품은 각각 「산서, 불쾌지수 99」, 「무덤과 함께 밤을」, 「손님으로 오는 아침」, 「낫의 얼굴을 한 아버지」, 「가물어 메마른 땅의 단비」 등 총 5개의 소제목으로 나뉘어 있다. 앞으로 설명 중에 인용하는 것은 인용한 면수의 숫자만 괄호 안에 적기로 하고, 한 문장 안에 같은 면수가 인용될 때는 마지막 인용 부분에만 면수를 적기로 한다.

그는 잠시 궁리해보았다. 이렇다 할 묘안이 서지 않았다. 모르는 고장에
서 모르는 사람을 상대로 그것을 구할 일을 생각하니 미리감치 심란해졌
다. (『낫』, 7)

귀수는 아버지의 묘를 벌초하기 위해 '낫'을 구한다. 그의 입장에서
이번 귀향은 "모르는 고장에서 모르는 사람을 상대"하는 일이지만 마
을 사람들에게는 그렇지 않다. 그들은 이미 귀수의 아버지 배낙철을
직·간접적으로 경험한 이들이며 배낙철에 대한 기억을 바탕으로 그의
아들인 귀수 역시 잘 '알고 있다'고 판단하는 사람들이기 때문이다. 마
을 사람들은 잘 알고 있는 귀수의 아버지 배낙철을 정작 그의 아들인
귀수는 알지 못한다. 과거에 대한 정보의 불평등성은 귀수와 마을 사람
들의 만남을 시작부터 극단적 갈등 상황으로 몰고 간다.

"서울에서 자란 회사원인 그가 상식적으로 알고 있는 낫의 용도는"
"풀 베는 일"이다.(12) 그러나 산서 마을 사람들에게 '낫'은 공포와 저
주의 기억을 떠오르게 하는 매개물이며 이러한 기억의 한 가운데에는
그의 아버지인 배낙철의 존재가 자리하고 있다.

"가까이 오지 말아요!"
저도 모르게 귀수는 낫자루를 움켜쥔 오른손을 번쩍 들어올렸다.
"어!"
바로 그 순간, 노인의 입에서 외마디 신음이 비어져 나왔다.
"더이상 귀찮게 굴면 나도 가만히 안 있겠어요!"
여전히 낫을 치켜든 채로 귀수는 거듭 경고를 발했다. 하지만 황대장
은 알게 모르게 조금씩 계속 다가오고 있었다. 자신의 솜씨에 의해 버려
진 그따위 낫날쯤은 결코 두려워하는 기색이 아니었다.
"배…… 배……"

노인이 말을 더듬기 시작했다.

"뭣이라고요?"

황대장이 다가서기를 멈추고 노인을 돌아다보았다.

"낫질이……"

잔뜩 겁에 질린 노인의 중얼거림이 그 자리에 모인 모든 사람의 동작을 한꺼번에 정지시켜놓았다. 노인은 흙빛으로 변한 주름투성이 얼굴에 심하게 경련을 일으키면서 푸들푸들 떨리는 손으로 귀수를 가리키고 있었다.

"배낫질이……"

마치 눈앞의 현실이 아닌 먼 세상을 바라보듯 황대장의 동공은 크게 확대되어 있었다. 망연자실의 표정을 고스란히 담은 얼굴 위에 구멍처럼 뻥 뚫려 있던 그의 입이 한참 만에야 움죽거리기 시작했다.

"맞었소. 배낫질이 바로 그놈이요 아자씨가 지대로 알아보신 거요. 워너니 그러면 그렇지, 내 집에 와서 낫을 찾을 적부텀 으짠지 저놈 몸땡이서 피비린내가 물씬물씬 나는 것 같드라니께……" (『낫』, 36)

여기에서 '낫'은 농기구이면서 동시에 살인 무기가 될 수 있다는 이중성을 지닌다. 배귀수는 어머니의 유언으로 벌초를 하기 위해 처음 '낫'을 손에 들지만 이 '낫' 때문에 자신의 정체가 드러나게 된다. 이 '낫'은 결국 자신과 가족의 생명을 위협하는 마을 사람들에게 대항하는 수단으로 바뀜으로서 그것이 가진 이중적 속성을 고스란히 드러낸다. 이 과정에서 '낫'은 배귀수과 배낙철을 연결시키는 매개이면서 동시에 마을 사람들과 배귀수를 과거의 기억으로 이끄는 통로로 작용한다.

귀수는 어금니를 뽀드득뽀드득 갈아붙이면서 낫자루를 공중 높이 들어올렸다.

"만약에 내 가족이나 내가 무사하지 못할 경우 당신네들 역시 아무도 무사하지 못할 거다."

그러자 무리 사이에서 갑자기 동요가 일기 시작했다. 저마다 하얗게 질린 낯꽃이 되어 그들은 주춤주춤 뒤로 물러서고 있었다.

(중략)

보복 의지로 똘똘 뭉친 사람들의 범접을 막는 유일한 방법이 무엇인지를 그는 그제야 확실히 깨달을 수 있었다. 매우 유감스런 노릇이긴 하지만, 그것은 여태껏 제 주둥이로 일관되게 혈연관계를 부정해 나온 생부의 위력을 빌리는 일이었다. 생후 한 번도 목격한 적이 없는 생부의 끔찍스런 모습을 방불하도록 눈치껏 흉내를 냄으로써 생부의 과거를 익히 아는 산서 주민들로 하여금 한층 더 전율을 느끼게끔 부추기는 방법이었다.

(중략)

생부의 망령이 어떤 형태로든 자신의 내부에 똬리를 틀고 앉아 있음을 스스로 확인하는 그 기분은 이루 형용할 수 없으리만큼 착잡했다. (『낫』, 84-86)

산서 주민들 사이에서 배귀수의 아버지는 "낙철이란 본명보다 낫질이란 별명으로 더 잘 알려져 있는"(37) 인물이다. 배귀수에게 생부의 존재를 알려주던 임종 당시의 어머니는 그의 아버지와 관련된 일에 대해 "호랑이 댐배 먹든 그 시절 그 이름을 여적지 기억허고 있는 사람이 몇몇이나 있겄냐"며 "아무리 골수에 맺힌 원한이라 할지라도 그 빛깔이 충분히 바래고 농도가 묽어질 만큼 세월이 어지간히 흐른 다음이니까 이제는 선영을 찾아" "오래도록 손이 끊긴 조상들의 산소를 꼭 벌초해줄 것을 마지막으로 거듭거듭 당부"(37)했던 것이었다. 그러나 산서에서 과거의 일은 "삼십 년도 훨씬 더 지나간 옛날옛적 일"이 아니며 "골수에 맺힌 원한"은 "빛깔이 바래고 농도가 묽어"(37)지기는커녕 마을 사람들에게 여전히 트라우마6)로 남아있다.

---

6) 트라우마(Trauma)는 주체의 삶 속 사건으로, 그것의 강렬함과, 그것에 적절하게 대

귀수의 귀향은 마을 사람들에게 과거의 기억을 불러일으키는 매개물로 작용하여 분노와 복수심을 자극한다. 그들에게 귀수는 여전히 해결되지 않은 상처를 들여다보게 하는 이방인이다. 귀수가 고향에서 마주한 이들은 자신의 아버지에 의해 가족 중의 누군가를 잃은 사람들의 이야기를 듣고 자라났다. 그들은 비이성과 광기로 보일 정도로 배낙철의 화신으로서의 배귀수에게 집착하며 귀수 가족을 몰살하려는 시도마저 정당화한다.

산서 마을 사람들이 귀수가 보이는 "생부의 흉내"(85)만으로도 여전히 겁을 먹을 만큼 배낙철의 "유령"(84)은 현재형으로 작용하고 있었다. 산서 마을에서 배씨 일가의 유일한 생존자라고 할 수 있는 배낙범은 자신의 가족들은 배낙철 덕분에 살았지만, "살어 있어도 산 목심들이 아니"(163)라며 "차후로 산서에는 두 번 다시 발걸음도" 하지 말기를 "애원"(168)한다.

교장 선생인 상곡 어른을 비롯한 마을 사람들의 회상으로 배귀수는 아버지, 곧 배낙철이라는 '낫질'을 잘 하던 제법 똑똑했던 인물이 한국전쟁의 소용돌이 안에서 어떻게 변해갔는가를 보여준다.

> "물론이지. 선산 규모를 보고 자네도 벌써 짐작은 했을 테지만, 배씨네라면 우리 최문하고 맞먹을 정도로 산서 인근에서는 알아주는 벌쭉한 집안이었지. 십여 대에 걸쳐서 산서 땅에서 세거하면서 농사도 광작을 해서 살림도 따끈할 뿐만 아니라 자네 아버지는 일찍부터 수재라고 소문난 두뇌에다 고보 졸업에 전문학교 중퇴 학력이고 인물 또한 소문난 미남이

응할 수 없는 주체의 무능력과, 그것이 심리 조직에 야기하는 대혼란과 지속적인 병인의 효과에 의해 정의되는 사건을 가리킨다. 장 라플랑슈·장 베르트랑 퐁탈리스, 임진수 옮김, 『정신분석사전』, 열린책들, 2009, 266면.

고……" (『낫』, 218)

과거 "배낙철은 고보를 졸업한 후 고향 마을에서 홀어머니를 도와 간간이 농삿일을 거들며 소일하고 있었다."(248) 상곡 어른으로 불리는 최부용의 아버지인 최명배는 자신의 둘째 아들 최귀용의 유학길에 뒷바라지 겸 독선생 역할로 가문 안에서 수재로 소문난 조카 배낙철을 딸려 보내게 된다.7) 그런데 최명배는 "어느날 청천벽력이나 다름 없는 급보"를 받게 된다. "평생을 오로지 자신의 재산과 가문을 보전하는 사업 한 가지에만 급급해 나왔을 뿐, 평소부터 조국이니 민족이니 하는 따위 헛소리엔 도통 관심이 없던" 최명배에게 아들 귀용의 검거 소식이 들려온 것이다.

> 그 당시 배낙철은 학교 선배의 주선으로 이미 해체된 공산당의 재건을 꾀하던 경성콤그룹 계열에 선이 닿아 있는 한편 후배들을 포섭해서 맑스 레닌주의를 학습하는 독서회를 조직해 운영하는 등으로 독자적인 활동도 병행하는 중이었다. 낙철의 영향으로 최귀용은 어린 나이에도 불구하고 독서회의 핵심 회원이 되어 낙철의 손발 노릇을 충실히 수행하고 있었다. 낙철의 지시로 귀용은 조직 내부의 연락 임무에 나섰다가 전부터 냄새를 맡고 뒤를 밟던 고등계 형사의 불심검문에 걸려드는 몸이 되었다. (『낫』, 251)

---

7) 내 자식 출세시키겠다고 남의 자식까지 떠맡아 가르쳐서 함께 출세시켜야 된다는 그 사실에 몹시 배가 아팠고, 적어도 전문학교 과정을 마치기까지 낙철이놈 밑구멍으로 들어간 유학 경비의 절반 가량만 계산해봐도 생살을 도려내는 듯한 통증 때문에 밤잠을 제대로 못 이룰 지경이었다. 하지만 쓸 만한 연장 하나를 벼리기 위해서는 반드시 뜨거운 불길에다 무쇠를 달궈야 되는 법이었다. 귀용이 제 이종 형의 영특한 머리통을 징검돌삼아 질끈질끈 밟고서 종당에는 동경 유학의 경지까지 훌쩍 건너뛰게끔 만들자면 그만한 출혈은 모면할 길이 없음을 최명배는 억울하지만 시인할 도리밖에 없었다. (『낫』, 249)

이종형인 배낙철에게 모든 죄를 뒤집어씌우고 아버지 최명배의 뇌물에 힘입어 가까스로 풀려난 귀용과 달리 배낙철은 "일제의 치안유지법 위반으로 장기 실형을 언도받"고 고문 끝에 "정신 질환에 의한 형 집행 정지 처분으로 풀려나왔다."(252) "형기의 3분의 1도 못다 채운 여건에서"(234) 배낙철은 "도무지 살아있다고 말할 것이 못되"(235)는 "산송장"(234)의 몰골로 출감한다. 최 교장의 회고에 되살아난 배낙철은 산서마을 사람들이 기억하는 악의 화신이라기보다는 일제강점기 치하에서 고문을 당하고 "한 도막의 숯등걸 모양으로 새까맣게 밭아버린"(235) 가여운 인간의 모양을 하고 있을 뿐이었다.

> 망측스런 소리로 웃으면서 그가 벌떡 일어앉았다. 그 사품에 부용은 냉큼 윗목으로 물러났다. 그에게 한 입 욕심껏 물어뜯긴 팔뚝의 상처에서 피가 샘솟기 시작했다. 살점이 너덜거릴 지경으로 크고도 깊은 상처였다.
> (중략)
> 그의 눈빛은 이미 정상이 아니었다. 불똥이 뚝뚝 떨어지는 무시무시한 눈초리로 부용을 노려보면서 또다시 남의 살점을 물어뜯을 요량으로 기회만 노리고 있었다.
> (중략)
> 그렇듯 한바탕 미쳐 날뛰다가 그는 마침내 눈자위를 허옇게 까뒤집고 입에 부걱부걱 거품을 물며 뒤로 벌렁 나자빠져버렸다. 피투성이가 되어 방바닥에 아무렇게나 널브러진 그의 처참한 몰골을 내려다보며 부용은 다시 한번 한축기를 느꼈다. 함부로 광기를 부릴 당시의 모습도 물론 무섭거니와 탈진해서 드러누워 죽은 듯이 꼼짝도 않는 그 모습은 더욱 소름이 끼쳤다. 그것은 도무지 살아 숨쉬는 인간의 형상이라고 말할 수가 없을 지경이었다. 차라리 어떤 흉포한 짐승이거나 야차의 형상이라 해야 마땅할 것이었다. (『낫』, 236-237)

집으로 돌아온 이후 배낙철은 정신 이상 증세를 보이며 폐인과 같은
생활을 한다. 어머니를 포함한 주위 사람들에게 보이는 대로 물어뜯고
공격하려는 이상 행동을 보이며 아무도 자신의 주변에 가까이 오지 못
하도록 광기를 부린다. "어떤 흉포한 짐승이거나 야차의 형상"을 한 그
의 모습은 이전에 보인 "산송장"(234)의 몰골보다 더 깊이 마을 사람들
의 뇌리에 새겨진다. 해방 이후 그의 정신 질환자 행세는 살아남기 위
한 하나의 수단이었다는 사실이 드러나지만8) "소름이 끼"치는 "광기"
를 보이는 배낙철의 "형상"은 마을 사람들에게 더 이상 "인간의 형상"
이 아닌 괴물, 혹은 타자의 "형상"으로 자리잡게 된다. 그는 점차 실체
라기보다는 소문과 풍문으로 존재하게 된다.9) 마을 사람들 사이에서는
그의 행방에 대해 끊임없이 이야기가 전해지며 그의 죽음을 모두가 직
접 목격하지 않은 이상 그가 살아있을지도 모른다는 사실은 그 자체로
공포와 불안의 대상으로 여겨지는 것이다. 역사적 사건을 겪으며 산서
마을에서 일어난 모든 피해의 양상은 배낙철로 환원된다.10) 그러한 인
식의 한 가운데에는 바로 '낫'의 이미지가 형상화되어 있다.

---

8) "군국 대일본 치하에서는 배낙철이 인생이 벌써 끝장나버린 거라고 생각했어. 형기
를 다 채우려고 참고 견디다가는 살아서 감옥을 빠져나갈 수 없는 몸이라고 생각했
어. 그래서 내 몸뚱이가 더 망가지기 전에 하루라도 빨리 이 지옥같은 감옥을 탈출
하기 위해서는 비상한 수단을 동원하는 수밖에 없다고 생각했던 거야." (『낫』, 255)
9) 종적이 묘연해진 배낙철에 관련된 뒷이야기들이 이따금 산서 사람들의 화젯거리로
등장하곤 했다. 깊은 산골짝에서 산삼을 찾던 어떤 심마니가 초췌한 몰골의 그를
먼빛으로 얼핏 보았다는 풍문이 떠도는가 하면 여순반란 때 국방군의 총에 맞아 죽
었다는 출처 불명의 소문이 제법 강한 설득력을 지닌 채 산서 바닥을 한동안 휘젓
기도 했다. (『낫』, 293)
10) 배낙철 한 사람이 떠나 없어지는 것으로 산서는 실로 오랜만에 평온을 되찾았다.
(『낫』, 292)

　세불리로 말미암아 점차 막다른 골목으로 몰리기 시작하면서부터 배
낙철의 손아귀에는 드디어 낫자루가 쥐어졌다. 산서 주민들은 그가 나타
나는 곳이면 으레 문제의 낫을 볼 수가 있었다. 그보다 훨씬 더 효과적
인 살상 무기로 지서에서 탈취한 총도 있을 텐데 그는 어찌 된 셈인지
늘상 초승달 모양을 닮아빠진 조선낫 한 자루만 달랑 몸에 지니고 다니
는 것이었다. 서슬이 시퍼런 예리한 낫날은 낮의 햇빛 아래서뿐만 아니
라 밤의 불빛 속에서도 요사스럽게 번뜩거렸다. 오래지 않아 산서 사람
들은 총을 든 황기팔보다 낫을 쥔 배낙철을 더욱 두려워하기에 이르렀
다. 문제의 낫은 일개 연장의 자격에 머물지 않고 신체의 일부를 이루는
배낙철의 분신처럼 느껴질 정도였다. 어떤 목적을 위한 수단이 아니라
그 낫은 소유자의 잔혹한 의지를 고스란히 웅변하는 끔찍스런 상징물처
럼 느껴지기도 했다. 그 무렵부터 산서 주민들 간에는 배낙철, 하면 얼른
썩둑썩둑 잘도 베어지는 서슬 푸른 조선낫 한 자루를 함께 묶어 연상하
면서 두려움에 떠는 한편 그를 가리켜 배낫질이란 별명으로 불러 버릇하
기 시작했다. (『낫』, 291-292)

　"훨씬 더 효과적인 살상 무기로 지서에서 탈취한 총도 있을 텐데 어
찌 된 셈인지 늘상 초승달 모양을 닮아빠진 조선낫 한 자루만 달랑 몸
에 지니고 다니는" 배낙철의 모습은 "소유자의 잔혹한 의지를 고스란
히 웅변하는 끔찍스런 상징물처럼 느껴지기도" 하는 한편 "일개 연장
의 자격에 머물지 않고 신체의 일부를 이루는 배낙철의 분신"으로 여
겨진다. 살육의 대상으로부터 먼 거리를 유지할 수 있는 총과 달리
'낫'은 자신이 해치는 대상과 가장 근접한 거리에서 그 현장에 동참해
야 하는 폭력의 수단이라고 할 수 있다. "세불리로 말미암아 점차 막다
른 골목으로 몰리기 시작하면서" 배낙철의 손에 쥐여지기 시작한 '낫'
은 처참하게 망가진 한 인격이 붙잡은 마지막 몸부림에 가까웠을지도
모른다.

배낙철이 또다시 산서땅에 모습을 드러낸 것은 6·25가 터진 직후였다. (중략) 순식간에 산서를 장악하고 나서 배낙철이 맨 먼저 착수한 일은 무시무시한 피의 보복이었다.

(중략)

지난날의 모습 그대로 배낙철은 총 대신 낫을 휴대하고 다녔다. 그는 최씨 부자를 최씨네 재실 마당에다 꿇어앉혔다. 그는 과거에 그토록 별러댔음에도 불구하고 서원생의 훼방 때문에 뜻을 이루지 못했던 인민재판을 그예 다시 시작했다. 최명배는 그 자리에서 만장일치를 이룬 인민들의 판결에 따라 사형을 선고받았다.

"악질 반동 지주를 네 손으로 처단해라."

놀랍게도 귀용의 손에다 낫자루를 쥐어주면서 낙철이 싸늘하게 명령했다.

(중략)

"느그 이모부 대신 차라리 나가 죽어줄란다."

피에 잔뜩 주려있는 이질의 마음을 아무래도 되돌릴 수 없다고 판단한 모양이었다. 관촌댁은 낫끝을 자신의 가슴팍에 대고는 그대로 땅바닥에 엎드러져 자진해버렸다. 두 눈 번히 뜬 채로 어머니의 죽음을 지켜본 셋째아들 덕용이 젊은 혈기를 가누지 못해 외마지 고함을 뽑으며 낙철에게로 돌진했다.

(중략)

그 이튿날 귀용은 잿더미로 변한 최씨네 재실 뒤편 숲속에서 늙은 소나무에 목을 매달아 자결한 시체로 발견되었다. (『낫』, 293-295)

"한 집안에서 한 목에 줄초상을 치른 세 주검"(295)으로 대표되는 배낙철의 행위는 그가 산서 마을 전체를 몰살시킨 악의 상징으로 자리매김하는 데 결정적 역할을 한다. 배낙철은 결국 최명배에 대한 사형 선고를 무기한 연기하게 되고 폐질환을 앓고 있는 장남 최부용 역시 목숨을 부지한다. 물론 배낙철은 자결한 관촌댁과 최귀용, 그리고 배낙철

일행의 손에 죽은 것으로 추정되는 최덕용의 죽음에서 자유롭지 못하다. 배낙철과 산서 마을 사람들이 공통적으로 겪어왔을 역사적 사실들이 그의 악행에 대해 면죄부를 주지는 못한다. 한지만 역사적 소용돌이 속에서 살아가는 배낙철이라는 한 인간을 객관적으로 보게 한다.

배낙철에 대한 기억의 재구성은 일본에 체포된 이후 보인 배낙철과 최귀용의 대응 양식에 대한 설명에서도 확인할 수 있다.

> 한 번 시작된 최귀용의 배신 행위는 재판 과정 내내 지속되었다. 자신은 너무 철이 없어 아무 짬도 모르는 채로 그저 한솥밥을 먹는 이종 형의 심부름만 했을 뿐이라고 끝까지 발을 쭉 뻗어버렸다. 반면에 배낙철은 비록 이름없는 작은 조직일망정 후배들을 이끌어 온 한 지도자답게 책임의 전부를 저 혼자 감당하려는 의젓한 자세로 일관했다. 그는 고등계의 취조 과정에서 악랄한 고문을 짐승처럼 견뎌가며 자신이 이끌던 독서회가 외부 조직과 연결되지 않은 독자적인 교양 단체임을 한사코 주장함으로써 자칫 상부 조직에까지 튈지도 모르는 불똥을 자기 선에서 차단했다. 그리고 재판 과정에서는 저 혼자 살아남을 구멍을 찾느라고 수단 방법 안 가리고 배신마저 서슴지 않는 어린 이종 동생에게 연민 어린 눈길을 보내면서 자기에게 중형을 내리는 대신 최귀용을 비롯한 나머지 후배들은 관대히 처분해달라고 탄원했다. (『낫』, 251-252)

최 교장의 회고로 전달되는 배낙철의 성격은 책임감과 의젓함, 그리고 관대함을 가진 "지도자"의 면모이다. 이러한 배낙철의 성격은 아들인 배귀수에게 뿐만 아니라 독자 역시 "허상으로만 자리잡고 있던 아버지라는 인물 위에 한 가지씩 이목구비가 차례로 갖추어지고 거기에 살아있는 숨결이 실리면서 차츰 움직이는 실체로 다가오"(299)도록 느끼게 만든다.

　『낫』에서 이야기하는 것은 한국전쟁에서 피해자와 가해자로 기억되어 온 인물들의 실상이다. 좌익과 우익 가운데 어느 한 편에 서느냐를 강요받는 상황에서 한국전쟁은 단순한 내전이라기보다는 외부적 요인의 폭력이 존재했다. 한편으로는 우리 민족 간의 내부 전쟁이기도 하지만, 또 다른 한편으로는 국제 사회 특히 미·소 간의 알력 다툼에 영향을 받은 전쟁이기도 하기 때문이다. 그러나 이데올로기를 적극적으로 받아들이고 결단과 실천에 옮긴 것은 인간들이다. 이들을 움직인 분노와 욕망의 이면에는 똑똑하고 능력이 있었지만 사회적·계급적 위치 때문에 한계를 느끼며 살아가야 했던 인물들에게 새로운 이념이 모종의 돌파구가 되어 가능성을 보여주었다는 점에 주목할 필요가 있다.

　"자율적 주체는 자신이 추구하는 것이 사회적 구조의 약점과 허점을 보완할 수 있다는 믿음을 가진다. 그리고 그런 믿음이 커질수록 숭고한 감정에 빠져든다. 내 자신의 욕망은 사회적 구조 전체가 완전해지기 위한 욕망과 하나라는 생각, 그보다 더 장엄한 감정을 불러일으킬 수 있는 것은 없다. 그런 일체감을 주는 대상, 그것이 지젝이 말하는 '이데올로기라는 숭고한 대상'이다."11) 이데올로기는 하나의 완전하고 숭고한 대상으로 고정되어 있는 반면 인간은 불완전하기에 변화할 수밖에 없는 존재이다. 인간은 끊임없이 이데올로기와 갈등하고 타협하며 이에 순응하거나 대항해나간다. 공동체 내부의 갈등이 존재하고 있는 상황에서 본질적인 구조가 변하지 않는 한 이데올로기를 둘러 싼 갈등은 점차 광기로 변할 수밖에 없다. 전쟁 역시 거대 권력이 패권을 다투는 과정이었고 그들이 붙잡았던 이데올로기 역시 다른 지배 권력의 질서

11) 김상환, 「이데올로기는 어떻게 작동하는가」, 중앙SUNDAY 2008, 5, 18.

를 모방해가는 과정으로 정착할 수밖에 없었기 때문이다.

이때 역사적 판단의 대상이 되는 것은 거대 담론 그 자체이기보다는 그 안에서 설쳐댔던 인간 개인의 악행과 악마성이다. 산서 마을 공동체의 상처는 배낙철을 증오와 공포의 대상으로 만든다. 이미 어느 한 쪽의 질서가 공고히 자리잡은 세계에서 그러한 질서를 위협하는 담론이 생겨나기란 어려울 수밖에 없다. 담론이란 이미 권력을 잡은 하나의 이야기에 불과할 수 있고, 이에 대해 반항하는 이야기 역시 궁극적으로는 주류 담론을 공고하게 하는 수단으로 활용될 수 있기 때문이다.12) 따라서 공동체의 역사가 남긴 상처를 책임질 심판의 대상은 그 공간에서 일어난 권력 다툼에서 밀려나 살인과 폭력 등 실질적인 피해를 입힌 개인에게로 돌아올 수밖에 없다.

『낫』의 서사에서 중요한 것은 과거의 탐구라는 주제 자체보다는 과거를 탐구하는 방식이다. 『낫』은 산서 마을이라는 공동체의 기억 속에 영원한 이방인으로 존재하게 된 한 인간의 삶과 그가 겪어온 역사적 사건들을 병렬적으로 제시한다. 일제강점기13)부터 "모스크바 3상회의의 신탁통치 결정에 따른 찬탁과 반탁"의 갈등 상황,14) 10월 항쟁15)에

---

12) 리쾨르는 이에 대해 '타당성 검증의 논리'를 들어 설명하고 있다. 타당성 검증의 논리는 독단주의와 회의주의라는 양극단의 터널을 빠져나오는 것으로 비록 우리가 최종적인 합의에 이를 수는 없다고 하더라도 하나의 해석에 대해 찬반 논쟁을 벌이는 것, 다양한 해석들과 맞부딪치는 것, 그 해석들을 중재하는 것, 합의를 추구하는 것은 언제나 가능하다는 것을 말한다. 리쾨르 폴 저, 윤철호 역, 『해석학과 인문사회과학』, 서광사, 2003, 374-378면.

13) 배낙철이 체포된 것은 전쟁 준비에 광분하는 일제의 착취 정책이 극에 다다라 있던 39년이었다. 그리고 그는 진주만 기습으로 이른바 대동아 전쟁을 일으킨 일제의 군사력이 동남아 각국에서 한창 맹위를 떨칠 무렵이던 42년초에 정신 질환에 의한 형 집행 정지 처분으로 풀려나왔다. (『낫』, 252)

14) 한동안 가라앉는 듯싶던 배낙철의 고질병이 된통 도지기 시작한 것은 모스크바 3

이르기까지 산서 마을이라는 공동체가 겪어온 역사적 사건들과 그 안에서 휘말릴 수밖에 없었던 인간들의 모습이다. 이는 등장인물의 입을 통해 직접적으로 제시되는 바와 같이 어떠한 일이든 "결과 못잖게 과정도 중요하"며 "과정은 뚝 잘라서 시렁 위에 얹어두고 결과만 도마에다 올려놓고서 칼질을 가한다면 거기서 무사할 사람은 별로 많지가 않"(300)다는 의미를 전달하려는 수단이라고 할 수 있다. 물론 "일제시절을 살아낸 사람이 산서에 어디 배냇질이 한 놈뿐이다요?"(339)에서 나타나듯 그에 대한 면죄부를 주거나 무조건적인 용서를 구하는 것은 아니다. 배낙철은 "말하자면 한 자루 낫 같은 인물"이며 "누가 어떻게 사용하느냐에 따라서 얼마든지 달라질 수도 있었"(302)다는 언급으로 배낙철과 같은 인간들에 대한 기억이 어떻게 일방적으로 재단되었을 가능성이 있는지를 가늠해 볼 수 있게 하는 것이다.

상회의의 신탁통치 결정에 따른 찬탁과 반탁 두 물결이 한반도를 거세게 휩쓸 무렵이었다. 미소공동위원회가 열릴 때부터 낙철의 거동은 눈에 띄게 달라지기 시작했다. 외박이 부쩍 잦아졌다는 것이었다. 어디 가서 누구를 만나 무슨 일을 도모하느라 그러는지 꽃다운 새댁을 내팽개친 채 며칠씩이고 밖으로만 나돌면서 바삐 움직인다는 소문이었다. (『낫』, 272-273)

15) 땅 없이 농사짓는 가난한 농민들의 마음을 휘어잡아 키운 세력으로 서원생과 끊임없이 맞부딪치는 한편 이모부인 최명배를 꺾어 산서에서 기어코 토지개혁을 실현시키고자 기를 쓰던 배낙철에게 어려움이 닥치기 시작했다. 전국적인 인민 항쟁을 전개하라는 중앙의 지령에 따라 그는 대규모 폭동을 일으키고 관공서를 습격하는 등으로 한때 맹위를 떨치기도 했다. 그러나 경찰관들을 살상하고 무기를 탈취하고 지서에 방화까지 해가며 산서 일원을 거의 장악하다시피 했던 10월 항쟁을 고비로 그는 급속히 내리막길을 타기 시작했다. (중략) 비록 산서의 좁은 테두리일망정 그 안에서 자신이 그토록 신봉해 마지않는 사회주의 이상을 실현하려는 성급한 꿈에 부풀어 있던 배낙철은 공권력과 우익 세력의 협공이 걸려 필사적인 저항을 계속하다가 더 이상 배겨내지를 못하고 끝내 황기팔을 비롯한 소수의 추종자들과 함께 입산해버림으로써 이른바 야산대의 곤고한 신세로 퇴락하고 말았다. (『낫』, 291-292)

'낫'이 사용하는 사람에 따라 연장도 되고 살상무기도 되는 것처럼, 인간 역시 양면성이 있다. 배낙철은 똑똑하고 능력이 있었지만 사회적 한계로 발휘할 수 없었다. 그가 능력을 발휘할 수 있었던 계급적 위치에 서 있었더라면 역사의 소용돌이 속에서 산서 마을 사람들에게 그런 위협적인 존재는 되지 않았을지도 모른다. 그러니 시대의 흐름에 어쩔 수 없이 선택한 방법으로 살아가야 했던 인물로 평가해 볼 수도 있다.

『밟아도 아리랑』은 한국전쟁이 일어나기 전인 일제강점기 시기까지를 배경으로 한 채 미완성으로 남겨져 여기서 다루는 한국전쟁 체험과 직접적인 관련은 없다. 미완의 작품이기는 하나 『낫』의 전신(前身)으로서 고찰할 필요가 있다.16)

"산서"라는 공간적 배경이나 일제강점기라는 시간적 배경 그리고 인물들의 이름 역시 모두 일치할 뿐만 아니라 두 작품의 서사와 인물들의 성격이 상당 부분 유사하다. "일제 때 미션 계통 여학교를 다닌" "청상"(133) 역할의 순금 언니는 『밟아도 아리랑』의 최순금17)과 유사한 인물이다. 아버지 최명배18)와의 갈등 끝에 "자기 몫의 유산을"(148) 받

---

16) 『밟아도 아리랑』은 1988년에 출판되지만 미완인 채로 남겨진다. 이후 1989년에 일본의 각천서점에서 『낫』이 출간되고 1995년에는 '문학동네'에서 한국어판이 나오게 된다. 『낫』은 『밟아도 아리랑』의 후일담으로 이 작품들에 나타나는 인물과 사건들은 『완장』이나 『산에는 눈 들에는 비』에 역시 반복적으로 나타나고 있다.

17) 『밟아도 아리랑』에서 최순금은 최명배의 큰딸로 유학을 간 광주에서 야학당과 독서모임으로 퇴학을 당하고 정혼자 정세권이 고문으로 병사하자 청상 아닌 청상 신세가 되어 고향으로 돌아온 인물이다. 야소교(기독교) 신자로서 체포 위기에 처하기도 하지만 일본인 기꾸찌의 구애를 받으며 괴로워하는 한편 장애를 가진 머슴 춘풍이와 정서적 교류를 나눈다. 유약함을 대표적인 성격으로 꼽을 수 있는 최부용·귀용과 달리 강인한 면모를 보이는 여성 인물이다.

18) 일제강점기 산서면 상곡 마을 지주 집안의 수장이다. 평소의 친일에 대한 대가로 일본의 징집 명령을 미리 파악해 자신의 일가붙이를 피신시키는 등 적극적인 친일 인사로 활동한다. 최명배는 군것질에 집착하는 희화화된 성격이나 일본으로

아 산서 마을을 위해 헌신한 최부용은『밟아도 아리랑』에서 역시 큰아들 최부용19)이라는 인물로 나타난다.

『밟아도 아리랑』은 화적패 사건 등 배낙철과 최씨 일가의 악연이 본격적으로 구체화되기 시작하는 지점에서 미완인 채 남겨진다.『낫』에서와 같이 일가족이 비극적 죽음을 맞이하거나 이에 대해 배낙철이 결정적 기여를 하기 직전의 상황까지가 묘사되어 있다. 배낙철에서 배귀수로 이어지는 부자(父子) 관계의 서사20)를 다루고 있는『낫』과는 달리『밟아도 아리랑』은 큰딸 최순금의 서사에 비중을 두고 있다. 특히『낫』에는 존재하지 않는 머슴 춘풍21)이나 최부용의 첫사랑 이연실22) 등을 등장시켜 인물 간의 애정 서사를 구체화시켜 전체 서사의 흐름과 연관되어 진행될 것이라는 여지를 남긴다.『낫』에서는 이러한 주변 인물들의 서사를 생략하고 한국전쟁과 배낙철이라는 인물에 집중하여 보다 역사적인 관점에서 이들을 조명한다.

아버지의 잘못 때문에 갈등하는 아들의 서사는『산에는 눈 들에는 비』에서도 등장한다.

유학 보낸 막내아들 귀용에 대한 기대를 배반당하는 장면 등에서 채만식의『태평천하』에 나오는 윤직원 영감을 연상시키는 인물이다.

19) 최부용은 최씨 가문의 큰아들로 우유부단하고 소심한 성격이다. 아버지와 사회에 크게 반항하지도, 그렇다고 순응하지도 못한 채 살아가는 인물이다. 뇌점(폐병)에 걸렸지만 낫겠다는 의지 없이 하루하루를 살아가며 동생 귀용과 배낙철의 화적질을 방관하며 갈등하는 유약한 면모를 보인다.

20)『낫』에서는 배귀수의 아들 가섭마저 등장해 귀수의 심리에 영향을 미친다.

21) 장애를 가진 머슴으로 우직한 성격을 가진 인물이다. 강간을 당할 위기에 있던 순금을 구하지만 도리어 범인으로 몰려 학대를 받는다. 순금이 위기에 처할 때마다 돕는 인물로 순금의 관심을 받는다.

22) 최부용의 첫사랑으로 친일 인사인 아버지의 존재로 인해 최부용과 헤어진 과거가 있지만 이들을 다시 만나게 해준 순금의 노력으로 폐질환을 앓는 부용을 살리는 데 기여한다.

역사란 참으로 무서운 것이었다. 특히나 시퍼렇게 살아서 숨 쉬고 있
는 역사는 냉혹하리만큼 무시무시한 것이었다.23)

　　우승기의 아버지 우 회장은 자신의 고향에서 "부끄러운, 어쩌면 더
럽기조차 한 내력"24) 때문에 "요란하게 주민들의 입길에 오르내"(14)린
인물이다. 그러한 우 회장이 널금 저수지 꼭대기에 "외국의 그림엽서
같은 데나 나올 법한 서양식의 별장"(12)을 짓기 시작하면서 마을 사람
들의 관심과 질시를 받게 된다. "억만장자가 되어 거의 반세기 만에 처
음으로 고향땅을 밟으러 가는 우 사장의 앞길을 육중한 바위처럼 떠억
가로막고 있는"(15) 것은 과거의 일로 인해 원수가 되었다고 알려진 교
장 선생이라기보다는, 그러한 두 사람의 "숙명의 대결"이 "가급적이면
면소재지의 가장 번화가인 시장통 한복판 같은 곳에서 딱 이루어지기
를 고대하고 있는"(15) 마을 사람들의 "소문"이다. 이러한 소문의 근원
에는 우 회장의 과거가 자리잡고 있다. 그가 떳떳하지 못한 지난날의
악행에도 고향으로 돌아와 남은 생애를 보내려고 하는 것은 귀소본
능25)으로 볼 수 있다.

23) 윤흥길, 『산에는 눈 들에는 비』, 세계사, 1993, 15면. 앞으로 이 작품을 인용할 때
　　는 『산에는 눈 들에는 비』라고 하고 인용한 면수의 숫자를 괄호 안에 적기로 한다.
24) 윤흥길, 『산에는 눈 들에는 비』, 세계사, 1993, 14면. 앞으로 설명 중에 인용하는
　　것은 인용한 면수의 숫자만 괄호 안에 적기로 하고, 한 문장 안에 같은 면수가 인
　　용될 때는 마지막 인용 부분에만 면수를 적기로 한다.
25) 많은 생물들이 귀소본능이 있지만, 그 대표로 연어를 꼽는다. 연어는 태어난 강을
　　정확히 찾아오는 모천회귀성 어종이다. 그것은 본능이다. 인간도 그렇다. 자신을
　　낳은 부모님과 고향을 그리워하며, 죽을 때도 고향 땅에 묻히고 싶어 한다. 그건
　　다름 아닌 귀소본능 때문이다. 서동인, 「전봉건 시의 생명 인식 연구」, 『비교어문
　　연구』 21호, 2006, 321면.

일본에서 일찍이 돈냥깨나 쥐고 반도로 건너온 하야시는 일본 관헌들의 위세를 등에 업고 갖가지 부당하고도 교활한 방법들을 다 동원해서 무지하고 힘없는 우리 농민들로부터 풀 한 포기라도 자랄 만한 땅이라면 그저 마구잡이로 걸터들였다. (중략) 말이 서기일 뿐이지 실지로 우 주사가 휘두르는 권세는 농장 주인 하야시의 그것을 훨씬 웃도는 정도였다. 하야시가 우 주사를 철저히 신임해서 자신의 권한을 그에게 뭉텅 떼어준 탓이었다. 그는 일본사람 이상으로 일본말을 잘했다. 그리고 그는 타고난 비상한 두뇌를 십이분 발휘해서 소작인들을 빨래처럼 발끈 쥐어짜는 일에 요모조모로 간악한 지혜를 제공하는 놀라운 충직성을 보임으로써 주인으로 섬기는 하야시를 한껏 즐겁게 만들곤 했다. 같은 조선사람으로 이 고장 법계리 출신이면서도 그의 위세가 이와 같은지라 하야시 농장에 밥줄을 대고 살아가는 소작인들은 행여 그의 비위를 거스를까봐 숨조차도 크게 못 쉬는 형편이었다. 파리 목숨이나 매일반인 소작인들의 모가지 대여섯 개쯤 떼고 붙이는 일을 해마다 여반장으로 저지르는 그였으니 사람들이 하야시보다 오히려 그를 더 무서워하는 건 당연한 노릇이었다. 하야시 앞에서는 땀만 흘리던 사람들도 그 앞에서는 오줌을 지리는 정도였다. (『산에는 눈 들에는 비』, 119-120)

우 회장은 "토지조사[26]라는 명목으로 일제의 수탈이 자행되던 당시에"(119) 일본 사람보다 더욱 가혹하게 조선인들을 수탈했다. 이 과정에서 마을 사람들의 원한을 사고 교장 선생과는 악연이 된다.

일제의 토지조사사업이 한창이던 그 당시 일제에 협조하는 조선인은

---

26) 일제는 식민통치의 기초자료를 확보하기 위해 1912년 토지조사령을 공포하고 본격적으로 토지조사사업을 시행하였다. 일제는 토지조사사업이 지세부담을 공정히 하고 근대적인 토지소유권을 확립하기 위한 것이라고 선전하였다. 하지만 이 사업은 식민통치에 필요한 재정기반인 지세부과 대상을 안정적으로 확보하고 우리의 토지를 약탈하며 나아가 토지의 매매와 저당을 자유롭게 하여 일본인이 쉽게 토지에 투자할 수 있게 하려는 목적을 가지고 있었다. 도면회 외 고등학교 『한국사』, 비상교육, 2014, 274면.

일본인보다 더 악랄할 수밖에 없었다. 지주들은 땅을 빼앗기지 않으려고 또 사회적·계급적 신분이 낮은 이들은 이데올로기라는 명목 아래 그들의 굴레를 벗어날 수 있는 기회로 생각했기 때문이다. 어떤 이들은 지키기 위해 또 어떤 이들은 벗어나기 위해 악행도 서슴지 않았던 것이다.

우 회장은 "영리한 머리를 타고났음에도 불구하고" "가정 형편 때문에 간신히 소학교만 마치고 더 이상 상급 학교에 진학하지 못했다." (121-122) 그러던 중 참봉댁에서 일을 거들던 우 회장의 어머니가 나락을 훔치다가 들킨다. 그의 아버지는 이에 대해 항의하며 "대들다가" "마름네 식구와 그 집 머슴들한테 죽도록 뭇매를 맞"(122)는다. "피투성이가 되어 시체처럼 꼼짝도 않고 땅바닥에 누워 있는" 아버지를 본 어린 우 회장은 "불꽃이 번쩍 튀는" 눈으로 교장 선생을 노려보다가 며칠 후에 "참봉댁의 행랑채에 불을 지르다가 붙잡혀" "홀연히 마을을 떠나버렸다."(123)

이렇게 고향을 떠난 어린 우 회장은 가난 때문에 생긴 이 아픔을 언젠가는 꼭 갚으리라 다짐했을 것이다. 그러나 태생적으로 물질과 계급을 가지지 않고서는 현실을 넘어서기가 쉽지 않다. 그래서 우 회장은 시대의 흐름을 악용하게 된 것으로 보인다. 아무것도 가진 것 없는 어린 우 회장으로서 일제의 앞잡이 노릇은 물질적 토대가 필요 없었기 때문이다. 그리고 그것을 지키기 위해 악행도 서슴지 않았던 것이다.

다시 돌아온 우 회장은 하야시의 권세를 등에 업고 마을 사람들에게 악행을 저질렀다. "인근에서 제법 인물깨나 반반하다고 소문난 소작인의 딸이나 일꾼의 마누라들을 닥치는 대로 건드리는 짓도 서슴지 않았다."(210) "읍내 왜놈 헌병 분견소에 교장선생님을 사회주의자"로 밀고하여 "사상범으로 1년 6개월 징역살이"를 하게 만든 것도 우 회장이 벌인 일 가운데 하나였다. 이에 더해 교장 선생의 약혼녀를 납치하여 겁탈하는 사건이 일어나게 되고 약혼녀는 "다음 날 곳집 옆 소나무에 목을 매달아 자결한 시체로 발견"(204)된다.

이런 악행을 저질렀던 우 회장이 남은 인생을 보내고자 다시 고향으로 돌아온 것이다. 마을로 돌아왔을 때 그들 부자를 대하는 마을 사람들의 태도는 당연한 결과이다. 우 회장과 우승기에 대한 마을 사람들의 부정적인 감정은 우승기의 개 "태평이"가 타살되고(188) 우승기가 기거하는 별장에 "공기총"이나 "돌팔매"(207)질을 하는 것으로 긴장감을 조성한다.

자신의 아버지가 고향에서 어떠한 악행을 저질렀는지 알지 못해 괴로워하던 우승기는 인배에게서 과거의 사건들을 전해 듣고 "해결의 실마리가 잡힐 것도 같다는 예감"(211)을 한다. "우회장이 지은 죄를 세상 사람들한테" "대신 사죄하고 용서를 빌겠다는"(153) 우승기는 어린 시절 학교가 끝나 집으로 돌아가는 길에 보았던 충격적인 사건을 기억한다. 아버지의 차를 가로막고 "퍼렇게 날이 선 비수"(164)로 자신의 배를 찔러 자살한 남자를 목격한 것이었다. "악덕 고리대금업"(165)으로 "피도 눈물도 없는 우 회장한테 걸려서 신세를 망치거나" "목숨까지 끊은 사람이 한둘이 아니라"는 사실을 알게 된 것이다.

우 회장은 고향에서 자리잡기 위한 방안으로 "마을의 숙원사업인 도로포장"(247)을 내세우며 "죽기 전에 돈 보따리를 풀어" "고향 발전에 일조가 되"(281)겠다고 한다. 이에 우승기는 "만사를 돈으로 해결하겠다는 생각이 얼마나 유치하고 위험한 발상인가를"(249) 경고한다. 그러나 우 회장의 입장에서는 다를 수 있다. 어린 나이에 고향을 떠날 수밖에 없었던 것은 결국 가난으로 빚어진 사건 때문이다. 그런 과거가 있는 우회장이 물질적 보상으로 예전의 일을 덮고 고향에 안착하려는 것이다. 그런 과거가 있는 자로써는 이 방법이 고향에서 버틸 수 있는 최선이라고 생각할 법하다.

우승기는 마을에서 자신의 거의 유일한 말동무가 되어준 인배의 결혼식에 찾아온 아버지에게 "뜻 모를"(282) "괴상한 소리"(281)를 지르며 발작한다. 승기는 아버지의 과거로 귀환한 것이다. 아버지의 악행을 인정할 수가 없어 괴로웠던 것이다. 이때 인배는 자신의 결혼식에 온 우회장을 모욕한다. 이들을 야단치며 우 회장과 맞닥뜨린 교장 선생의 등장과 함께 우승기는 "행방이 묘연"(285)해진다. 아버지의 과거에 마을 사람들의 용서를 구하고자 승기는 자신의 방법대로 실행한 것이다. 인배는 결혼식을 마치고 행방불명된 우승기를 찾아 널금 저수지 일대를 뒤지며 우승기를 찾는다. 교장 선생은 우승기가 평소 "유카틴 별"에 돌아가겠노라고 말했던 일을 인배에게 전해 듣고 마을의 배들을 동원해 우승기를 찾는다.

사건을 지켜보던 우 회장이 교장 선생을 만나 사과를 하겠노라고 다짐하는 순간 "승기가 항상 즐겨 신고 다니던" "가죽 장화"(304)가 물가에서 발견된다. 우 회장은 자신이 지금 무엇을 해야 되는지를 깨닫게 된 것이다. 그가 물질적 보상으로 과거를 청산하려 했다는 것이 잘못됐고 승기가 원했던 것처럼 진정한 사과만이 지난날을 용서받을 수 있다는 것을 알게 된 것이다. 그래서 차마 용서받기 힘들 정도의 피해를 줬던 최 교장을 찾아가려는 것이다.

우 회장은 아들의 장화를 발견한 순간 "수문을 열어"(305) 달라고 요구한다. 수문을 여는 일은 "농사꾼 전부가 금년 농사를 망칠 수"(306)도 있는 일이다. 이 때문에 마을의 농민들과 우 회장은 다시 갈등을 빚는다. 갈등이 고조되고 교장 선생은 자신이 "책임지"(310)겠다며 수문을 열겠다고 마을 주민들을 향해 "단안을 내리"(310)는 순간 경찰서에서 우승기를 "보호 중이라는 연락"(311)이 온다. 최 교장의 결정은 부성애 또는 아픔의 시대를 함께 겪은 자들의 이해로 볼 수 있다. 피해를 받고 준 사이이기 전에 아버지라는 동지애를 갖게 된 것이다. 일찍이 아들을 잃어 본 경험이 있는 최 교장은 아버지의 마음으로 우 회장을 이해한 것이다. 그리고 지난날의 우 회장의 악행을 시대 탓으로 돌렸을 수도 있다. 물론 그 시대에 모든 이들이 우 회장처럼 산 것은 아니지만, 그의 환경적 조건들의 이해로 이런 결정을 내렸을 것이다.

『낫』에서는 마을 사람들에게 악인으로 기억되는 배낙철이 속했던 시공간의 역사적 상황을 불러옴으로써 그의 삶을 입체적으로 조명하고자 한 시도가 엿보인다. 배낙철의 아들 배귀수 역시 과거의 문제들을 해결하는데 깊숙이 개입하여 자신의 상처를 극복하고자 하는 적극적인 자세를 보인다. 이에 반해 『산에는 눈 들에는 비』에서의 우 회장은 전형적인 악인형 인물로 그려지는 한편, 그의 아들 역시 미래의 상황을 책임질 수 있는 인물로 그려지기보다는 또 다른 '소문'으로 남겨질 여지를 가진다.

위의 두 작품에서 배낙철이 이미 죽어 과거 속에 존재하는 인물이라면 우 회장은 여전히 살아남아 자신이 가진 자본으로 다시 한 번 고향

땅을 장악하려는 욕망을 가진 인물로 묘사되고 있다. 마을에서 가장 경치가 좋을 뿐만 아니라 마을의 농사를 관장하고 있는 널금 저수지 위에 우 회장의 별장이 지어지는 장면은 현재까지 영향을 미치고 있는 자본의 힘이 마을의 기억과 대치하고 있다는 것을 암시한다.

사람들의 기억 속에 존재하는 악인이 살아있을 때 자식에 의한 대리 사과는 힘을 잃는다. 우승기는 아버지의 속죄를 위해 마을 사람들의 편에 서서 우 회장에 대항한다. 이미 죽어 없어진 배낙철과 달리 우 회장은 부와 명예를 거머쥔 채 여전히 승승장구하고 있다. 우 회장과 배낙철은 고향에서 악인으로 존재하는 이유에 차이가 있다. 과거의 악행이 개인 차원의 악행이냐 아니면 사회적 사건 속에 휘말린 세대 혹은 계급 간의 갈등이냐에 대한 것이다. 이미 돌이킬 수 없는 과거의 일로 배귀수가 고통을 받았다면 우승기는 아직 현재 진행형인 문제와 싸우고 있는 것이다.

자식이 아버지의 과거를 이해하고 용서를 비는 행위로 역사를 일단락 짓고 앞으로 나아갈 수 있었던 『낫』과는 달리, 『산에는 눈 들에는 비』에서는 과거 사건들의 당사자라고 할 수 있는 우 회장의 회개와 반성이 중심을 이루게 된다. 그의 참회를 위해 그가 가장 소중하게 여기는 우승기는 필연적으로 희생될 수밖에 없으며 이는 작가가 말하는 "권선징악 풍조에 대한 미련"[27]과도 관련이 있을 것이다.

---

27) 윤홍길, 『산에는 눈 들에는 비』, 세계사, 1993, 6면.

2. 과거(역사)와의 화해와 공감의 정서

윤흥길의 과거 탐구 분석 대상 작품의 공통점은 고향으로 돌아가서 과거와 만나게 된다는 것이다. 아버지의 고향으로 귀환하면서 아버지의 과거와 만나게 되고, 그 과거를 거부하지만 결국엔 인정하게 되면서 아버지의 역사를 받아들이게 된다. 그러나 『낫』의 배귀수는 이미 고인이 된 아버지의 과거와 만나게 되는 것이고, 『산에는 눈 들에는 비』의 우승기는 그렇지 않다.

『낫』의 주인공 배귀수는 그동안 알지 못하던 아버지의 존재를 어머니의 죽음과 유언을 계기로 마주하게 된다. 그러나 자신이 누구의 아들이며, 아버지가 어떤 과오를 저질렀는지를 깨닫는 순간 그는 아버지를 철저하게 부정한다. 스스로가 아버지와 얼마나 다른 인간인지, 혹은 상관없는 사람인지를 해명하기 위해 노력할 수밖에 없는 것이다. 그런데 고향에서 일어나는 사건들을 경험하며 귀수는 아버지 배낙철이 속한 과거의 역사와 배낙철이라는 인간 자체에 대해 이해하기 시작한다. 이 과정에서 귀수는 표면적으로는 마을 사람들과, 본질적으로는 아버지의 역사와 화해하기 시작하는 것이다. 귀수의 과거와의 화해는 환경적 조건의 이해와 공감으로부터 시작된다. 이것은 배귀수의 황대장에 대한 이해와 최미금의 귀수에 대한 이해로까지 이어진다.

귀수가 마을 사람들과 화해하며 아버지의 과거를 받아들이는 데 도움을 준 이들은 역설적이게도 그의 아버지 배낙철에게 가장 많은 피해를 입은 인물들이다. 배낙철에 의해 몰살 위기에 처했던 최씨 가문의 큰아들인 교장 선생과 그의 막내 여동생 최미금은 마을 사람들로부터 위협을 당하는 귀수를 보호한다. 최미금의 행동은 처음에 귀수의 아내에게 불쾌감과 불신을 유발하는데 이러한 감정은 현대 사회에서 자신에게 필요 이상의 친절을 베푸는 타인을 대하는 전형적인 반응이라고 할 수 있다.

> "지금쯤 틀림없이 또 어딘가로 전화 걸고 있을 거예요. 그새를 못참고는 누구한테 다시 보고하려고 괜히 배낭 핑계대고 급히 되돌아 간 거라구요."
> "은인을 두고 그렇게 함부로 말하는 법 아니야."
> "흥, 이 더위에 은인은 무슨 얼어죽을 은인! 우리한테 처음 접근할 때부터 난 그 여자가 영 맘에 걸렸다구요. 남자고 여자고 가릴 것 없이 산서 사람들은 모두가 한통속이라구요. 남자들이 때리는 시어미라면 그 여자는 말리는 척하는 시누이에 불과하다구요." (『낫』, 48)

자신이 잘 알지 못하고 통제할 수 없는 상황에서 인물들은 불안 상태에 빠진다. 배귀수와 그의 가족에 대한 마을 사람들의 적의는 다시 마을 사람들에 대한 귀수와 그의 가족들의 적의를 낳는다. 서로에 대한 적의를 계속해서 주고받을 때 혼란 상태는 점점 가중될 수밖에 없다. 작품에서 지속적으로 등장하는 "더위"는 이러한 갈등 상황을 부추기는 배경으로 작용하면서 시간의 흐름 속에서 이어져 내려온 산서 마을의 갈등을 집약적으로 보여준다. 서사가 진행되면서 적대적 감정이 해소되고 난 뒤 귀수의 아내 인혜가 최미금과 나누는 대화의 바탕에는 최미금이 말한 대로 이들이 "전혀 남남지간만은 아니"라는 인식이 깔려있다.

> "이 은혜를 어떻게 다 갚을지……."
> 인혜가 티셔츠의 반소매 끝을 어렵게 잡아당겨 눈물을 꼭꼭 찍어냈다.

"그런 말씀 마세요. 가섭이네하고 우리 오라버님 사이는 말할 것도 없
고, 저하고도 전혀 남남지간만은 아니잖아요." (『낫』, 147)

"전혀 남남지간만은 아니"라는 말은 단순히 이들이 친인척 관계에
해당한다는 의미만은 아닐 것이다. 서로의 처한 환경에 대한 공감적 인
식은 과거에 대한 상처를 넘어 이들이 서로를 이해하는 데 결정적 역
할을 한다.

> 황대장의 아픔과 외로움이 구체적인 형상을 띠고 실물 크기로 다가오
> 는 듯했다. (중략) 그래서 도대체 어쩌겠다는 것인가. 자기는 가담하지도
> 않았고 찬동한 적도 없는, 그 때문에 책임질 수도 없고 책임을 느낄 필
> 요조차도 없는 그런 과거지사를, 단순히 아무개의 아들이란 그런 이유만
> 으로 대신 떠맡아 천형처럼 짊어진 채 가파른 산비탈을 낑낑거리며 오르
> 고 또 오르기를 언제까지고 되풀이함으로써 결국 얻어내고자 하는 그것
> 이 대관절 무엇이란 말인가. (『낫』, 144)

황대장의 아버지는 한국전쟁 당시 배낙철을 도와 산서 마을에서 활
동한 인물이다. 황대장의 '총'은 배낙철의 '낫'과 함께 산서 마을 사람
들에게 공포의 기억으로 남아 있다. 황대장은 산서 마을에서 성장해왔
다는 점에서 아버지가 누구인지도 모르는 채 도시에서 살아온 배귀수
에 비해 아버지의 과거라는 원죄에 더욱 얽매인 채 지내왔다고 할 수
있다. 배귀수가 산서 마을에 도착했을 때부터 갈등 상황이 생길 때마다
그에게 가장 극렬한 증오의 반응을 보인 인물이기도 하다. 배귀수는 배
낙철로 상징되는 과거의 기억에 대해 누구보다 강렬하게 저항함으로써
살아남아 왔던 "황대장의 아픔과 외로움이 구체적인 형상을 띠고 실물
크기로 다가오는" 것을 느끼며 자신의 감정을 이입하게 된다.

그는 갑자기 잠투정 잘하는 버릇 나쁜 어린애로 변해서 최미금을 물고 늘어지기 시작했다. 슬픔이란 것이 밀려들었다. 외로움이란 것이 몰려왔다. 남녘 하늘을 시커멓게 뒤덮어오는 엄청난 먹장구름의 기세로 슬픔과 외로움이 반반씩 섞인 예사스럽지 않은 감정이 몰려들어 그의 머리 위에 잠의 소나기를 뿌리기 시작했다. 과거를 되돌아보는 행위야말로 그에게는 너무나 가혹한 여행이었다. 팔자 기박한 젊은 어머니와 함께 보낸 자신의 신산스런 어린 시절을 이야기하기 위해서는 먼저 동네 조무래기들 가운데 저를 때려 코피를 흘리게 만든 악동이 누구인지 고자질하기 전에 누님 앞에서 혹은 여선생 앞에서 큰 목청으로 울음부터 터뜨리고 보는 절차가 필요했다. 그는 갑자기 울먹울먹 말을 더듬기 시작했다. 눈이 스르르 감기기 시작했다. (중략) 의붓아버지가 이북땅에 남겨두고 온 노부모의 제사를 모실 때마다 온 집안에 감돌던 그 향내하고도 흡사한 냄새였다. 의붓아버지는 자신이 부모의 얼굴을 마지막으로 봤던 날을 제삿날로 잡아 해마다 그날만 되면 벌서 저 세상 사람이 되어 있을 고령의 부모에게 분향 재배를 올리곤 했다. 여느 날도 늘 그런 편이었지만 그날만큼은 특별히 의붓아버지의 신경이 더 날카롭게 곤두서 있어서 자기 외엔 어느 누구도 제사 모시는 자리에 얼씬도 못하게끔 단속이 유난했고, 제사가 끝난 후에는 으레 모주망태가 되어 귀수 모자에게 걸핏하면 고함을 질러대고 툭하면 손찌검을 해대곤 했었다. (『낫』, 152-153)

"자신의 신산스런 어린 시절"에 대한 기억은 황대장의 삶을 이해하는 연결고리가 된다. 배귀수의 의붓아버지는 자신이 겪은 모든 불행에 대한 비난의 화살을 귀수와 그의 어머니에게 돌려왔다는 점에서 이들 모자에게 산서 마을 사람들과 의붓아버지는 비슷한 위치에 있다고도 할 수 있다. 아버지로 인한 굴레, "자기는 가담하지도 않았고 찬동한 적도 없는, 그 때문에 책임을 느낄 필요조차도 없는 그런 과거지사를, 단순히 아무개의 아들이란 그런 이유만으로 대신 떠맡아 천형처럼 짊어진 채" 살아온 황대장의 아픔을 귀수는 이해할 수 있었던 것이다.

배귀수는 스스로의 과거를 되돌아보면서 "잠투정 잘하는 버릇 나쁜 어린애로 변해서 최미금을 물고 늘어지기 시작"한다. 절대 고립의 상황에서 자신의 편이 되어준 최미금은 배귀수보다 한참 어린 젊은 여선생이다. 그러한 그녀를 배귀수는 "누나"나 "선생님"으로 인식하며 자신의 힘든 삶을 고백하기에 앞서 "울먹울먹 말을 더듬"는다. 그는 "눈이 스르르 감기기 시작"하는 것을 느끼며 자신의 과거로 거슬러 올라간다. 단단히 봉인한 채 드러내지 않았던 아버지의 부재와 그로 인한 기억들을 열어 보임으로써 스스로 자신의 상처와 마주하게 된 것이다. 마을 사람들에게 적대적으로 맞서왔던 그가 무장 해제된 데에는 최씨 가족의 도움이 결정적이었다. 배귀수에 대한 최씨 일가의 조력은 한국전쟁이라는 과거의 체험을 어떻게 극복해나가야 하는가에 대한 고민과 연관되어 있다. 최 선생은 기차에서부터 귀수의 아들을 도와 호의적 관계를 만든다. 그녀는 마을에 도착해 그들이 누구인지 밝혀진 이후에도 마을 사람들의 위협에서 귀수와 그의 가족에게 여전히 조력자의 역할을 한다. 이 때문에 최미금은 처음에는 자신에게 적대적이었던 배귀수의 아내와도 심리적 연대를 맺어 화해를 이끌어낸다.

가장 큰 피해를 당했던 집단의 인물이 가해자의 자손을 받아들이고 더 나아가 적극적으로 돕는 장면은 함께 살아가야 할 공동체의 상처 극복 방법을 보여주는 것이다. 그것은 바로 공감과 연민의 정서이다. 최미금에게 배귀수는 원수의 아들을 넘어 자신의 잘못이나 선택과는 무관하게 태생적으로 지워진 굴레로 박해받는 한 인간이다. 마을 사람들에 의해 배귀수가 보복을 당할 경우, 배귀수의 아들 가섭 역시 자기 자신도 알지 못하는 이유로 아버지를 잃어야 하는 상황이 생긴다. 이러한 상황은 배낙철을 증오하는 마을 사람들이 겪은 일과 마찬가지이다. 과거라는 상처에 얽매여 한발짝도 나아가지 못할 때 산서 마을 주민들과 배귀수, 그리고 그의 아들 가섭은 서로에게 끊임없이 새로운 상처를 주고받으며 서로를 비난할 수밖에 없는 상황인 것이다.

산서 마을 주민이 느끼는 고통의 원천이라고 할 수 있는 가족의 상실은 배귀수에게도 해당된다. 배귀수는 바로 얼마 전에 어머니를 잃고 유언에 따라 아버지의 고향으로 내려온 자식이다. 그는 평생 아버지를 잃고 살아오다가 다시 아버지가 배낙철이라는 이유로 자기 목숨뿐 아니라 아내와 아들마저 잃을 위기에 처한 남편이자 아버지이다. 배귀수에 대한 연민과 공감의 정서는 산서 마을 주민들이 그를 배낙철의 자손만이 아니라 그저 한 어머니의 아들이자 한 여인의 남편이며 또 그들 사이에서 태어난 아들의 아버지라는 복합적 정체성을 인식할 때 생겨날 수 있다. 이때 한 인간의 정체성은 한가지로 규정될 수 없으며 그도 나와 마찬가지인 하나의 연약한 생명에 불과하다는 인식은 나와는 다른 인간에 대한 이해의 출발이라고 할 수 있다.[28]

> "자네가 선돌댁 모자를 죽이지 않은 것하고 그 똥냄새하고 무슨 상관이 있다는 말인가? (중략) 비릿허고 시구름헌 것이 으쩌면 그리도 내 새깽이 것허고 똑같든지! 저놈 똥남새가 내 새깽이 똥남새 영락없드란 말여, 내 말은!" (『낫』, 213-214)

---

28) 이에 관해 '탈권위주의 문화'로 해석할 수도 있다. '탈권위주의 문화'적 해석은 참과 거짓을 판단하는 '진리' 코드와 달리 이야기의 타당성에 '소통'과 '공감'의 문화적 코드에 따른 해석을 선호한다. 윤명희, 「네트워크 시대 하위문화의 애매한 경계, 그리고 흐름」, 『사이버커뮤니케이션 학보』 27, 2010, 140-141면.

'서원생'은 배귀수의 어머니 선돌댁이 죽기 전에 반드시 찾아뵙고 은혜 갚기를 당부한 생명의 은인이다. 한국전쟁 시기 배낙철과 가장 날카로운 대립의 각을 세운 인물 가운데 하나이다. 누구보다 배낙철을 증오했던 서원생은 이들 모자를 죽이기 위해 산에 오르지만 결국 실패하고 이들을 살려 보낸다. 서원생의 마음이 변하게 된 결정적 원인은 바로 어린 배귀수가 싸놓은 "비릿하고 시구름한" 똥에서 나던 "똥냄새" 때문이다. 배낙철과 마찬가지로 어린 아기의 아버지였던 서원생의 코에 "저놈 똥냄새가 내 새깽이 똥냄새 영락없"게 느껴진 순간 서원생은 이들 모자를 죽일 수 없게 된다. 똑같은 "똥냄새"를 인식한 순간 배귀수는 원수의 아들이 아닌 자신의 아이와 마찬가지인 한 연약한 생명이며 지켜주어야 할 대상이 될 수 있었던 것이다.

이러한 맥락에서 배귀수 역시 자신에게 가혹하게 굴었던 황대장을 "가해자인 동시에 피해자"(140)로 인식할 수 있게 되고 "나 자신이 직접 그와 같은 입장에 서보기 전엔"(143) 함부로 서로를 판단할 수 없다는 생각에 이르게 된다. 그는 애초에 산서 마을 주민들의 이해할 수 없는 분노와 멸시를 마주하고 산서 마을이라는 "무법천지"에 경찰을 데려와서(93) 문제를 해결하고자 한다. 그러나 황대장의 아픔에 공감하고 무엇보다 최씨 일가의 이해와 용서를 느끼고 난 뒤 배귀수는 "당사자들끼리 문제를 직접 풀어야"(145)하며 "산서에 똑같은 비극이 되풀이돼선 안 된다는"(151) 생각으로 경찰 등 공권력의 투입을 거부한다.

> "비님이다, 비님! 비님이 오신다아!"
> 굵은 빗방울을 맞아 번들번들 빛나는 탐스런 근육을 과시하면서 반라의 젊은이는 시골 관습에 맞게끔 새로 고친 고함을 입에 매단 채 쏜살같

이 밖으로 달려나갔다. 창가에 있던 사람들이 행여 한 방울이라도 흘릴
세라 손바닥에 받아진 밋물을 조심조심 모셔왔다.

　"오매, 참말로 우리 비님이 납셨네그랴!"

　빗물이 담긴 손바닥을 에워싸고 사람들은 마치 난생 처음 보는 진귀한
보물이라도 대하듯 감개무량한 표정들을 짓고 있었다. (『낫』, 343-344)

　배귀수의 노력에도 쉽사리 사그라지지 않던 산서 마을 주민들의 분
노를 잠재운 것은 오랜 가뭄을 해결해 줄 "비님"이다. 산서 마을 주민
들은 오랜 가뭄으로 평소보다 더욱 단죄의 대상을 찾고 있었던 것으로
보인다는 점에서 배낙철을 비롯한 '괴물'의 존재를 되돌아보게 한다.
윤흥길의 『장마』 등에 나타나는 서사가 보여주는 이러한 해결 구도에
대해 샤머니즘적 치유[29]로 평가하는 것은 공감과 화해의 정서가 어떠
한 논리적 토론이나 객관적 진실 규명보다 상처의 치유에 결정적 역할
을 할 수 있다는 점을 간과한 것이라고 할 수 있다. 『낫』에 나타나는
'비'는 갑자기 나타나 모든 갈등 상황을 해결하는 판에 박힌 결말로서
의 '데우스 엑스 마키나(deus ex machina)'[30]적 장치로 보기 어렵다. 여기
서 마지막에 등장하는 '비'의 역할은 사건의 종결이 아닌 해결의 과정
으로 가는 관문으로 보아야 한다.

---

29) 정호웅, 앞의 책, 92-93면.

30) 데우스 엑스 마키나(Deus Ex Machina)는 고대 그리스에서부터 시나 소설이나 연
　극에서 등장하는데 현재까지도 일부의 연극이나 영화에서 활용되고 있다. 데우스
　엑스 마키나는 '기중기를 타고 내려온 신'의 역할을 맡은 배우에 의해 인간으로써
　는 해결하기 어려운 꼬여있는 문제를 해결해 신의 위대함을 알리고 연극의 결말
　을 맺는 플롯의 장치이다. 지나친 우연성(coincidence)으로 인해 극의 흐름을 방해
　하게 되므로 일반적으로 활용을 기피하는 측면도 있는 것이 사실이다. 김지홍, 「애
　니메이션에서 나타나는 데우스 엑스 마키나(Deus Ex Machina)에 관한 애니메이션
　의 우연성을 통한 연구」, 『조형미디어학』 15호, 2012, 40면.

아비의 목덜미에다 미끈거리는 뺨을 마구 비비대면서 가섭이 큰 소리
로 울음을 터뜨렸다. 녀석의 젖은 머리칼에서 풍기는 비릿한 냄새를 맡
는 순간 귀수는 왠지 모르게 명치 부위가 꽉 막혀옴을 느꼈다. 오래도록
억누르고 또 억눌러온 감정의 뭉텅이가 마침내 때를 만나 가슴속에서 폭
발하려는 찰나였다. 그는 치신머리도 없이 입 밖으로 분출하려는 울음의
가닥을 낫 모양을 닮은 혀로 도막도막 잘라서 목구멍 너머로 도로 우겨
넣은 다음 아들을 등에 업었다. 거추장스럽기만 하던 낫자루가 오히려
아들의 궁둥이를 받쳐주는 데 요긴한 도구 구실을 했다. 날이 밝아 선친
의 산소를 찾아볼 때까지, 그리고 그 바로 옆에 썼다는 어머니의 허묘와
그 자신의 아쟁이묘를 둘러볼 때까지 귀수는 그렇게 아들을 등에 업은
채 아내와 함께 어둠 속을 무작정 배회하고 싶었다. 오랜 가뭄 끝의 단
비를 흠뻑 맞으며 산서의 산과 들을 마구잡이로 쏘다니며 목청이 터져라
아무 고함이나 버럭버럭 함부로 질러대고 싶은 비상한 충동에 사로잡혀
있었다. (『낫』, 349)

『낫』의 마지막은 오랜 시간 비를 기다려온 산서 마을 주민들뿐만 아
니라 배귀수와 그의 아들 가섭 역시 비를 한껏 맞는 장면으로 묘사된
다. 비를 맞으며 느끼는 "미끈거리"는 감촉과 "비릿한 냄새", "왠지 모
르게 명치 부위가 꽉 막혀옴"의 감정과 "오래도록 억누르고 또 억눌러
온 감정이 뭉텅이가 마침내 때를 만나 가슴속에서 폭발하려는 찰나"는
그 자리에서 비를 맞는 모두가 온몸의 감각을 동원하여 공통적으로 느
끼는 정서이다. 오랜만에 내리는 큰 비는 배귀수에게 "오랜 가뭄 끝의
단비를 흠뻑 맞으며 산서의 산과 들을 마구잡이로 쏘다니며 목청이 터
져라 아무 고함이나 버럭버럭 함부로 질러대고 싶은 비상한 충동"과
함께 "아들을 등에 업은 채 아내와 함께 어둠 속을" 헤쳐 나가려는 의
지를 동시에 느끼게 한다.

이미 자신을 괴롭히던 마을 사람들을 이해하고 그들 앞에 용서를 빌었던 배귀수에게 내리는 '비'는 마을 사람들이 느끼는 '비'와는 다른 차원의 비이다. '비'를 통한 해결이 산서 마을 주민들에게만 해당된다면 전쟁 미체험 세대들의 화해를 조망하기는 어렵다. 『낫』은 배귀수의 서사이며 결말 또한 그의 심리에 집중되어 있다는 점에서 마지막 장면의 '비'는 사건의 갈등을 단숨에 해결해 버리는 샤머니즘적 '비'가 아니다. 이 '비'는 아버지 배낙철과 그의 과거를 모르던 배귀수가 아닌 새로운 배귀수로, 아버지의 굴레에 매여 고통 받는 배귀수가 아닌 아버지의 과거를 이해하고 자유로운 삶으로 나아가는 배귀수의 미래를 예고한다. 이 '비'는 최 교장이 언급했듯 배귀수가 이번 한 번의 방문으로 그간의 모든 원한을 씻어버리는 일은 불가능하므로 자신의 아들을 등 뒤에 걸쳐 업고 아내의 손을 잡고 밤길을 헤쳐 나가듯 앞으로의 삶에서 자신에게 지워진 과거의 기억을 묵묵히 헤쳐가갈 것임을 암시한다.[31]

『산에는 눈 들에는 비』에서 우 회장이 마을 사람들과 화해의 가능성을 열게 된 것은 아들인 우승기의 노력 덕분이다. "우 회장 때문에 교장선생님은 가장 소중한 사람을 잃었"고 "그래서 김씨 집안 젊은이들은 지금 우 회장한테 가장 소중한 것을 바칠 것을 요구하고 있"(230)다는 사실을 파악한 우승기는 "가해자의 악의도 피해자의 증오도 존재하지 않"는 "유카틴으로 돌아갈 날이 머지 않"(233)았다고 느낀다.

우 회장과 마을 사람들의 화해는 우승기뿐만 아니라 우 회장 가문과 대대로 원수 집안인 교장 선생의 결단에 영향을 받는다. 교장 선생은

---

31) 윤흥길 분단 소설의 핵심은 분단 극복의 방법적 모색에 있다. 작가는 분단으로 초래된 민족의 비극을 극복하는 방법은 민족의 전통 정서를 바탕으로 두고 모색되어야 한다는 신념을 일관되게 고수하고 있다. 이금례, 앞의 논문.

우 회장의 출현으로 엉망이 된 인배의 결혼식장에서 승기와 인배가 우 회장을 모욕하자 우 회장 편에 섬으로써 화해의 가능성을 제시한다. "또냄이"(308)와 "여치"(309) 등 어린 시절의 아명을 부르며 화해의 길을 선택한 교장 선생과 우 회장의 모습에는 과거로부터 나온 공통의 기억과 상처를 경험한 세대가 서로에게 느끼는 연민이 자리한다. 자식을 잃은 부모의 마음이라는 공감대의 형성은 후속 세대를 책임지고 있는 어른으로서의 역할이라고도 할 수 있다.

> 널금저수지 일대에서는 처음 보는 해괴한 차림이었다. 머리는 뽀글뽀글 볶아서 활짝 벌어진 민들레씨 모양으로 부얼부얼 부풀리고는 그것도 모자라서 노랑물까지 들인 흔적이 먼발치로도 완연히 드러났다. 통이 넓은 청바지에다 밝은 분홍색의 하르르한 블라우스를 걸치고는 하얀 스카프까지 바람에 너풀거리며 서 있는 모양이 아닌 게 아니라 마음 먹기에 따라 번차례로 시집도 갈 수 있고 장가도 갈 수 있는 양수겸장의 차림새로 매무새였다. (『산에는 눈 들에는 비』, 23)

우 회장에 대한 소문에 얹혀 마을 사람들의 새로운 관심사로 떠오른 우 회장의 아들 우승기는 외양묘사에서부터 이방인의 성격을 가지고 있다. "왈칵 남자도 아니고 그렇다고 또 왈칵 여자도 아닌 어중간한 것이 언덕 위 별장 마당의 끝에 서서 아까부터 꼼짝도 않고 먼 하늘을 넋 나간 듯 쳐다보는" 모습은 마을 사람들의 호기심을 끌기에 충분했다. 우승기는 이미 "어중간한" '사람'이 아닌 "어중간한" '것'으로 존재한다. 그는 아버지와 마찬가지로 '실체'라기 보다는 '소문'이며 사람이라기보다는 사물에 가깝게 묘사되고 있는 것이다. 우승기에 대한 소문은 "배냇병신"(30)과 "살짝 간" "미쳐도 곱게 미친"(33) 인물로 그를 설명한다.

그러던 어느 날, 막내아들이 갑자기 해괴한 소리를 지껄이기 시작했다. 이제사 솔직히 고백하는 말이지만, 자신의 원래 고향은 지금 살고 있는 지구가 결코 아니라는 것이었다. 마찬가지로 자신의 진짜 부모도 우씨 성을 가진 현재의 아버지와 그의 세번째 부인인 현재의 어머니가 아니라는 것이었다. 영어도 아니고 그렇다고 노서아어도 아닌 웬 괴상한 꼬부랑 이름을 대면서 그것이 바로 자기가 태어난 별의 이름이며 때가 되면 자기는 은하수 저쪽의 그 별나라로 되돌아가지 않으면 안 되는 몸이라고 부득부득 우겨대는 것이었다. (『산에는 눈 들에는 비』, 35)

"노랑물까지 들인" "머리는 뽀글뽀글 볶아서 활짝 벌어진 민들레씨 모양으로 부얼부얼 부풀리고" "통이 넓은 청바지에다 밝은 분홍색의 하르르한 블라우스를 걸치고는 하얀 스카프까지 바람에 너풀거리면서"서 하늘의 별을 바라보는 우승기의 외양은 '어린 왕자'의 외형을 연상시킨다. 이에 더해 "자신의 원래 고향은 지금 살고 있는 지구가 결코 아니라" "유카틴성"(76)이라는 우승기의 말 역시 '어린 왕자'와 같은 이방인의 이미지로 각인시킨다. 우승기가 아버지 우 회장을 졸라 지은 널금 저수지의 별장은 "아무런 장식이나 가구도 들여놓지 않"(88)고 널금 저수지에 비친 하늘의 달과 별들이 고스란히 비치는 풍경으로 둘러싸인 공간이다.

발걸음을 서두르던 달은 야산 위 서너 뼘 높이에서 잠시 가쁜 숨결을 다스리면서 한껏 거드름을 피웠다. 그러자 기다리고 있었다는 듯이 널금 저수지의 수면이 온통 그만한 넓이의 금박지를 깔아놓은 듯 샛노랗게 반짝거리기 시작했다. 그 호사스런 달빛에 주눅이 들어 주변의 산천초목도, 인간이나 금수들도 일제히 숨을 죽이는 순간이었다. (『산에는 눈 들에는 비』, 88)

『산에는 눈 들에는 비』의 공간적 배경이 되는 '널금 저수지'는 『완장』의 임종술이 지키던 바로 그 저수지이다. 이 작품 곳곳에서 '종술'과 '부월', '완장', 그리고 '태인댁'의 어휘로 회상된다. 서사의 곳곳에서 발견되는 『완장』의 이미지를 되살려 해석한다면, '저수지'는 임종술이 "완장을 차고 설"치던(160) 공간이다. '저수지'는 "별장 공사가 진행되는 동안에 우 사장의 개인 돈으로 닦여진 번듯한 찻길"(20)과 마찬가지로 자본과 권력 등으로 점철된 인간의 욕망을 대변하는 공간이라고 볼 수 있다. 이에 반해 '하늘'은 우승기가 그토록 돌아가기를 바라는 "유카틴성"이 있는 숭고함의 상징이다. '저수지'와 '하늘' 사이에 존재하는 공간이 바로 '별장'이다. 우승기의 별장은 하늘의 거울이자 저수지의 반사면으로 하늘과 저수지를 매개하는 공간이다. 이 공간에 기거하는 "정신분열" 증세를 가진 이방인이 바로 우승기이다.

> 별장집 도련님은 이제 정신병원에 수용될 것이었다. 승기의 도져버린 정신분열증이 결과적으로 아무도 해결할 수 없는 교장선생과 우 회장의 관계를 해결하는 데 결정적인 역할을 했다는 점에서 무척이나 다행스런 느낌마저 드는 것이었다. (『산에는 눈 들에는 비』, 315)

우승기는 스스로를 내던져 아버지와 마을 사람들 간의 화해에 기여하지만 결국 정신분열로 판명된다. 봉합되지 않은 상처가 존재하는 세계에서 완벽하게 통합된 개인은 존재하기 어렵다. 오히려 우승기는 분노와 고통의 기억을 대변하듯 완전히 분열하여 자신의 정체성을 드러낸 것이다.

이에 더해 신문 연재 당시 『언덕 위의 백합』에서 단행본으로 출간될 때 『산에는 눈 들에는 비』로 제목이 바뀐 것 또한 윤흥길 장편소설에서 추구하는 의식이 반영되었다고 볼 수 있다. 『언덕 위의 백합』이 우 승기를 중심으로 희생과 속죄의 의미를 강조한 것이라면, 『산에는 눈 들에는 비』는 겨울을 지나 봄으로 들어가는 계절적 상황에서 '산에는 눈이 내리지만 들에는 비'가 오는 희망적인 상황을 예고하고 있기 때 문이다. 과거의 탐구에서부터 과거와의 화해에 이르기까지 어느 한 두 사람의 잘못이나 책임으로 이를 해결하려 하기보다는 그들이 처한 환 경이 전체적으로 연결되어 이루어진다는 정서가 두드러진다고 할 수 있다.

『낫』에서는 아버지가 이미 사라진 상태에서 후속세대가 이를 상징화 하여 과거의 상처를 봉합하는 일이 가능했지만, 『산에는 눈 들에는 비』 에서는 눈앞에서 아직 현실로 존재하는 과거의 문제들은 격정과 트라우 마의 단계[32]에 머물러 하나로 수렴되는 고정적 정체성이 얼마나 허구적 환상인가를 몸소 보여준다. 현실의 모순을 고향이라는 공간이 가진 정 서로 극복하고자 하지만 이는 결국 자신의 정체성 찾기와 연결된다.

스스로의 정체성을 어떻게 규정할 것인가의 문제는 과거와의 화해를 이루기 위해 중요하다. 피해를 본 집단이 스스로를 피해자로 규정하고 이에 대한 사과를 요구하는 일은 과거와의 화해를 위해 필수적이다. 가 해자 집단에 속한 개인 역시 집단 뒤에 숨어 스스로의 정체성을 개인

---

32) 알라이다 아스만은 <기억의 공간>에서 기억을 격정, 트라우마, 상징화의 세 가지 로 구분하고 있다. 이 중 격정과 트라우마는 사람들의 기억 속에 현재 진행형으로 머물러서 재생되는 기억이다. 상징화는 이미 지나간 과거의 기억으로 어떠한 방식 으로든 상징화시킴으로서 박물관이나 기념비 등의 역할로 승화시키는 것을 의미 한다. 알라이다 아스만, 『기억의 공간』, 경북대학교 출판부, 2003, 324-343면.

화할 것이 아니라 능동적으로 가해자 정체성을 확립하는 것 역시 필요하다. 그러나 이 두 가지가 끝까지 평행선을 이룬다면 과거와의 화해는 이루기 어렵다. 피해자의 정체성을 가지되 가해자 집단에 속한 개인에 대한 공감과 연민의 감정을 불러올 수 있을 때 과거에 대한 이해는 가능해진다. 가해자 집단의 개인 역시 과거에 대한 책임을 국가와 역사라는 추상적 대상에만 전가시키지 않고 그것을 자신의 고통과 의무로 짊어질 때 속죄가 시작될 수 있다. 개인들의 정체성이 가해자와 피해자의 이분법적 구도에만 머무를 때 이들은 방어적이고 공격적이다. 대립적 이분구도를 넘어 다양한 의무를 수행하고 때로는 서로 충돌하는 가치를 추구하는 인간의 모습을 있는 그대로 보여주는 개인들은 실천적인 정체성을 구성하여 화해의 가능성을 열어나갈 수 있다.

제 4 장

권력 비판

『완장』, 『묵시의 바다』를 중심으로

윤흥길 소설에서 지속적으로 드러나는 주제의 하나는 권력 비판이다. 특히 『완장』과 『묵시의 바다』에서는 권력의 작동 방식을 잘 보여주고 있다. 권력을 이용하려는 자들과 그리고 이에 순응해나가거나 끝까지 대항함으로써 자신의 존재를 세상에 각인시키려는 인간의 모습이 자세히 드러나 있다.[1] 이는 권력 자체가 갖고 있는 원형적 속성인 것과 동시에 언제 어디서든 권력관계를 형성하고 이에 영향을 받을 수밖에 없는 인간의 본질이다.

권력은 자신의 권력을 지키고 확장하기 위해 '감시'를 활용한다. 감시는 친밀한 사람들과의 분열뿐 아니라 감시 대상의 내부 분열도 가져온다. 또한 상호 감시체계로 감시의 대상이 되는 집단의 분열을 조장하기도 한다. 이렇게 물리적 힘과 마음을 분산시킨 후 감시 대상자들에게

---

[1] 윤흥길의 작품에 등장하는 소시민들은 대로는 타협하고 때로는 대결하지만 늘 패배하는데, 그들의 패배에서 연민을 느끼지만 한편으로는 대견스러움도 느낀다. 이들은 현재를 살아가는 우리의 또 다른 모습이기 때문이다. 백로라, 앞의 글, 182-192면.

권력을 행사하는 것이다. 권력은 감시와 분열뿐 아니라 회유와 처벌의 역할도 수행한다. 권력에 도전하거나 방해가 되는 인물은 회유한다. 이때 활용되는 것은 물질적 안정이나 사회적 지위 상승이다. 회유로 해결되지 않는 대상은 배제되어 타자화되기도 한다. 한편 권력을 마주한 인물들은 각기 자신들의 방식으로 이에 대응하기도 한다. 권력에 대해 거리를 두기도 하지만 이것만으로는 극복할 수 없다는 것을 깨닫고 이에 대항하는 실천적인 태도를 보인다. 이때 가능한 방법 가운데 하나가 바로 주변화된 타자들 간의 연대이다.

여기서는 윤흥길의 장편 『완장』과 『묵시의 바다』에 나타나는 권력의 문제를 감시와 회유를 통한 포섭 양상과 타자화 등의 배제를 포함하는 폭력 등의 처벌 양상 등을 중심으로 살펴보고자 한다. 이러한 과정에서 등장인물들은 모호한 상태에 놓여있던 스스로의 위치를 자각한다. 그러고는 자신이 권력의 중심부에 도달하기 위해 애를 써야 할지, 이에 대항하기 위해 자신의 시선을 주변부로까지 확장해야 할지를 선택하게 된다. 이때 권력에 순응하려거나 또는 도전하려는 인간의 욕망이 등장한다. 이러한 상반된 태도를 살핌으로써 권력을 비판적으로 그려낸다.

1. 권력의 감시 전략과 상호 감시체계

『완장』은 임종술이 '완장'을 차고 저수지의 감시원으로 활약하게 된 경위와 그 결과를 보여준다. 이 작품에서 '완장'과 '감시'는 소설의 서사 전체를 이끌어나가는 중요한 두 개의 축이다. "특별한 직분을 표징하는 '완장'은 한국인의 권력의식을 진단하는 도구로 활용되고 있다."[2] 여기서 '완장'은 권력의 상징이자 감시도구이다. '감시'는 권력이 자신의 권력을 지키고 확장하기에 쉽다. '감시'의 사전적 의미는 단속하기 위하여 주의 깊게 살피는 것으로 사회학적 용어로는 "근대국가가 시민의 활동을 감독하고 관리하는 직접적, 간접적 방식과 관련된 것"[3]을 말한다. 푸코는 권력의 성공이란 규율을 그 근간으로 한다고 설명하면서 이를 위한 수단으로 위계질서적인 감시의 눈빛, 규범화된 상벌제도, 그리고 이들을 결합시키는 방식으로 시험을 들고 있다.[4]

이에 관련해 임종술의 어떠한 자질이 그를 감시원으로 뽑히도록 만들었는가를 살펴보는 일은 권력의 감시 구도를 파악하는 데 도움을 준다.

> "이 동네서 냄기질 제일 많이 허는 놈 하나 있다고 혔것다?"
> 조카며느리 화순네가 들여놓는 술상 쪽은 처다도 안 보고 최 사장이 엉뚱한 질문을 했다
> "그 악질놈 이름이 뭣이라고?"
> "느닷없이 그놈은 또 왜요?"
> "왜요는 이 사람아, 일본놈 담요여!"
> "종술이, 임종술이라고……."
> "그 종술이놈은 어떤 잡놈인가?"
> 익삼씨는 한 차례 씁쓰레하니 웃고 나서 방구석에 무르춤히 서 있는 마누라더러 어서 나가라는 눈짓을 보냈다.
> "하이타이로 씻고 봐도 미운 구석지라고는 한 태기도 없는 놈이지요. 농사는 땅이 없어서 못 짓고, 장사는 밑천이 없어서 못 허고, 품팔이는

---

2) 김병익, 「사회의 단면과 현실풍자」, 윤흥길, 『완장』, 현대문학사, 1983, 270면.
3) 고영복, 『사회학사전』, 사회문화연구소, 2000, 18면.
4) 미셸 푸코, 오생근 옮김, 『감시와 처벌』, 나남, 2014, 268면.

자존심이 딸꾹질허는 통에 못 허고, 그저 허구헌 날 노친네가 쓺어 주는 밥이나 똑 따먹고는 그 밥 알맹이 곤두서지 말라고 옥골선풍 활량 행세로 낚싯대 담그고 방죽가에 나앉어서……."

"아닌게아니라 미운 구석지라고는 한 태기도 없는 놈이구만."

최 사장은 빙긋이 웃고 있었다. 익삼씨 역시 어처구니가 없어 덩달아 웃고 말았다.

"그놈 뚝심이나 아귓발은 제법 사줄 만헌가?"

"하이고, 말도 마시기라우. 어려서부터 대처로만 떠돌면서 쌈질로 잔뼈가 굵은 놈이라서 그놈 낚시질 말리다가 지가 한두번 혼난 게 아니요."

"되얏어!"

갑자기 최 사장이 무릎을 손바닥으로 쳤다. 이것은 또 무슨 변덕인가 하고 익삼씨는 뱁새눈을 한껏 크게 떴다.

"내가 찾던 놈이 바로 그런 놈이여. 가서 당장에 그놈을 이리로 데려오게."

"아니 아자씨, 차라리 도둑고냉이한티 생선전을 맽기는 게 낫지, 종술이 그놈을 감시원으로 썼다가 낭중에 무신 변을 당헐라고……."

"나 따라올라면 자네는 아직도 멀었어. 내가 이 환갑 나이를 짓고땡판에서 개평으로 얻은 줄 아는가? 잔소리 말고 어서 불러오라면 불러와."

익삼씨는 잠시 벌린 입을 다물지 못했다. 노랑이 아저씨의 그 샛노랗게 오묘한 뜻을 순간적으로 퍼뜩 납득할 수가 있었다.[5]

임종술이 감시원으로 채용된 이유는 그가 특별한 도덕성이나 구체적인 기준을 가지는 자격이 있어서가 아니다. 오히려 "농사는 땅이 없어서 못 짓고, 장사는 밑천이 없어서 못 허고, 품팔이는 자존심이 딸꾹질허는 통에 못 허고, 그저 허구헌 날 노친네가 쓺어 주는 밥이나 똑 따

---

5) 윤흥길, 『완장』, 현대문학사, 1983, 14-15면. 앞으로 이 작품을 인용할 때는 『완장』으로 하고 인용한 면수의 숫자를 괄호 안에 적기로 한다.

먹고는 그 밥알멩이 곤두서지 말라고 옥골선풍 활량 행세로 낚싯대 담
그고 방죽가에 나앉어서” 낚시질이나 하며 세월을 보내는 인물이었기
때문이다. 이러한 임종술이 하루아침에 맡게 된 일은 여태까지의 자신
과 같이 도둑 낚시를 하는 사람들을 잡아내는 일이다. 그가 맡은 역할
은 바로 ‘감시’이다.

그러나 임종술에게 허락된 감시라는 권력의 수단은 이후 부월이 말
한 것처럼 “기중 벨볼일 없는 하빠리”이며 “아무 실속 없이 넘들이 흘
린 뿌시레기나 줏어먹는 핫질 중의 핫질”(265)이라고 할 수 있다. 그가
감시원으로 채용된 이유는 바로 그가 ‘하빠리’로 평가되었기 때문이다.
그의 자리는 마을의 공동 저수지를 사유화한 자본 권력에 의해 언제든
다른 사람으로 대체될 수 있는 것이다. 또 상황에 따라 그에게 모든 책
임을 전가시키고 정작 감시의 위계질서에서 상위부를 차지하는 사람들
의 바람막이로 사용될 수 있는 대상으로 선택된 것이다. 그가 가진 권
력은 진정한 권력이라기보다는 권력의 수단으로 이용되는 ‘하빠리’ 권
력이며, 오히려 보이지 않는 권력의 실상을 은폐하는 기능까지 담당할
수 있는 것이다. 또한 마을 사람들이 누구나 인정하는 “악질놈”을 감시
원으로 활용했을 때 권력의 위계질서와 공동 자원의 사유화라는 자본
의 구조적 모순은 일개 감시자의 뒤에 숨어 은폐된다. 눈앞에서 설쳐대
는 감시원의 극성에 마을 사람들의 원성과 비난이 집중되는 구조가 형
성되는 것이다. 이러한 장치는 자연물의 사유화라는 쟁점에 대한 공론
화의 과정과 마을 사람들을 일일이 만나 설득하거나 그들에게 어떠한
보상을 제시하려는 노력에 필요한 시간이나 자본 등의 경제적 문제를
해결해 준다.

임종술은 그동안의 삶에서 끊임없이 감시의 대상이 되어왔던 사람이었다. 그를 압박하는 감시의 눈은 일차적으로는 "시장 경비나 방범", "상대편" 등에서부터 "특정범죄의 가중처벌"6)과 같은 법이나 사회 윤리 등이다. 그러나 이러한 사회의 윤리를 내면화한 가족들과 마을 사람들, 그리고 무엇보다 "날이면 날마다 집 안에만 틀어백혀 있는"(24) 인간이라는 스스로에 대한 '감시' 역시 그를 괴롭혀왔을 것이다.

감시원의 직책을 맡은 이후, 그는 쫓겨 다니던 사람에서 쫓아다니는 사람으로 하루아침에 변한 듯 보인다. 그러나 종술은 오히려 자신을 직접 추천한 마을 이장 익삼에게 감시 받을 것을 받아들임으로써 저수지 감시원이라는 직책을 얻게 된다. 실제로 감시를 받을지언정 그것을 거부하고 자신만의 방식으로 마을의 위계를 흔들어 놓았던 종술은 역설적으로 감시원의 직책을 얻음과 동시에 자신에 대한 감시의 눈을 받아들이게 되는 것이다. 이러한 감시의 사슬은 마을 이장에게서 운수 회사 최 사장으로 연결되고 다시 도시의 행정 공무원과 법률 체계로 이어져 있다. 망나니 같은 인간을 자처함으로써 사회적 위계와 감시 체계의 바깥에 존재할 수 있을 듯 보이던 임종술은 감시 체계의 최하위로 편입하여 "동네서 사람대접 조깨 받고 살"(23) 수 있는 인간으로 편입되기를 소망하는 것이다.

권력은 감시 전략을 활용해 그것을 유지한다. 감시의 목적은 표면적으로는 저수지 주변 양어장에 있는 물고기의 낚시를 금지하는 것이지만 본질적으로는 판금저수지의 사유화를 공표하려는 것이다. "이곡리

---

6) 윤흥길, 『완장』, 현대문학사, 1983, 21면. 앞으로 설명 중에 인용하는 것은 인용한 면수의 숫자만 괄호 안에 적기로 하고, 한 문장 안에 같은 면수가 인용될 때는 마지막 인용 부분에만 면수를 적기로 한다.

와 앙죽리(仰竹理), 그리고 법계리(法界理)에 옴팍 둘러싸인 판금(板琴) 저수지"(13)는 본래 마을 공동의 소유이며 마을 사람들의 것이다. 수세기 동안 마을 공동의 소유인 자연물을 개인의 재산으로 사유화하려는 시도는 농촌 사회라는 지역적 특성을 감안할 때 더욱 거센 저항을 받을 수밖에 없다. 특히 마을 사람들의 소일거리이자 부수입이 될 수 있는 인근 강물의 물고기들이 저수지의 양어장으로 몰려들 때 이에 대한 낚시마저 금지하는 것에 대해 마을 주민들의 반발은 당연하다. 저수지 관리가 자본가로 향할 때 양어장 영업 자체의 합법성이나 운영 체계의 문제 등이 제기될 수 있는 위험도 있을 것이다. 그러나 자본 권력은 마을 사람들의 여론을 통제하기 위해 안팎으로 방법을 마련한다. 우선은 마을 이장인 익삼 씨와 협의를 맺음으로써 공식적으로 여론이 수렴되거나 공론화될 수 있는 창구를 차단하고 오히려 자신에게 유리한 쪽으로 유도한다.

감시의 목적을 달성하기 위해 권력은 '감시원'과 '완장'을 활용한다. 이것은 마을 사람들에게 위압감을 준다. 감시원은 특별한 설명과 공표 없이 기존의 마을 공동 소유이자 있는 그대로의 자연물이었던 '판금 저수지'가 이제는 더 이상 마을의 공동 수자원이 아닌 개인의 사유재산이라는 것을 가시적으로 각인시키는 효과가 있다. 이미 감시원과 완장 등에 의해 감시에 시달린 경험이 있는 마을 사람들에게 감시원의 존재는 곧 위계와 질서 등이 재편되었을 때마다 일어났던 상황들을 연상케 한다. 그러면서 그들 내부에 잠재되어 있던 공포의 기억들을 일깨워 효과적으로 감시의 목적을 달성하게 한다.

그러나 감시의 목적이 단순히 저수지 양어장의 물고기를 지키는 데에만 있지 않을 때 '완장'은 감시원을 감시하는 효과가 있다. 팔에 완장을 찬 감시자는 자신이 감시할 수 있는 범위보다 넓은 범위의 대상들에게 '여기 감시자가 있다'는 것을 알림으로써 역으로 대상화가 된다. 마을에서 내놓은 "악질" 임종술이 감시원으로 채용됨으로써 양어장 최대의 도둑 낚시꾼은 사라지고 종술은 익삼 씨의 한마디에 "비맞은 삼베옷처럼 단박에 풀이 죽"는, "그전 같으면 상상도 못할 일"(30)이 일어난다. 감시원은 팔에 완장을 두르는 순간 대내외적으로 자신이 감시원임을 공표하게 된다. 스스로 권력의 위계 안에 편입했다는 자의식은 스스로를 검열하여 그러한 위계 안에 알맞은 인간이 될 수 있도록 통제한다. 이때 임종술은 마을을 감시하면서 스스로도 감시하게 된다.

이렇듯 감시는 스스로를 감시하기도 하지만 상호감시체계도 만든다. 임종술을 고용한 익삼 씨는 종술을 훈련시킴으로써 그를 감시하게 되고 이러한 과정은 최 사장에 의해 다시 감시된다. 마을 사람들 역시 팔에 완장을 두르고 설치는 임종술의 만행을 보며 자신들을 감시하는 권력의 눈을 의식하게 되는 한편 천하의 "악질" 종술을 고분고분한 감시원으로 만든 권력에 대해 무의식적으로 인정할 수밖에 없게 된다. 따라서 감시는 권력의 새로운 구조를 규율화하려는 과정에서 출발하며 이 구조에서 감시자는 항상 감시받도록 되어 있다[7]는 푸코의 말처럼 판금

---

7) 이 감시의 교묘한 확장이 갖는 중요성은 확장과 더불어 생긴 권력의 새로운 구조에 기인한다. 이 감시 덕분에 규율 중심적 권력은 규율이 행사되는 장치의 경제성과 목적이 내부적으로 결합되어 있는 '통합된' 조직이 된다. 또한 권력은 다양하고 자동적이며 익명인 권력으로서 조직된다. 왜냐하면 감시가 개개인을 대상화한 것은 사실이지만 감시의 운용은 상부에서 하부로, 또한 어느 정도까지는 하부에서 상부로, 또한 측면으로 이루어지는 관계망으로 된 운용이기 때문이다. 이러한 관계망이 전체를 지탱해주며, 상호적으로 지원해 주는 권력의 여러 효과를 통하여 전체의 구석구석을 가로질러 간다. 미셸 푸코, 앞의 책, 279면.

저수지를 둘러싼 소유권의 개인화라는 권력 구조의 개편은 감시원과 완장의 존재에 효과적으로 가려지게 된다.

감시는 은밀성을 갖는다. 그런데 눈에 보이는 감시자라는 모순적 상황 자체는 감시자를 하나의 기계장치와 마찬가지로 만든다.[8] 감시자는 권력의 규율에 따른 공식대로 감시의 절차를 진행시켜야 한다. 규율이나 절차와 무관한 삶을 살아온 종술에게 그것을 지키는 연습을 하는 과정은 하나의 훈련으로 보인다.

> "당신 시방 거그서 무신 지랄을 허고 있어!"
> "이 사람아, 그렇게 다짜고짜 반말부터 들이대서야 쓰것는가! 감시원은 위선 권위부터 세워야 된다고 내 검부락지가 바지랑대 되드락 노상 타일르지 않든가? 첨부터 우악시럽게 나오들 말고 즘잖게 시작혀서 권위를 세워야지, 권위를!"
> (중략)
> "훨훨 널러댕기는 새들한티 임자가 있다는 말은 들었어도 제절로 생긴 저수지에 물괴기 임자가 따로 있다는 소리는 금시초문이요!"
> 충분히 납득이 갈 만큼 찬찬히 타일렀는데도 어지간히 검질긴 성격의 그 낚시꾼은 제가 도둑놈인 주제에 계속 비윗장 뒤집는 소리로 깐족이고 있었다. 그래서 종술은 무던히 눌러 참았던 성깔을 그예 폭발시키고 말았다.
> (중략)

---

[8] 규율·훈련의 위계질서화 된 감시를 통해 권력은, 하나의 물건으로서 소유되는 것이 아니고, 하나의 소유물로서 양도되는 것도 아니다. 그것은 하나의 기계장치처럼 작용한다. 또한 그 권력의 피라미드형 조직이 '지도자'를 만들어 내는 것은 사실이지만, 그러한 장치의 전체 구조가 '권력'을 만들어내고, 영속적이고 연속된 영역 안에서 개개인을 분류해 두는 것이다. 그 결과, 규율 중심적 권력은 완전히 공개적인 것이 될 수도 있고, 동시에 은밀한 것일 수도 있다. 공개적인 될 수 있는 이유는 권력이 도처에서 항상 경계하면서 원칙적으로 어떠한 애매한 부분도 남겨 놓지 않으며 통제의 책임을 맡고 있는 사람들조차 끊임없이 통제하기 때문이다. 앞의 책, 279-280면.

"법을 내세우는 순서까장 가지도 않고 무작정 그렇게 뚝심을 휘둘러
서야 쓰나."

멱살을 거머잡히는 바람에 약간 기가 질려서 익삼씨는 몹시 못마땅하
면서도 차근차근 타이르는 어조가 되었다.

"거 뭣이냐, 공유……공유……."

"또 까먹었나? 공유수면관리법일세!"

익삼씨가 얼른 똥겨주었다.

"그렇지, 공유수면관리법이지."

종술은 염치가 없어 웃음을 헤프게 흘렸다. 연습 때마다 꼭 그 대목이
말썽이었다. 익삼씨를 통해서야 난생 처음 알게 된 그 괴상한 이름의 법
은 듣고 난 즉시로 번번이 증발해버려서 노름판에서 딴 돈처럼 주머니에
괴어 있지를 않는 것이었다. (『완장』, 30-32)

끊임없이 반복되는 학습의 과정에서 다양한 예시 상황에 대한 대응
절차는 폭행이나 위협 등의 물리적 폭력이 아닌 교양과 법에 호소하는
형식을 취한다. 이는 권력의 규율 따위를 "비윗장 뒤집는 소리로 깐족
이"며 우습게 여기던 임종술을 "염치가 없어 웃음을 헤프게 흘"리는
존재로 바꾸어 놓고 자신들의 입으로 "훨훨 널러댕기는 새들한티 임자
가 있다는 말은 들었어도 제절로 생긴 저수지에 물괴기 임자가 따로
있다는 소리는 금시초문이"라며 전도된 상황을 정당화시킨다. 여기에
등장하는 '공유수면관리법' 역시 권력의 작동방식을 연상케 하는 소재
라고 할 수 있다.

"공유수면관리법에 의거혀서 우리 신남화물 최 사장님께서 정당헌 사
용료를 지불허시고 나라에서 정당헌 점어권을 획득허신 양어장이요. 그
러고 나 임종술이로 말헐 것 같으면은 불법 어로행위를 단속허고 사유재
산을 지키게코롬 우리 최 사장님께서 판금……."

"그 대목에 내 이름 조께 집어옇으면 자네는 동티라도 나서 그러나?"

익삼씨는 몹시 섭섭한 표정을 지었다. 종술은 제격 수정해서 말했다.

"우리 최 사장님허고 이곡리 이장님이신 우리 최익삼 성님께서 나를 판금저수지 감시원으로 정당허게 절차를 밟어서 정식으로 임명허셨다 그런 말씀이요!"

종술의 설교가 끝나자 익삼씨는 제법 흡족한 얼굴이 되었다.

"되았어. 자네가 그만침 곡진헌 말로 타일렀는디도 저짝에서 영 삐딱허니 나오거들랑 그때는 낚싯대를 뿐질르고 물구뎅이다 처박든지 지서로 끌고가든지 자네 맘대로 알어서 조처허소"

익삼씨로부터 모처럼 칭찬을 듣고 종술은 더욱 기고만장해졌다.

"염려 마시요, 성님. 즘잖은 말로 설교허는 그 대목까지가 어렵지 일단 그 고비만 넹기고 나면은 지까짓것들 서너 놈 처박는 일쯤이사 식은죽 갓 둘러먹기고 도투마리로 넉가래 맨들기지요."

말만 연습일 뿐이지 실상은 둘이서 그간에 여러 차례 겪어 나온 체험을 그대로 되풀이 해 본 셈이었다. 다만 입장이 서로 뒤바뀌었을 따름이었다. 작년 늦가을까지만 하더라도 종술은 방금 익삼씨가 하던 방식으로 익삼씨를 무던히도 괴롭혔었다. (『완장』, 32-33)

'공유수면관리법'에 의해 최 사장은 국가에 사용료를 지불하고 판금 저수지의 점유권을 얻어냈다. 농촌사회에서 공동의 수자원을 사유화할 수 있느냐는 점은 무시하고 점유권을 국가에게 인정받기만 하면 권리를 행사할 수 있다는 것이다. 오랜 세월 지역 주민의 땅이자 물이었던 저수지는 그 소유권의 모호한 특성으로 자연스럽게 국가의 소유가 되고 이에 대한 실제 점유권은 국가에 사용료를 지불할 수 있는 자본 권력이 갖게 되는 것이다. 공동의 소유는 곧 국가의 소유라는 통념이 뒷받침되어야 가능한 일이다. 국가는 구체적인 실체라기보다는 추상적인 것으로 이를 이용하여 권력의 상위 계급은 자신의 지배와 규율을 정당

화시킨다.9)

감시라는 권력의 수단은 필연적으로 감시의 대상이 되는 집단의 분열을 조장한다. 임종술은 감시원으로 활동하면서 초등학교 동창 그리고 한동네에서 형제처럼 지내던 인물에게 폭력을 행사한다. 종술은 자신의 감시원 완장과 주먹다짐의 위협으로 저수지 주변에 텐트를 치고 낚시질을 하려는 동네 후배 인배에게 텐트를 빼앗는다. 또 초등학교 동창 김준환이 아들과 함께 낚시하는 것을 발견하고는 김준환과 아들을 때려눕혀 상처를 입히기도 한다. 인배는 "마을에서 괴짜로 통하는 녀석"(68)으로 자신이 내킬 때 하고 싶은 일을 하되 소처럼 열심히 일하다가도, 똑같은 일인데도 그것을 시키는 주인에 따라 제멋대로 품삯을 요구하는 제가 정한 액수에서 결코 그 이상도 그 이하도 받는 법이 없는 "누구의 간섭도 받음이 없이 제멋에 겨워서 아무렇게나 꼴리는 대로 살아가는 괴짜 중의 괴짜였다."(70) 김준환은 생계가 곤란해져 아들을 데리고 도둑 낚시를 해왔다. 그는 아들에 대한 사랑이 각별하다. 이들은 모두 종술이 감시원이 되기 전에는 나름의 공통점과 추억을 공유하던 인물들이다.

감시는 친밀한 사람들과의 분열뿐 아니라 감시 대상의 내부 분열도 가져온다. 임종술은 김준환과 그의 아들의 관계를 바라보며 자신의 감

---

9) 이것은 '관주도 민족주의'로 설명할 수 있다. 근대 종교의 해체와 인쇄 자본주의로 말미암아 상상되어 탄생한 '민족'의 개념을 지배계급들이 자신들의 이해관계를 위한 이데올로기로 만들어내면서 탄생한 것이 '관주도 민족주의'이다. 이후 이 관주도 민족주의는 지배계급들이 자신들의 <명문>, <백인white>, <가문>과 같은 혈통주의로 만들어낸 '인종주의'를 민족주의와 결합시켜 제국주의의 이데올로기로써 사용하였다. 지배계급들이 민족을 자신들의 체제를 공고히 하는 수단으로 이용하려고 만들어 냈다. 베네딕트 앤더슨, 윤형숙 옮김, 『상상의 공동체』, 나남, 2004, 198-210면.

시원 활동에 대해 회의를 느끼는 듯한 모습을 보인다.

> 일껏 붙잡은 도둑 부자를 본의 아니게 고이 돌려보내고 나서 종술은 뗏목 위에 털썩 주저앉고 말았다. 장시간에 걸친 승강이로 말미암아 마치 어느 놈한테 흠씬 두들겨맞기라도 한 듯이 그는 삭신이 쑤시고 결리는 기분이었다.
>
> 감시원의 직권을 발동하여 그들을 임의로 용서해 준 것이 결국 잘한 짓거린지, 아니면 아주 잘못한 짓거린지 아직까지도 그로서는 당최 분별이 안 서는 상태였다. 증거물 문제는 더욱 그랬다. (『완장』, 123-124)

감시원으로서의 정체성과 친구이자 같은 아버지로서의 정체성이 뒤섞이면서 임종술은 혼란과 갈등의 감정을 맛보게 된다. 이후 그는 서울에서 온 최 사장 일행에게 역시 낚시질을 하지 못하도록 막음으로써 최 사장의 눈 밖에 나게 되고 감시원으로서의 정체성에 갈등을 겪게 된다.

종술은 익삼 씨와의 예행연습을 통해 지배 권력이 원하는 방식으로 감시원의 역할을 수행할 준비를 해 나갈 뿐만 아니라 자기 스스로가 그러한 논리를 받아들이는 훈련을 하고 있다. 익삼 씨 역시 종술과의 대화에서 가상의 낚시꾼에게 설교하는 "그 대목에 내 이름 조께 집어 옇으면" 어떻겠느냐는 욕망을 내비친다. 공적 담론에 등장하고자 하고 공권력의 주변부에라도 자신의 존재가 걸쳐져 있기를 바란다는 점에서 익삼 씨와 종술은 본질적으로 같다. 그런데도 이들이 권력의 질서 내에서 위계를 가지는 것은 익삼 씨가 최 사장의 친인척이라는 이유 때문이다.

여기에서 권력의 모순이 드러난다. 권력은 스스로를 정당화하기 위해 도덕과 법률 등의 규범적 가치를 동원하지만 국가와 법률 등으로 대표되는 규범적 가치는 구체적 논리에 의한 결과라기보다는 당위적이고 추상적인 선언에 가까운 상상의 산물이다. 이는 객관적으로 보이지만 이미 짜여있는 지배 구조의 논리를 뒷받침하기 위한 것이다. 익삼 씨가 마을 이장의 역할을 하게 된 것이나 임종술의 형식적 고용인이 될 수 있었던 이유는 최 사장이라는 자본과 혈연으로 연결되어 있고 그의 자본으로 지위를 보장 받는 한편 그러한 자본을 보호하는 데 앞장설 수 있는 태생적 신분을 가지고 있기 때문이었다. 이는 근대 자본주의가 이전의 가문 중심 신분 사회의 지배 논리에서 완전히 벗어난 것이 아니며 국가와 가족으로 대표되는 공동체의 역할 역시 권력의 재생산 구조와 무관하지 않다는 사실을 보여준다.[10]

익삼 씨와의 문답 연습을 통해 종술은 일종의 시험을 치르게 된 셈이다. 시험은 규격화한 시선이고 자격을 부여하고 분류하고 처벌할 수 있는 감시이다.[11] 먼저 존댓말, 즉 교양 있는 규범적 언어로 타이르고 그 다음은 법률 등의 규범 언어를 동원하여 사회적 권력을 과시한다. 그것이 통하지 않을 경우 물리적 폭력을 행사한다. 이 일종의 절차는

---

10) 공동체로서 강조되는 국가와 가족의 모습은 민족으로 상상된 공동체의 출현과정에서 주변화되거나 배제될 위협을 느낀 지배층이 채택한 예상된 지배 전략이다. 베네딕트 앤더슨, 앞의 책, 138면.

11) 그것은 개개인을 분류할 수 있고 제재를 가할 수 있는 가시성의 대상으로 만들어 버린다. 그러므로 규율의 모든 장치 안에서 시험은 고도로 관례화되어 있다. 시험에는 권력의 의식(儀式)과 경험의 형식, 힘의 과시와 진실의 확립이 결합되어 있다. 규율·훈련 과정의 중심에 있는 시험은 객체로 인식되는 사람들의 예속화를 나타내는 것이자, 예속된 사람들의 객체화를 나타내는 것이다. 권력의 관계와 지식의 관련이 중첩되는 현상은 시험을 통해서 명백히 드러난다. 미셸 푸코, 앞의 책, 289면.

임종술이 감시원으로 거듭나는 규율과 훈련의 과정에서 그 스스로를 지배 논리에 걸맞은 감시원으로서 대상화시킨다. 감시원 이전에 자신이 가지고 있던 비규범적 언행을 수정하고 '모범적' 감시원이 되기 위해 스스로를 감시하게 되는 것이다. 특히 법률을 들먹여야 하는 지점에서 권력과 지식과의 관련이 드러난다. 사회의 규범을 학습하고 활용할 수 있는 시험에 통과한 자만이 감시를 할 수 있는 한편 감시의 절차에 따른 일련의 질서를 학습하고 실제 상황에서 이를 성공적으로 수행해 낸 자에 한해 권력을 과시할 수 있는 자격이 부여되는 것이다. 이 모든 과정에서 감시의 대상으로 객체화되는 인물은 낚시꾼과 임종술 자신을 포함하는 모든 마을 사람이다.

『묵시의 바다』에서도 감시 체계와 이를 통한 분열은 여러 층위에서 작동한다. 첫 장의 소제목은 「숨 쉬는 과녁들」이다. 해질녘 망루에서 갯가 마을을 향해 총부리를 겨누고 있는 동욱과 이를 지켜보는 이상덕의 소개로 시작하는 소설의 첫 장면에 적합한 제목이다. 표면적으로 동욱의 「숨 쉬는 과녁들」은 갯가 마을의 사람들, 특히 그 가운데서도 '금순네'이다. 동욱에게 금순은 살아있는 과녁이며 세상에 대한 적개심과 분노를 표출시키는 대상이다. 초반부에, 동욱에게 돌개 마을은 미개한 동정의 대상이자 구경거리이며 알 수 없는 원시의 세계이다. 동욱의 시선으로 초점화된 금순네에 대한 감시는 곧 독자에게 옮겨져 그를 관찰하는 시선에 동참하게 한다.

동욱은 금순네의 일과에 맞추어 망원렌즈로 그녀의 일상을 관찰하고 감시하며 그녀를 과녁 삼아 방아쇠를 당기는 일을 하루 일과로 삼는다.

어느새 동욱은 노련한 저격병 본래의 모습으로 되돌아왔다. 그의 눈은 재빨리 먹이를 노리는 맹수의 그것이 되어, 그러나 호흡은 뚝 끊어 더운 심장을 차갑게 식히는 완벽에 가까운 사격의 자세를 취하고, 이윽고 서서히 일단, 그리고 이단, 잔뜩 꼬부려 쥔 손가락에 신중하게 압력이 걸리다가 마침내 방아쇠는 당겨졌다. 물론 실탄은 사출되지 않은 채였다. 미리 자물쇠를 걸어두었기 때문에 요란한 총성도, 하다못해 딸칵 하고 걸리는 그 기분 나쁜 격발의 음향도 울리지 않았다.[12]

동욱에게 돌개는 "대낮이 분명한데도 응달 속에 들어있"[13]는 공간인데, 그 응달의 가장 깊은 곳에 들어있는 인물은 바로 금순네이다. 그녀는 돌개 마을의 또래 여자 아이 중에서는 유일하게 중학교 졸업 학력을 가진 인물이라서 과거에는 친구들의 시기를 받았었다. 그러나 돌개 마을에 무장공비 침입 사건이 일어나면서 인민군에 의해 성폭력을 당하고 이것이 알려지면서 마을 여성들의 멸시와 따돌림을 받게 되는 한편 마을 남성들의 공공연한 성폭력의 대상이 된다.

집단에서 배제된 인물들은 불안한 마음을 나름의 방법으로 드러낸다. 금순네에게 삶의 '그늘'을 전가시키는 마을 사람들과는 달리 그녀는 자신의 고통을 전가시킬 대상이 없다. 그녀는 자신과 가장 닮아 있는 존재, 바로 힘없고 말없는 식물을 대상으로 자신의 분노를 표출한다.

한참을 그렇게 걷다가 금순네는 나문재의 기름하게 달린 포과(胞果)를 한 움큼 훑어 쥐었다. 그걸 손아귀에 넣어 힘껏 죄니까 꽈리처럼 우두둑

---

12) 윤흥길, 『묵시의 바다』, 문학과 지성사, 1978, 15면. 앞으로 이 작품을 인용할 때는 『묵시의 바다』로 하고 인용한 면수의 숫자를 괄호 안에 적기로 한다.

13) 윤흥길, 『묵시의 바다』, 문학과 지성사, 1978, 19면. 앞으로 설명 중에 인용하는 것은 인용한 면수의 숫자만 괄호 안에 적기로 하고, 한 문장 안에 같은 면수가 인용될 때는 마지막 인용 부분에만 면수를 적기로 한다.

하면서 짓눌려 으깨지는 소리가 났다. 언제 들어도 좋은 소리. 금순네는
두 손을 하나로 합쳐 다시 한 번 용을 쓰면서 비비댔다. 그리고는 또 한
차례. 다시 또 한 차례. 그렇게 해서 기어코 무슨 결판이라도 낼 기세로
금순네는 심하게 어깨를 들먹이고 양손을 파들파들 떨어 가며 사정없이
쥐어짜고 또 쥐어짰다. 이윽고 꽈리처럼 말랑말랑하고 부드러운 과육질
의 열매는 물은 암죽으로 변해서 손가락 사이로 스며 나오기 시작했다.
어찌나 막심을 썼던지 다리가 후들후들 떨리고 이마에 흠씬 땀방울이 돋
았다. 그걸 갯바닥에 흩뿌린 다음 손을 다시 얼굴 가까이 대고 달빛에
비춰 보았다. 붉은 물로 범벅이 된 손바닥을 뚫어지게 쏘아보는 동안 금
순네의 두 눈은 점차로 초점이 풀리기 시작했다. 즙액의 빛깔은 볼수록
자꾸만 짙어지고 자꾸만 더 끈끈해져서 급기야는 여느 것이 아닌, 제 육
신의 일부가 쭉쭉 찢겨 바로 찢긴 그 자리에서 흘러나오는 것임이 분명
해진다. 피! 피였다. 아무리 봐도 그것은 피가 분명했다. 퍼렇게 날이 선
비수로 상운 자리인 양 갈가리 저며진 상처에서 피가 샘처럼 퐁퐁 솟아
오른다. (『묵시의 바다』, 28-29)

마을 사람들로부터 배제당한 금순네는 자신의 분노를 투사한 대상에
게서 자신의 파괴된 이미지를 연상시킬 수밖에 없는 것이다.

스스로에 대한 가학적 행위를 보이는 인물은 금순네 뿐만이 아니다.
김진봉은 '미친개'라는 별명을 가진 돌팔이 의사로 사냥개 두 마리를
키우며 마을 바깥에서 홀로 살아간다. 외부로부터 고립된 것이나 마찬
가지인 돌개 마을에서 돌팔이 의사 노릇을 하며 돈을 '모았지만 마을
간척 사업에 자신의 땅을 내놓지 않아 마을의 실질적 지도자인 배 선
생의 눈 밖에 나면서 금순네와 마찬가지로 공공연하게 마을에서 배제
된 인물이다. 그는 강옥화 등 마을의 처녀들이 도시로 나가 일할 수 있
도록 중개인 역할을 하는 등, 인구 유출을 원하지 않는 배 선생 및 돌
개 마을 주민들의 공공의 적이 될 만한 행동을 서슴지 않는다.

공동체에서 배제된 김진봉은, 그의 감정을 무의식적으로 드러낸다. 그는 겉으로는 담대하고 태연한 모습을 보인다. 그러나 그런 것과는 달리 끊임없이 자신의 오른손 집게손가락을 무엇인가에 비벼대는 행위를 지속한다. 그것이 나무, 돌, 문, 바지 그 어떤 것이든 상관없이 자신의 손가락에 피가 나는 것도 아랑곳하지 않는다. 김진봉의 행위는 과거 전쟁에서 겪은 상처가 반영된 것이거나 현재 자신의 상황에 대한 갈등과 불안한 심리가 드러난 것일 수도 있다. 김진봉의 자해적 성향을 보여주는 것은 그의 최후를 암시하는데, 죽었다 살아나는 의식을 반복하는 금순네와는 차이를 지닌다.

집단에서 배제되었건 스스로 공동체에 들어가기를 거부했건 간에 배제된 인물들은 불안한 감정을 감추지 못한다. 오른손 집게손가락을 통한 행위로 내면적 갈등을 표출하는 것은 동욱 역시 마찬가지이다. 그는 "금순네 그늘보다 쬐끔 더 엷"을 뿐 그늘 안에 있다는 것을 알고 있다. 작품 전체에서 가장 여러 번 반복되는 동욱의 독백은 다음과 같다.

> 10월 제적, 10월 신검, 3월 가입영, 7월 정식 입영 통지……(중략) 3월 전경 시험, 4월 합격자 발표, 6월 전경대 입대…… (『묵시의 바다』, 57)

어느 해 10월에서 다음 해 6월까지의 기간 동안 동욱은 그동안의 인생 가운데 가장 큰 좌절을 경험하게 된다. 대학 재학 중 시위에 참여한 것이 문제가 되어 제적을 당하고 그 이후 입영 통보를 받게 된다. 동욱은 홀로 남아있을 홀어머니의 생계를 염려해 전경에 지원하게 된다. 시위에 함께 했던 친구들은 그를 배신자로 비난하고 여자 친구마저 떠나간 동욱은 세상에 대한 적개심과 좌절감을 돌개 마을을 향해 겨누게 된다. 하루 일과의 시작과 끝에 마치 의식처럼 치루는 그의 행위는 돌개 마을의 인물들에게 총부리를 겨누고 방아쇠를 당겨 총알을 발사하는 상상을 하는 것이다. 이는 동욱의 분노와 저항감, 좌절감 등의 감정이 드러나는 행위인 동시에 이후 사건의 전개와 결말에까지 결정적 영향을 미치는 습관이다. 김진봉과 동욱의 '오른 손 집게손가락'은 모두 몸으로 기억하는 개인의 상처와 끊임없이 스스로와 타인의 시선으로 감시당하는 동시에 타인을 감시할 수밖에 없는 주변화된 인물들의 불안감을 반영한다.

권력은 자신의 권력을 지키고 확장하기 위해 '감시'를 활용하는데, 그 목적을 달성하기 위해 『완장』에서는 '감시원'과 '완장'을 도구로 사용한다. 완장을 찬 종술은 감시원에 걸맞은 사람이 되기 위해 자기 스스로를 점검한다. 권력 구조의 체계에 합당하도록 노력한다. 이렇듯 감시는 스스로를 감시하기도 하지만 상호 감시체계도 만든다. 최 사장은 익삼을 익삼은 종술을 그리고 종술을 마을 사람들을 감시한다. 또 감시는 감시 대상이 되는 집단을 분열시킨다. 익삼은 종술과 부월을 감시하여 이들의 분열을 조장하고, 종술은 한동네에서 형제처럼 지내던 인물들에게 폭력을 행사한다. 종술은 자신의 이런 행위에 피해를 당한 인물을 바라보며 감시원 활동에 대해 회의를 느낀다. 이렇듯 감시는 친밀한 사람들과의 분열뿐 아니라 감시 대상의 내부 분열도 가져온다.

감시 체계와 이를 통한 분열은 『묵시의 바다』에서도 나타난다. 돌개 마을의 대표적 감시 대상자는 '금순네'와 '미친개' 김진봉이다. 상덕은 '금순네'를 감시하는 것으로 하루 일과를 시작한다. 또 마을의 여자들은 자신들과 다른 처지의 '금순네'를 차별하기 위해, 마을 남자들은

'금순네'를 성적 욕망으로 또는 '금순네'가 당한 성폭력의 죄책감을 덜기 위해 감시를 한다.[14] 배 선생을 대표로 하는 돌개 마을 사람들이 '미친개' 김진봉을 감시하는 이유는 그가 외부에서 들어온 사람으로 마을의 공동체 일에 협조하지 않기 때문이다. 이런 감시는 감시 대상자들의 심리를 불안하게 한다. '금순네'는 식물의 열매와 달랑게에게 '미친개' 김진봉은 자신의 오른손 집게손가락에 표출한다.

이렇듯 권력을 지키기 위한 감시는 친밀한 사람들과의 분열뿐 아니라 감시원의 내부 분열도 가져온다. 그리고 상호 감시체계는 집단의 분열을 조장한다.

2. 권력의 주변화 전략과 폭력의 정당화

권력은 상호 감시와 함께 주변화의 전략도 사용한다. 주변화의 전략은 권력이 자신의 목적에 부합하지 않거나 이에 방해가 되는 대상을 타자화하는 방식이다.[15] 회유를 통해 해결되지 않는 대상은 배제되고 이 과정에서 타자화가 된다. 이때 권력의 이름으로 정당성을 띤 폭력이

---

14) 윤흥길 소설에 나타난 희생 모티프는 공동체의 질서를 유지하는 기본적인 것으로 현 사회가 개인의 희생을 요구하는 부조리한 사회임을 고발하는 역할을 한다. 희생되는 인물로 설정된 표지들은 대부분 외부의 폭력에 의해 생긴 것이다. 김혜근, 『윤흥길 소설의 희생 모티프 연구』, 동아대학교 대학원 석사 학위논문, 2003.

15) 이와 비슷한 전략으로 서양의 오리엔탈리즘을 들 수 있다. 빅토리아 시대 과학자들이 비서구 문화의 진화론적 열등성을 논증하는 한편, 이에 부합하지 않는 동양의 논리에 대해 미지의 영역으로 신비화시켰던 것, 다시 말해 정복해야 할 열등하면서도 매혹적인 영역으로 주변화시켰던 것이 그 예이다. 리타 펠스키, 앞의 책, 214-220면.

등장하며 더 나아가 죽음에 이르게도 한다. 『완장』과 『묵시의 바다』에
서 권력에 도전하거나 권력 체계에 방해가 되는 인물에게는 이러한 주
변화 전략 단계가 나타난다.

『완장』의 임종술을 회유하는 것은 '완장'이다. 권력이 효율적으로 논
리를 확보할 수 있었던 것은 '완장'이 가지는 회유책으로서의 속성 때
문이다.

> 본래 잽싼 데가 있는 최 사장이었다. 그는 우연히 튀어나온 완장이란
> 말에 놀랍게도 민감한 반응을 보이는 종술의 허점을 간파하고는 쥐란 놈
> 이 곳간 벽에 구멍을 뚫듯 거기를 집중적으로 공격하기로 마음먹었다.
> "종술이 자네가 원헌다면 하얀 완장에다가 뻘건 글씨로 감시원이라고
> 크막허게 써서 멋들어지게 채워 줄 작정이네." (『완장』, 21)

임종술이 월급 오 만 원짜리 감시원이라는 직책을 받아들이게 된 것
은 바로 '완장' 때문이다. 익삼 씨의 설득에도 "암만 그리 봤자 성님
사장이지 내 사장은 아니니깨!"(18)라며 감시원직을 거부하며 권력의
위계질서로 들어가기를 거부하던 종술은 최 사장이 내뱉은 "완장"이라
는 단어에 "순간적으로" "갑자기 멍한 상태"가 되어 감시원직을 받아
들인다. '완장'은 임종술이 평생 팔에 차보지 못한 것이었고 앞으로도
찰 일이 없을 듯 보였던 권력의 상징이었다.

> "뭣이여야? 완장이여?"
> "예, 여그 요짝 왼팔에다 감시원 완장을 처억허니 둘르고 순시를 돌기
> 로 혔구만요. 그냥 맨몸땡이로 단속에 나서면 권위가 없어서 낚시꾼들이
> 시삐 보고 말을 잘 안 들어먹으니께요."
> 그제서야 종술은 자라콧구멍을 벌름거리고 메기주둥이를 히죽거려 가

며 구태여 자랑스러움을 감추려 하지 않았다. (『완장』, 22-23)

임종술이 속해 왔던 사회적 계급은 "끝없이 쫓겨 다니"면서 "걸핏하면" "시비와 단속"에 걸려 "피나는 세력 다툼 끝에" 결국 "몸으로 때우던 시절"을 가져다주었다. 이는 "악질" "잡놈"(14)에 집안에서 식구들을 괴롭히며 빈둥대는 종술의 현재가 그의 타고난 게으름이나 무능력에서 왔다기보다는 태어날 때부터 가진 계급적 한계로 받아왔을 차별이나 선택의 제한 등의 영향을 받았을 수 있다는 점을 암시한다. 열심히 해 봐야 성공할 리 없고 자신의 입지를 굳히기 위해서는 누구보다지독하게 투쟁해야만 했을 그의 삶에서 완장은 구질구질한 여러 가지설명 없이도 스스로의 존재를 증명해주어 주변에 각인시킬 수 있는 수단이 될 수 있었다. 완장을 팔에 찬 순간, 종술은 언제나 기죽어 지내던 학창 시절의 반장을 만나서도 당당하며 자신이 가장 구박해 왔으면서도 자신의 삶을 비춰내어 스스로의 위치를 매번 확인시켜 주었던 가족을 만나서는 "권위"와 "명예"를 들먹이며 호기를 부린다. 임종술에게 '명예'와 '권위'는 "쇠고랑 채울 권한", 곧 공권력의 상징이다. 이때 '완장'이 '쇠고랑 채울 권한'과 아무런 연관이 없다 할지라도 그는 경험적으로 '완장'이 자신의 삶에서 가지는 의미를 기억해 낸 것이다.

"너 그것 안 둘르고 감시원 헐 수는 없었냐?"
당치도 않은 말씀이었다. 순전히 완장의 매력 한 가지에 이끌려 맡기로 한 감시원이었다. 그런데 그걸 두르지 말라는 이야기는 결과적으로 아들더러 언제까지고 개망나니 먹고대학생으로 그냥 세월을 보내라는 이야기나 마찬가지였다. (『완장』, 23)

삶의 경험에서 이러한 '완장'이 가지는 의미를 체득하고 있던 어머니는 "너 그것 안 둘르고 감시원 헐 수는 없었냐?"며 불안해하고 어린 딸 정옥은 "순심이네 큰오빠맨치로 울아부지도 방위병 되얏"(25)냐는 질문으로 '완장'의 의미를 환기시킨다. 감시로서의 권력은 그것이 상위 구조에 해당할수록 은밀하게 진행되며 여러 가지 기술에 의지한다.16) 그러나 "쌈질로 잔뼈가 굵은 놈"(15)을 이용해 팔에는 "하얀 완장에다 뻘건 글씨로 감시원이라고 크막허게" 적어 눈에 확 들어오는 표시까지 달아야 하는 감시는, 그것이 굳이 살아있는 인간이 아닌 하나의 표지판이어도 관계없을 정도로 권력의 "하빠리" 수단이다. 그러나 이러한 권력마저 누려 보지 못한 임종술에게 완장은 무엇보다 효과적인 회유책으로 작용한다. 그래서 종술은 이를 받아들여 권력 계층에 진입한 구성원으로서 정체성을 구성해나가게 되며, 자신을 공동체에 유익한 인간으로 호명하게 되는 것이다.

종술을 공동체의 구성원으로 영입하고자 권력 집단은 그를 호명한 것이다. 인간을 주체로 느끼도록 만드는 것은 "언어의 측면 안에서 구성"된다.17) "'부름'이나 '질문'의 행위에 의해"18) "구체적 개인들을 구

---

16) 권력이 완전히 '은밀해지는 것은' 그것이 언제나, 그리고 대부분의 경우 은밀하게 기능하기 때문이다. 규율은 고유한 메커니즘에 의해 유지되는, 여러 관계로 움직이는 권력을 작동시키고, 갑작스럽게 그 모습을 드러내는 형태보다 계산된 시각이 끊임없이 움직이는 양상을 선호한다. 감시의 여러 기술에 의해서 권력의 '물리학', 그리고 신체에 대한 지배는 적어도 원칙적으로는 과격한 행위, 힘이나 폭력에 호소하지 않고, 광학과 역학의 모든 법칙, 그리고 공간, 선, 다발, 비율 등의 모든 작용에 의거하여 이루어진다. 더욱더 교묘하게 '물리적'이 될수록 표면적으로는 한층 덜 '신체 중심적'으로 되는 그러한 권력인 것이다. 미셸 푸코, 앞의 책, 280면.
17) 마단 사럽, 김해수 옮김, 『알기 쉬운 자끄 라깡』, 백의, 1994, 38면.
117) 존 스토리, 박모 옮김, 『문화연구와 문화이론』, 현실문화연구, 1994, 170면.

체적 주체들로서 호명"[19]하는 것이다. 이데올로기의 주체가 된다는 것은 그 사회에 종속되는 것을 받아들인다는 것이다. 이러한 '종속'을 통하여 사람들은 주체로 탄생하는 것이다. 이제 종술은 종속적인 사회의 구성원으로써의 삶을 갖게 된다.

『묵시의 바다』에서 도시에 '씨받이'로 가려는 금순네를 회유하는 방식은 남동생의 학교 급사 취직이다. 학교 급사는 돌개 마을의 권력을 쥐고 있는 배 선생의 비위만 잘 맞춘다면 안정적일 뿐만 아니라 바지락을 캐고 고기를 잡거나 농사를 짓는 일 외에 다른 직업군이 마땅치 않은 섬마을에서 '명예'를 얻을 수 있는 직장이다.

특히 이러한 소식의 전달 통로로 상덕을 활용하려는 배 선생은 권력이 가지는 회유의 방식을 단적으로 보여주는 인물이다. 그는 돌개 마을 최고의 권력을 지니고 있다. 그는 작은 섬마을의 평교사에 불과하지만 지역 주민들에게는 교장 선생님으로 불리며 막강한 영향력을 행사한다. 마을의 발전을 위한다는 명목으로 간척 사업과 새마을 사업 등 여러 가지 사업을 벌이며 마을의 근대화를 위해 노력하여 주민들의 신망을 얻어 거의 모든 영역에서 결정권을 가지고 있다.

회유를 받아들이면 공동체 안으로의 편입과 함께 자신에게 필요한 물질적 혜택이나 사회적 지위를 얻게 된다. 그러나 거부하면 철저히 배

---

19) 루이 알뛰세르, 「이데올로기와 이데올로기적 국가장치」, 김동수 옮김, 『아미엥에서의 주장』, 솔, 1991, 118면.
알뛰세르는, "헤이, 거기 당신!" 하고 경찰관이 길거리에서 일상적인 호명을 한다면, 호명된 개인은 뒤돌아본다고 한다. 이 단순한 180도의 물리적 선회에 의해서 그는 주체가 된다는 것이다. 왜냐하면 호명이 '바로' 그에게 행해졌으며, '호명된 자가 바로 그'라는 사실을 깨달았기 때문이라고 한다. 루이 알뛰세르, 「이데올로기와 이데올로기적 국가장치」, 김동수 옮김, 『아미엥에서의 주장』, 솔, 1991, 119면.

제당한다. 이 과정에는 정당성의 허울을 쓴 폭력이 등장한다. 배 선생은 자신의 사업에 방해가 된다면 누구든 간에 직·간접적인 모든 수단을 활용하여 타자화시키거나 제거하는 잔인하고 냉정한 인물이다. 그의 목적은 마을의 이미지 쇄신과 함께 자신의 권력 확장이다. 이 두 가지는 권력이 가진 두 얼굴이다. 권력은 자신이 영향력을 행사할 집단에 대해 우리는 모두 하나이며 공동체의 안정이 곧 개인의 안전을 보장한다는 논리로써 스스로의 권력을 유지하고 재생산한다.[20] 배 선생은 마을의 이미지는 곧 자신의 이미지이며 이것은 곧 마을 사람 개개인의 행복과 직접 연관되어 있다는 논리를 지속적으로 펼침으로써 마을 사람들에 대한 권력을 유지하고 또 확대해 나가고 있다.

그러한 배 선생이 마을의 다른 주민들과 다르게 대하는 인물이 바로 동욱이다. 동욱은 중앙의 군부대와 연결되어 있어서, 배 선생의 영향력이 그의 근본적 안위를 결정하기 어려운 이방인이다. 그러므로 섣불리 건드려 자신의 입지를 불안하게 할 필요가 없이 그저 일정한 기간이 지나 본래의 자리로 되돌려 보내면 그만인 인물이다. 특히 그가 가진 총은 또 다른 권력의 상징이다. 배 선생이 가진 정신적 지주의 역할과 물리적 힘의 상징이라고 할 수 있는 총이 서로를 지탱하고 있는 것이다. 동욱은 금순네가 공정함과 합법성을 강조하는 배 선생의 표면적 방침에 위배되는 폭력과 부당한 대우를 지속적으로 받고 있다는 것을 알

---

20) 공동체의 이름으로 연결되어 있다는 안정성은 유럽의 종교를 바탕으로 하는 "지역 중심지"를 예로 들 수 있다. 지역 중심지를 기반으로 하는 공동체 집단 안에서는 그 집단 안에서의 규율과 제도가 독립적으로 힘을 가졌다. 특히 "야만인들의 침투"에 대항하기 위한 자기방어로서의 지역 공동체 의식은 새로운 권력을 창조하기 위한 근거가 되었다. 베네딕트 앤더슨, 앞의 책, 117-132면.

고 있지만 묵인한다.

상덕은 돌개 마을로 자원해 온 젊은 남자 교사이다. 그는 동욱에게 쓸데없는 감상에 젖어 있다는 비난과 아무것도 모르는 철부지라는 조롱 등을 받기도 하지만 마을 안에서 거의 유일하게 동욱과 소통한다. 돌개 마을로 온 이유가 명확히 드러나는 동욱과는 달리 정확한 사정이 드러나 있지는 않다. 그렇지만 돌개 마을로의 전출은 평범한 일상적 사건이 아니라는 점을 암시한다. 상덕은 돌개 마을에 부임했을 당시에는 배 선생의 횡포를 목격하고 그에게 반발해 보기도 한다. 하지만 현재는 거의 방관자의 입장에서 자조적으로 돌개 마을에서 일어나는 사건들을 지켜보며 한발짝 물러서 있다.

동욱과 상덕은 자신에게 특별한 피해를 주지 않고 나름의 독립적 위치를 보장받는 선에서 돌개 마을에서 일어나는 불합리한 일상에 대해 눈을 감도록 배 선생이라는 권력과 합의를 한 셈이다. 권력의 회유책이 일시적 성공을 거둔 것이다. 실제로 배 선생은 상덕에게, 동생의 취직 제안으로 금순네에게 도시에 나가는 것을 만류하게 하자 그녀는 '씨받이' 일을 포기하기로 결심한다. 상덕은 금순네를 위한다기보다는 자신을 위해 이러한 연락책의 역할을 했다는 사실을 부정할 수 없다. 김진봉의 도발과 배 선생이 금순네의 동생을 채용하기 위해 해고한 학교의 전 급사에게 칼을 맞는 상황 등 긴박하게 돌아가는 마을에서 나름의 선택을 내린 결과이기 때문이다.

금순네를 온갖 폭력과 부당한 차별로 공인된 타자로 가두는 권력은 순결 이데올로기를 활용한다. 금순네가 돌개 마을에서 주변화된 이유는 여성에 대한 폭력과 차별의 문제를 개인의 순결성과 도덕성으로 귀결시키는 방식의 순결 이데올로기 때문이다. 금순네를 돌개 마을 밖으로 나가지 못하게 하는 근거 역시 어떠한 집단 전체의 순결성을 개인, 특히 집단 내 여성의 순결과 연관시키는 것 때문이다. 순결하지 않다는 이유로 배제의 대상이 되어 왔던 대상이 일시에 '순결성을 보호해야 할' 대상으로 역전되는 아이러니가 발생하는 상황이 된 것이다.

이들이 금순네를 타자화함으로써 공동체의 결속을 다지는 것을 정당화하는 가운데 금순네에게는 섬 바깥의 육지에 사는 노인에게 자식을 낳아주는, 이른바 "씨 받으러 가는" 일에 대한 제안이 들어온다. 그동안 금순네를 핍박하던 마을 사람들은 돌개 마을 여성에게 이러한 제안이 들어왔다는 사실 자체를 수치스러워하며 금순네가 섬 바깥으로 나가는 것을 막으려고 애쓴다. 이는 금순네의 정체성이 주류 집단 안으로 편입되었다는 뜻이 아니다. 돌개 마을의 공공연한 타자가 외부로 나가게 되었을 때 이 타자는 외부에서 이 마을의 이미지를 대표하게 된다.

또한 금순네라는 타자의 존재가 사라졌을 때 닥칠 혼란에 대한 걱정이 뒤섞여 있는 것이다. 금순네가 사라지면 과거의 상처에 대한 마을 남성들의 죄책감과 여성들의 공포를 투영할 새로운 타자가 필요하다. 이때 타자는 그동안 그를 따돌려왔던 집단 내부에서 선택될 수 있으며 이는 공동체 내부 인물들에게 불안감을 야기할 것이다. 따라서 이들은 금순네가 섬 바깥으로 나가지 못하도록 그를 감시하며 금순네의 인간답게 살 권리를 짓밟았던 인물들이 도리어 그에게 '인간답게' 살 것을 종용하는 상황이 발생한다.

외부의 압력과 함께 희생과 헌신으로 보살피는 어머니마저 금순네에게 그러한 제의를 수락할 것을 요구한다. 금순네는 매일 자살 시도에 가까운 통과의례를 수행함으로써 하루하루의 삶을 견딘다.

> "한 발짝만 더 지발덕덕 한 발짝만 더!"
> 금순네는 두 팔을 허위허위 내저어 가며 안타깝게 중얼거린다. 선 자
> 리에서 뻗장으로 굳어 버린 다리를 떼려고 비지땀을 쏟으며 끙끙거려 보
> 지만 수렁까지는 꼭 그만큼의 간격이 가로놓여 있다. 사지가 달달 떨리
> 고 심장이 두방망이질을 해 댄다. 입 안이 바싹바싹 타고 콧구멍에서는
> 단내가 훅훅 치민다. (『묵시의 바다』, 31-32)

거의 매일같이 반복되는 의식 속에서 금순네는 상징적 죽음을 체험
한다. 이러한 장면은 동욱의 망원렌즈로 관찰된다. 권력의 체계 안에서
감시는 하나의 층위에서만 이루어지는 것이 아니다. 각 단계별로 긴밀
하게 연관되어 서로가 서로를 알게 모르게 감시하고 관찰하도록 만들
어진 하나의 구조이기 때문이다. 이때 금순네를 감시하는 주체는 마을
공동체의 질서와 규율을 강조하는 사람들이며 이들을 역시 감시하고
통제하는 배 선생과 그를 그러한 권력의 중심에 가져다 놓은 전체주의
적 이데올로기이다.

특히 금순네가 성폭력 피해자가 된 이후 공공연한 배제의 대상이 되
는 것을 무장공비 침입 사건으로 마을 전체가 큰 상처를 입게 된 이후
에 일어난 일이라는 사실과 연관되어 있다. 인민군에 의한 성폭력 사건
의 피해자가 언제든 자신들로 바뀌었을 수 있다는 마을 여성들의 불안
함과 무장 공비 침입 사건에서 알게 모르게 일어났던 각종 폭력적인
상황에서 도피하여 목숨을 건진 남자들에게 남겨진 죄책감 등이 뒤엉
켜 일어나는 것이다. 여성들은 금순네를 차별함으로써 자신들은 결코
금순네와 같은 피해를 입은 적이 없는, 순결한 여성임을 스스로와 남에

게 확인시키는 것이다. 남성들 역시 그가 당한 피해는 자신들의 무능함
이나 비겁함과는 상관없이 오직 금순네 개인의 도덕성에 관한 문제로
몰아감으로써 죄의식을 덜고 있다.

따라서 이들은 마을 공동체 안에서 지속적으로 일어나는 금순네에
대한 성폭력을 은폐하는 동시에 그러한 피해 사실을 빌미로 그에 대한
차별과 배제를 정당화한다. 이는 마을 공동체의 명예를 지켜야 한다는
전체주의적 집단주의와 더불어 여성의 성적 피해마저 도덕적 타락으로
연결시키는 가부장적 순결주의를 중심으로 형성된 이데올로기적 권력
이 가지는 감시의 눈이다. 그러면서 마을 사람들을 계층화함으로써 최
대한 권력의 요구에 부응하도록 만들려는 분열의 수단이기도 하다.

『완장』의 임종술 역시 저수지 최대의 낚시꾼이자 마을 이장이든 최
사장이든 함부로 대할 수 없는 막무가내 인간이었지만 '완장'과 '감시
원'이라는 공인된 권력의 매력에 회유당한다. 이때 두 작품에서 공통적
으로 활용되는 것은 주로 물질적 혜택이나 사회적 지위를 이용한 도구
들이다. 『완장』에서 최고의 도둑 낚시꾼이었던 종술이 감시원으로 취
직하게 된 아이러니한 상황은 바로 감시당하는 자에서 감시하는 자로
상황을 역전시킬 수 있다는 권력에 대한 욕망이었다. 『묵시의 바다』에
서 금순네를 회유하는 방식은 동생의 학교 급사 취직과 이를 전달하는
교사와의 관계 등으로 나타난다. 회유의 수단은 직장이나 월급 등 생계
와 물질의 차원뿐만 아니라 사회적 지위 상승도 포함하고 있다.

성공적인 것처럼 보이는 금순네에 대한 회유와는 달리 김진봉에게는
물질적 보상이나 사회적 지위 보장 등 그 어떠한 것도 통하지 않는다.
그의 집 앞에 배 선생 및 마을 사람들이 설치한 접근 금지 경고문은 감

시를 통한 권력의 시선이 어떻게 실제로 사람들을 분리시키고 주변화하는가에 대한 가시적 상징이다. 김진봉이라는 타자가 존재함으로써 마을은 공동체적 질서를 유지하는 한편 절대악에 대한 대항 세력으로서의 결속과 정당성을 함께 확보한다. 김진봉이 유일하게 마음을 연 대상은 그가 성폭력을 행사한 적까지 있는 경화이다. 그는 천식 등의 여러 가지 질병으로 요양 차 돌개 마을에 내려온 거의 유일한 여성 지식인이다. 배 선생의 독단적 권력과 그 횡포에 반발하지만 결국 좌절하여 지배 질서 안에 포섭되는 듯 보인다. 그녀가 제기하는 문제는 번번이 좌절되며 배 선생에게 반발한 이후 그녀에게 찾아온 본교에서의 호출은 그녀가 언제든 권력의 의도에 따라 주변화될 수 있다는 가능성을 보여준다. 이 과정에서 자신과 같이 이방인으로서 존재하는 '미친개' 김진봉에 대한 호기심과 연민 등의 감정으로 그에게 다가가지만 오히려 성폭력을 당하게 된다. 그러나 경화는 이러한 사건으로 절대악과 같은 존재로 마을에 각인된 그에게 동정과 책임감을 느껴 연인 관계로 발전한다.

경화와 김진봉의 만남은 지배 질서에 불편한 사건이 된다. 마을 안에서 철저하게 고립되어 주변화되어야 할 김진봉이 지배 질서의 상징이라고 할 수 있는 학교 선생과의 만남으로 인격적인 대우를 받는 주류 세계로 편입되는 것을 용납할 수 없기 때문이다. 경화 역시 학교 선생이라는 상징적 위치를 가진 존재로서 마을의 괴물이자 타자인 그와의 만남은 그 자체로 지배 질서에게 위협이 될 수 있는 것이다.

결국 배 선생으로 표방되는 권력은 김진봉과 경화 모두에게 회유 단계를 넘은 처벌 단계로서의 전략을 실행한다. 특히 이 시점은 김진봉과 교류가 있던 배 선생의 전 급사가 배 선생을 칼로 찌른 이후로, 김진봉에 대한 마을 단위의 처벌에는 마을의 질서 유지라는 대의를 내세우고 있지만 그러한 질서의 핵심이라고 할 수 있는 배 선생에게 대항했을 때 어떠한 처벌을 받는지를 단적으로 보여주는 것이다. 여기에는 마을 전체에 대한 권력을 공고히 하려는 배 선생의 의도가 담겨 있다.

특히 마을 사람들이 "풍우대작 하던 날"(289) 어둠 속에서 김진봉을 급습하여 그의 개들을 살해하고 그를 죽음으로 몰고 간 때는 경화의 설득으로 배 선생이 탐내던 자신의 땅을 마을에 기부하기로 결심한 시점이다. 김진봉이 오랜 타자로서의 생활에 지친 결과라고도 할 수 있지만 경화와 만남으로써 마을의 질서로 편입되기를 소망했다는 점에서 단순한 회유의 결과라고 보기는 어렵다. 그러나 그의 결단과 관계없이 그는 배 선생의 지시를 받은 마을 사람들에 의해 벼랑 끝에 몰려 떨어져 죽는다. 권력에 의해 주변화된 타자가 자신의 노력 여부와 관계없이 제거되는 현실을 드러내는 장면이다. 자신의 땅을 지키려고 마을의 개간 사업을 위해 땅을 내놓지 않은 김진봉이 결국 죽음에 이르는 결말은 전체주의에서 개인의 희생을 어떠한 방식으로 요구하는지를 보여주는 것이다.

『완장』의 임종술 역시 감시원으로서의 스스로의 정체성에 회의를 느끼고 권력에 반발하는 순간 처벌 과정을 겪는다. 종술의 처음 예상과 달리 감시원 생활이 지속될수록 어머니와 딸 등 가족과의 불화는 잦아지고, 마을 사람들 역시 "때까치이던 그가 물까마귀 쯤으로 바뀌었다고 생각하"며 "때까치 시절의 종술이가 그래도 사람 꼴에 가까웠다고 회고"(13)한다. 권력을 가질수록 임종술 개인의 특성은 사라지고 권력

을 효과적으로 뒷받침하는 수단으로 존재하는 자신에 대해 회의를 느
낄 때쯤 종술은 최 사장이 데려온 일행에게 '공유수면관리법'을 운운하
며 낚시를 방해한다. 권력이 표방하는 공동체의 발전과 질서 유지를 위
한 합법성의 테두리가 권력 그 자체에게는 통하지 않는다는 역설을 단
적으로 보여주는 대목이라고 할 수 있다. 법을 지키기 위해 고용했다는
임종술이 그러한 법의 잣대를 권력의 당사자에게 들이댔을 때 권력은
이를 거부하고 자신에게 반발한 대상을 처벌하게 된다. 처벌을 정당화
하는 권력의 모습이다. 이러한 처벌의 첫 단계는 종술에게 유일한 안식
처가 되었던 부월과의 만남이 익삼 씨의 개입으로 좌절되는 상황이다.

> 바로 그때였다. 텐트 밖에서 난데없는 헛기침소리가 들렸다. 그때까지
> 그들은 홀랑 벗은 알몸뚱이인 채로 한데 포개져서 티격태격 다투는 도중
> 이었으므로 두 사람 모두 소스라치게 놀랄 수밖에 없었다.
> 부월이는 여자로서의 절박한 위기를 느꼈다. 외롭고 고단한 남자의 영
> 혼을 위해 자청해서 손윗 누님과 어머니가 되어 주던 넓은 품을 지닌 그
> 니는 이미 아니었다. 계산속빠르게 저 혼자서 허둥지둥 빠져나갈 구멍만
> 찾는 한 범상스런 여자에 불과할 뿐이었다.
> "종술이 그 안에 있능가?"
> 웬 사내가 걸쭉한 목소리를 텐트 안으로 불쑥 디밀었다. 부월이는 아
> 직도 자기 배 위에 실려 있는 사내의 그들먹한 알몸이 자그만치 천 근의
> 무게임을 겨우 느꼈다. 그래서 그니는 있는 힘을 다하여 사내는 떠다밀
> 었다. 그러면서 주둥이로는 찢어지는 듯한 비명을 목청껏 내질렀다.
> "사람 살려엇!" (『완장』, 157-158)

부월과 종술의 만남을 좌절시킨 것은, 학창시절 짝사랑하던 선생님
을 입버릇처럼 부르는 부월의 습관 탓인 듯 보이지만 익삼 씨의 등장

때문이다. 인용문에 나타나듯 익삼 씨가 나타났을 때 그들은 비록 갈등 상황이기는 했으나 "그때까지 그들은 홀랑 벗은 알몸뚱이인 채로 한데 포개져서 티격태격 다투는 도중이었으므로" 해결의 여지가 없지는 않았다. 그러나 익삼 씨의 존재가 두 사람에게 알려진 순간, 이들의 만남은 외부의 시선에 노출되었다는 압박을 이겨내지 못하고 부월은 "천근의 무게"를 느끼며 "있는 힘을 다하여" "떠다밀"며 사람 살리라는 비명을 내지르게 된 것이다.

이렇게 권력은 가장 친밀한 시간을 방해하고 분열시킨다. 그들은 자신을 통제하는 외부의 시선을 의식할 때 사회적 위치를 지키기 위해 권력이 원하는 방식으로 움직인다. 그러므로 권력 앞에 나약해질 수밖에 없다.

> 그 꼴이 어찌나 고소하든지 익삼씨는 뒤로 돌아서면서 회심의 미소를 머금었다. 모르고 왔다는 것은 새빨간 거짓말이었다. 그는 동네 점방집 이서방한테서 부월이가 저수지 가는 길을 묻더란 소문을 초저녁 무렵에 이미 전해들었다. 그런 사실을 안 다음에 집구석에 틀어박혀 진득이 견디려니 도무지 좀이 쑤셔서 잠이 오지 않았다. 평소에 부월이한테 어떤 흑심을 품어 온 바도 아닌데 공연히 심통이 나서 잠을 수가 없었다. 그리하여 못 먹는 감 찔러나 보자는 기분으로 슬슬 밤마을을 나온 참이었다. (『완장』, 159-160)

익삼 씨는 이들에 대한 감시의 시선으로 이들을 심리적으로나 육체적으로 분열시키는 데 일단은 성공한다. 그는 자신보다 낮은 위치에 있는 종술이 동네 술집 작부이지만 쉽게 자신을 허락하지 않았던 부월과 관계를 맺을 수 있다는 사실을 인정하기 어려웠을 것이다. 임종술이 도

시에서 온 최 사장 일행에게 딱딱하게 군 이후 가져왔던 보복 심리도
작용했다. 다른 한편으로는 이러한 분열 과정으로 위계질서의 내부에
존재한다고 믿었던 인물들이 스스로의 정체성에 대해 의문을 가지게
되는 순간 권력은 위기를 맞을 수 있다. 이때 익삼 씨의 출현은 이러한
변화의 가능성을 차단하려는 시도인 동시에 나름의 처벌과 배제 양상
을 취할 사전 준비를 하고 있다고도 볼 수 있을 것이다.

　『완장』의 임종술과 『묵시의 바다』의 금순네와 '미친개' 김진봉 등은
마을의 발전이라는 공동의 목적에 방해가 된다고 여겨지는 인물이다.
임종술은 처음에는 회유로 지배 질서 안으로 잘 편입되는 것처럼 보였
지만 그 스스로 분열의 양상을 보이게 되자 최 사장과 마을 이장은 그
를 해고하려 하고 이마저 여의치 않자 공권력이 투입된다. 김진봉은 돌
개 마을에서 가장 많은 땅을 소유한 돌팔이 의사로 아무나 무시하고
배척할 수 있는 금순네와는 다른 입지를 갖고 있다. 비록 돌팔이 의사
였지만 응급 상황에서 배를 타고 한참을 나가야 제대로 된 의료 서비
스를 받을 수 있는 섬마을에서 김진봉의 역할은 결코 작지 않다. 배 선
생의 숙원 사업인 간척 사업의 대상지 역시 김진봉의 땅을 상당수 포
함하고 있어 그와의 접촉은 필연적이었다. 그러나 비싼 땅값이나 마을
에서의 지위 보장 등의 회유책에도 자신의 땅을 내놓으려 하지 않았던
김진봉은 결국 이름 대신 '미친개'로 불리며 배척당한 채 자신의 안전
을 위해 사나운 개들을 기르며 '접촉 금지'라는 팻말을 집 앞에 달고
살아가게 된다.

　권력은 그것을 지켜내기 위해 감시를 하고 회유와 처벌도 감행한다.
회유는 물질적 혜택이나 사회적 지위를 이용하며 공동체 안으로의 편

입도 가져온다. 그러나 거부하면 철저히 배제되고 타자화된다. 타자화
되면서도 지배 질서 안으로 들어오기를 거부하는 인물들은 결국 폭력
적 처벌을 받게 된다. 임종술은 지명 수배가 내려지고 마을 사람들에게
구타를 당한 채 부월과 함께 야반도주로써 결말을 맺는다. 김진봉은 마
을 단위의 인민재판 이후 자신의 분신과도 다름없던 개들이 눈앞에서
살해당하는 장면을 지켜보다 궁지에 몰려 벼랑 끝에서 떨어져 생을 마
감한다. 공권력의 투입이든 마을 주민들의 합의이든 표면적으로는 이
성과 합리의 허울을 쓴 주변화와 폭력의 양상은 권력의 실체를 확연하
게 드러낸다.

3. 권력에 대한 도전과 가능성

권력을 마주한 인물들은 각기 자신들의 방식으로 이에 대응한다. 배
선생이나 최 사장, 마을 이장 등과 같이 지배 이데올로기를 내면화하여
권력을 재생산하는 데 몰두하는가 하면 임종술처럼 권력에 부응하려
하지만 결국 이용만 당하거나, 김진봉처럼 권력에 맞서며 회유에도 넘
어가지 않다가 끝내 배제되는 인물 등이 다양하게 존재한다. 특히 권력
에 맞서다 주변부로 끊임없이 밀리다가 끝내 공동체에서 배제된 인물
들이 보여주는 사랑, 혹은 연대에 주목할 필요가 있다. 배제된 두 개별
인물의 관계와 사랑이라는 개인적 차원의 문제라기보다는 권력에 대항
하려는 세력 간의 관계이기 때문이다.

『완장』에서 임종술의 도피를 주선하는 부월은 그의 연인이기 이전에

술집 종업원이다. 고등학교 시절 가출한 뒤 술집을 전전하며 성매매로 생계를 이어온 부월은 지배 질서에서 타자화되는 대표적 계급이다. 마을 남성들이 욕망하는 대상이면서 동시에 부정하고 질타하는 부류로서 살아온 그녀에게 종술을 핍박하는 마을의 권력은 자신을 배제시키고 착취하려던 지배 집단과 크게 다르게 느껴지지 않는다.

> 인근에서 모르는 사람이 없을 정도로 유명짜한 임종술의 행패를 전혀 무서워하지 않는 유일한 인물이 바로 김부월이었다. 저 혼자서만 가만히 무서워하지 않아도 복통이 날 판인데, 이건 뭐 번번이 한 술 더 뜸으로써 종술을 미치게 만드는 것이었다. 겨우 별 하나짜리 그까짓 임씨가 뭐가 무섭다고 벌벌 떠는지 자기는 도무지 이해할 수 없다는 식이었다. 십 년 세월을 노류장화로 떠도는 사이에 자기가 상대한 수많은 사내들 가운데는 별을 자그마치 아홉 개나 단 상습 강절도범도 들어 있노라고 그니는 자랑삼아 지껄일 지경이었다. 그 바람에 실비주점에만 들어서면 종술의 체통은 으레 절반 이하로 형편없이 곤두박질치곤 했다.
> 그런데 이제 부월이는 완장의 권위마저도 전적으로 부정하고 있었다. 아주 괘씸하기 짝이 없는 계집이었다. <지나 내나> 피차일반으로 따라지 끗발을 쥔 한심한 주제에 대관절 뭘 믿고 그렇게 까부는지 종술로서는 아무래도 이해할 수가 없었다. (『완장』, 47-48)

부월은 마을에서 유일하게 임종술을 두려워하지 않으며, 권력에 의한 배제에도 당당하다. 그녀는 '완장'의 본질을 꿰뚫고 있을 뿐만 아니라 권력에 맞서는 방법을 아는 인물이다.

> "나도 알어! 눈에 뵈는 완장은 기중 벨볼일 없는 하빠리들이나 차는 게여! 진짜배기 완장은 눈에 뵈지도 않어! 자기는 지서장이나 면장 군수가 완장 차는 꼴 봤어? 완장 차고 댕기는 사장님이나 교수님 봤어? 권력

중에서도 아무 실속 없이 넘들이 흘린 뿌시레기나 줏어먹는 핫질 중의
핫질이 바로 완장인 게여! 진수성찬은 말짱 다 뒷전에 숨어서 눈에 뵈지
도 않는 완장들 차지란 말여! 우리 둘이서 힘만 합친다면 자기는 앞으로
진짜배기 완장도 찰 수가 있단 말여!" (『완장』, 265)

임종술의 어머니와 어린 딸, 부월 등은 권력에 대해 심리적 거리를
유지할 수 있는 존재들이다. 수난을 겪으며 권력이 이름을 달리하며 바
뀌어 가는 것을 경험한 어머니, 역시 시간이 흐르는데도 그 속성이 바
뀌지 않는다는 것을 체득한 부월은 기분에 따라 딸에게 화풀이를 해대
는 종술을 겪으며 자라온 종술의 딸 정옥이와 마찬가지로 권력에 부응
하려고 노력하는 일이 얼마나 부질없는지 알고 있다. 그런데 역설적으
로 이들은 권력에 속하지 못해 왔기 때문에 권력의 범주에서 이탈하는
데 두려움이 없다. 부월이 도둑년이라는 사회적 지탄에도 거리낌이 없
이 태안댁의 패물을 훔칠 것을 계획하는 반면 반만 훔치자는 종술의
말은 이들의 양심이나 도덕성의 문제라기보다는 사회적 체면과 지위에
대한 인식의 차이라고도 볼 수 있다. 이들은 한 번도 권력의 중심에 다
가가 본 적이 없이 권력이 가지는 상대성과 양면성을 몸으로 익히고
종술의 완장이 언젠가는 "상장허고 맞바꾸"(251)어야 하는 것이라는 사
실을 몸으로 익힌 인물들이다.

부월은 종술에 대한 애정을 바탕으로 그가 "호남지방 야산 개발 사
업이 한창일 때 측량기사 보조원과 눈이 맞아 달아"(20)난 전처와의 사
이에서 낳은 딸 정옥을 만나 옷을 사 입히고 머리를 땋아 준다. 엄마의
역할로 혈연관계 이상의 가족으로 맺어지기를 소망하는 것이다. 종술
의 어머니 운암댁 역시 종술의 도주를 위해 마을 사람들이 손가락질

하는 부월을 만나 며느리로 대접함으로써 가족관계를 맺는다. 부월과 정옥의 만남, 운암댁과 부월의 만남은 권력에 의해 주변화된 계층이 서로 연대함으로써 서로를 살릴 수 있다는 가능성을 제시한다.

『묵시의 바다』의 김진봉은 마을 남자들 가운데 거의 유일하게 금순네를 폭력적으로 대하지 않았다. 그는 금순네의 낙태를 돕고 상처들을 치료한다. 이들은 이성적 애정 관계를 맺는 대신에 동병상련의 동질감을 바탕으로 하는 우정을 맺어 마음 편하게 대할 수 있는 상대가 된다. 권력이 이용하고자 했지만 완전한 포섭에 실패했거나 마음껏 유린당했지만 결국은 배척당한 인물들은 권력에 의해 배제된 인간형의 두 얼굴이다. 동질감에 바탕을 둔 우정 관계는 권력에 대응하는 민중들의 방식인 연대 의식과 같은 것이다.21) 이들은 권력의 입맛에 따라 언제든 주변화될 수 있는 존재들이다. 이들이 연대하지 못한다면 이들에게 직접적인 위험이 발생된다. 외부로부터 고립된 금순네가 총에 맞은 상황에서 김진봉의 부재는 금순네가 응급 처치를 할 수 있는 기회를 놓치게 만든다. 그런데 그의 부재로 상덕과 동욱의 책임감과 역할은 강조된다. 가시적으로 소외된 인물 외에도 자신 스스로가 주류라고 생각해왔던 인물들 역시 자신의 기득권을 지키기보다 권력의 본질을 파악하고 이에 대항하는 일에 동참하도록 만들었다는 점에서 김진봉의 부재는 의

---

21) 에드워드 파머 톰슨은 "압제에 저항할 권리는 언제나 존재하지만, 그러한 권리행사를 정당화할 만큼 압제가 한계에 달한 때가 언제인가 하는 것은, 국가 구성원들이 자신이 어느 시점에선가 판단해야 할 문제라는" 블랙스턴 판사의 이야기를 인용한다. 더 이상은 참을 수 없다고 판단함으로써 스스로 권력에 대항하기 위한 행렬에 들어갈 때 이들은 "같은 노를 젓고 있는 사람들"이 된다. "모두가 동시에 행동할 수 있"는 계기는 그들이 "친구"라는 의식이며 이는 "연맹인"이라는 이름으로 표현된다. 에드워드 파머 톰슨, 나종일, 김인중, 한정숙, 노서경, 김경옥, 유재건 옮김, 『영국노동계급의 형성 下』, 창비, 2000, 222-364면.

미를 지니고 있다.

권력에 대항하는 본질적 가능성은 민중의 생명력에서도 찾을 수 있다.

> 운암댁은 물문 근처로 천천히 다가갔다. 수많은 구경꾼들이 돌팔매처
> 럼 집어던지는 경멸에 찬 눈초리, 낄낄거리는 웃음을 홈빡 뒤집어쓴 채
> 로 완장은 물문을 향해서 흘러오고 있었다. 물문에 가까이 이를수록 점
> 점 빠르고 거세지는 물살에 실려 완장 또한 걸음을 재우치고 있었다.
> 운암댁은 물문의 소용돌이 속으로 휩쓸려 들 때까지 아들의 완장에서
> 한시도 눈을 떼지 않았다. 뗄 수가 없었다.
> 일단 소용돌이에 먹혀 시야에서 사라지는 듯싶던 그것은 물고기떼의
> 탈출을 막으려고 물문 주위에 둘러친 굵고도 촘촘한 철망에 걸려서 제자
> 리를 맴돌기 시작했다. 그것은 소용돌이를 타고 언제까지나 맴돌이를 계
> 속할 작정인 듯했다. 그것이 눈앞에서 없어지지 않는 한 운암댁 역시 언
> 제까지고 물문 근처를 떠나지 않고 지켜볼 작정이었다. 마치 너무도 한
> 이 맺혀서 아직도 저수지를 떠나지 못하고 물문 주위를 맴도는 아들의
> 얼굴이라도 대하듯이 그니는 끝끝내 완장의 행방을 주시하고 있을 작정
> 이었다. (『완장』, 268-269)

완장의 최후를 지키는 인물은 그것에 목숨을 걸었던 종술도, 그것을
이용해 권력을 확장하려던 최 사장이나 마을 이장도 아니다. 권력의 중
심에 들어온 적이 없던 운암댁이 "경멸에 찬 눈초리, 낄낄거리는 웃음
을 홈빡 뒤집어쓴 채로" "끝끝내 완장의 행방을 주시하고 있"다. 운암
댁의 시선은 완장에 대한 애도라고도 할 수 있다. 애도는 잃은 것에 대
해 동일한 방식으로 남에게 빼앗거나 잃었다는 사실을 받아들이지 못
하고 집착하는 것이 아니다. 이는 자신이 상실한 대상을 객관화하는 것
이며 그것이 이미 생명을 잃은 존재라는 사실을 확인하는 행위이다. 이
러한 애도의 주체가 운암댁이 됨으로써 떠내려가 버리는 것이 아니라

"소용돌이를 타고 언제까지나 맴돌이를 계속"하는 완장이 가지는 잠재적 위협으로부터 종술을 비롯한 인간들을 보호해 줄 수 있는 보호자가 될 수 있는 것이다. 이는 주변화된 인물로서 운암댁이나 부월이 가진 생명력과 관련이 있다.

> 남자가 못 이기는 척하고 벗어 주는 완장을 그니는 조심스럽게 받아들었다. 한때나마 남자의 넋을 송두리째 사로잡았던 물건이었다. 남자의 욕망과 오기가 그 완장 속에는 체취처럼 짙게 배어있었다. 그니는 완장에다 살짝 입을 맞춘 다음 남자가 눈치채지 못하게시리 그것을 시커먼 저수지 위로 집어던졌다. 마치 저보다 젊고 잘생긴 시앗이라도 제거해 버린 듯이 온통 가슴이 후련했다. 그니에게는 이제 아무런 미련도 남아 있지 않았다. (『완장』, 265-266)

완장의 효력이 무효화된 이후에도 여전히 임종술의 팔에서 떨어지지 못한 채 붙어있던 완장을 그의 팔에서 끝내 떼어낸 인물은 바로 부월이다. 이들의 만남 뒤에는 정옥과 운암댁과 연대한 부월의 노력이 숨어 있다. "우리 둘이서 힘만 합친다면 자기는 앞으로 진짜배기 완장도 찰 수가 있"다는 부월의 믿음처럼 "진짜배기 완장"이 무엇인가에 대한 질문을 담고 있다.

"진짜배기"에 대한 정서는 부월이 자신의 수양모인 태인댁의 패물을 반만 훔쳐 가고 부월에게 자신이 가진 전 재산의 반을 도둑맞았는데도 오히려 부월을 걱정하는 태인댁의 정서에도 드러난다. 부월은 자신의 수양모인 태인댁의 패물을 차마 다 훔쳐가지 못하는 한편 반쯤의 패물을 가져가는 자신을 태인댁이 이해해 줄 것이라는 믿음이 있는 듯 보인다. 실제로 태인댁은 패물을 다 가져가지 못한 부월의 마음을 가슴

아파하며 진심으로 부월을 염려하고 있는 것이다.

최 사장 집단의 미움을 산 이후에도 완장을 지키기 위해 몸부림을 치던 임종술이 완장을 잃게 된 결정적 계기는 오랜 가뭄으로 저수지의 물을 흘려보내기로 결정함에 따라 양어장 자체가 없어졌기 때문이다. 인간의 근본적 한계 앞에서 "진짜배기"는 종술에 의해 봉변을 당한 김 준환으로 상징된다. 그는 종술의 초등학교 동창으로 예나 지금이나 종 술의 놀림 대상이 되는 나약한 인물이다. 현재는 가정 형편이 어려워 도둑낚시로 아들과 생계를 이어나간다. 문제는 과거에는 이 낚시 행위 가 불법이 아니었고 마을 주민으로서의 일상이자 권리였지만 최 사장 이 자본으로 저수지를 사유한 뒤로는 도둑 아닌 도둑이 되었다는 데 있다. 이러한 준환이, 임종술에게 얻어맞은 아들이 정신을 차리지 못하 자 종술에게 달려들며 반항하는 태도는 딸 정옥을 구박덩이로 여겨온 그 에게 충격을 안겨준다. 최 사장의 돈이나 임종술의 완력으로 얻을 수 없 는 가치로 가족, 인간애 그리고 정 등으로 상징되는 인간들의 연대이다.

인간들의 연대에 의한 가능성과 민중의 생명력에 대한 의미는 『묵시 의 바다』에서도 찾을 수 있다. 동욱과 상덕은 금순네라는 돌개 마을 권 력의 구조에서 최하위에 속한 계층을 중심으로 삼각 구도를 이루고 있 다. 금순네는 마을의 지식인이자 총각이며 주류 집단에서 거의 유일하 게 자신에게 물리적 폭력을 행사하지 않는 상덕에게 호감을 가지고 있 다. 동욱은 금순네에게 성폭력을 가한 적이 있는 가해자이자 그녀에게 총부리를 겨누고 방아쇠를 당기는 가학적 상상을 통해 그를 관음증적 으로 관찰하고 있다. 하지만 스스로도 알 수 없는 감정에 이끌려 금순 네에게 집착하고 있는 상태이다. 이들은 각각 금순네, 동욱, 상덕을 매

개로 자신들이 가지지 못한 것들에 대한 욕망을 드러낸다. 금순네에게
는 상덕이 상징하는 질서 안으로 포섭될 수 있는 그 어떤 권력이나 물
질적 토대가 존재하지 않는다. 동욱은 금순네와 같이 악착같이 살아갈
수 있는 삶의 의지와 이유를 잃은 상태이다. 이들의 욕망이 각각 개별
적으로 존재할 때 힘을 갖기 어렵다.

　돌개 마을의 부조리한 상황에 대해 내면적 갈등을 겪고는 있지만 그
어떤 노력도 기울이지 않은 채 스스로가 속한 세계에 대한 증오를 가
학적 취미로 드러내는 동욱의 심리는 '달랑게'를 짓이기는 장면에서 나
타난다.

> 　발 밑에서 꼼지락거림이 느껴졌다. 달랑게란 놈이 아직도 빠져나가지
> 를 못한 채로, 그러면서도 여전히 빠져나가려고 딴엔 기를 쓰고 있었다.
> 절반쯤 타다가 제 물에 꺼져 버린 담배를 손으로 퉁겨 멀리 버린 다음
> 그는 달랑게를 딛고 있는 구둣발에다 점점 힘을 가하기 시작했다. 펄 속
> 으로 서서히 파묻히면서 꼼지락거림이 차차 희미해지더니 이윽고 더 이
> 상 파묻힐 여지가 없어지자 빠각 소리를 내면서 으깨져 버렸다. 그는 발
> 을 떼면서 바닥에 움푹 찍힌 군화 자국과 그 속에서 이젠 펄의 일부로
> 그 형적이 문그러져 버린 과거의 달랑게를 오래도록 내려다보았다. (『묵
> 시의 바다』, 65)

　'달랑게'는 금순네에 대한 상징이라고 할 수 있다. '달랑게'는 동욱
에게는 짓밟히는 대상이지만 금순네에게는 짓이겨질 뻔하지만 가까스
로 상처를 입고 절뚝이면서라도 살아서 도망가는 존재이다. 이처럼 금
순네의 경우 김진봉이나 동욱 등의 남성 인물과는 달리 내면적 갈등의
표출이 가학적 행위에서만 머물지는 않는다. 그녀는 자신이 짓이기려

던 '달랑게'가 움직이지 않자 흠칫 놀라며 생사를 확인하고 자신의 행
위에 대해 죄책감을 느끼는 동시에 살아난 것에 대해 안도한다. 금순네
는 철저하게 주변화되었지만 자신과 비슷한 작은 생명에 대해 연민과
동정의 감정을 느끼고 이를 실제 행동으로 연결시킨다.

> 맨 처음 내딛는 한 쪽 발이 언제나 문제였다. 그 한쪽 발만 어찌어찌
> 밀어넣고 나면 뒤는 아주 간단히 끝날 것이었다. 생목숨 하나를 뽀골뽀
> 골 삼킨 다음 수렁은 아무 일도 없었던 듯이 입을 싹 씻어 버릴 것이고,
> 그래서 결국 아무런 흔적도 남지 않게 될 것이었다. 설령 뛰어든게 후회
> 되어 곧바로 기어나오고 싶어도 그땐 이미 늦어 버려 제아무리 버둥지랄
> 을 쳐도, 외려 그러면 그럴수록 더 빨리 더 세차게 삼켜질 것이었다.
> "살아서 뭣혀. 죽은디끼 살어 봐야 뭣혀."
> 그런데 마지막 한 발짝이 언제나 두통거리였다. 시작이 곧바로 마지막
> 인 그 한 걸음이 언제나 문제였다. 질끈 감고 그것만 내딛고 나면 일은
> 수월히 끝나는 건데 아직도 수렁까지는 정확히 한 발짝이 남겨진 채였
> 다. 금순네는 수렁 복판을 잔뜩 노려보면서 기를 쓰고 한 발짝 한 발짝
> 옮겨 본다. 그러나 시작 당시의 그 간격은 지금도 그대로 눈 앞에 있어
> 한 치도 줄어들지 않는 것이었다. (『묵시의 바다』, 31)

반복적으로 등장하는 금순네의 자살 시도는 죽음에 대한 열망이라기
보다는 오히려 삶에 대한 의지를 확인시켜 준다고도 볼 수 있다. 특히
금순네가 상상적 죽음을 경험하는 장면은 유독 현재형으로 서술되어
관찰하는 시선이 갖는 긴장감과 생생한 현장감을 전달한다.

> 그렇게 기를 쓴 보람이 있어 어느 한 순간에 갑자기 금순네는 마지막
> 걸음을 옮기는 데 성공하고 만다. 그리고 물고기가 큰바다 깊숙이 잠기
> 듯, 방게란 놈이 제 굴을 찾아들어가 편안히 집게발을 내리듯 그렇게 깊

이 모를 수렁 속으로 차츰 차츰 빠져든다. 벌써 서쪽 바다로 진 줄만 알
았던 해가 어느새 모습을 다시 드러내면서 찬연히 눈빛을 던지고, 덩달
아 나문재의 벌판도 잃었던 꽃자주빛을 되찾고, 하늘과 땅 그리고 바다
가 온통 벌겋게 타오르는 속에서 금순네는 편안히 웃어 보이며 천천히
아주 천천히 가라앉기 시작한다. 이제 겨우 끝났다. 금순네는 선 자리에
서 앞으로 폭삭 고꾸라지고 말았다. 이제야 죄다 끝난 것이다. (『묵시의
바다』, 32)

금순네의 상징적 죽음은 일종의 환상적 체험으로 '부활 의식'이기도
하다. 권력에 의해 주변화되어 타자로 존재하는 금순네가 그 어떤 등장
인물보다 강한 생의 의지를 가지고 있다는 사실은 그녀의 존재가 권력
에 대항하는 집단으로서의 의미를 지니게 해 준다. 금순네가 죽을 수
없는 이유는 어린 동생과 홀어머니를 부양하고 있다는 실질적 가장으
로서의 책임감도 있겠지만 그녀 자신의 삶에 대한 의지와 더욱 관련되
어 있다.

머리칼을 아무렇게나 흩뜨리면서 차가운 바람이 지나가고 있었다. 몸
이 오스스 떨려 왔다. 한바탕 멱이라도 감고 나온 듯이 온몸이 후줄근히
땀에 젖어 있었다. 발이 시렸다. 여지껏 맨발 그대로인 채였다. 바로 눈
앞, 두어 걸음밖에 안 되는 거리에 부옇게 가늠되는 깃대가 보였다. 그리
고 은행잎 빛깔의 달빛이 갯바닥에 숭숭 뚫린 수많은 게구멍과 나문재
따위의 윤곽을 노랗게 흐려 놓고 있었다. 달이 달로 보이고 바다가 바다
로 보이고 모든 것이 정상으로 되돌아와 제가 엎으러져 있는 자리가 수
렁 옆 펄바닥인 줄 깨닫게 될 때까지 금순네는 몇 번이고 계속해서 머리
를 흔들었다.
이렇게 해서 금순네는 또 한 차례 빨간 깃대의 유혹에서 벗어날 수가
있었다. 금순네는 제가 그처럼 죽을 힘을 다했는데도 마지막 한 발짝을
끝내 옮기지 못했던 그것이 결국 무엇을 뜻하는지 잘 알고 있었다. 말하

자면 그것은 하나의 계시였다. 그것은, 금순이 너는 아직도 더 살아야 되
느니라 하는 하늘의 계시였다. 금순네는 그렇게 꽉 믿어 버리고 그 계시
를 황공스럽게 받아들이는 것이었다. 거의 매일같이 되풀이되는 은밀한
절차를 통하여 금순네는 이미 무수히 죽었고 죽은 그만큼 또 무수히 되
살아나곤 했다. 그와 같은 절차를 치름으로써 앞으로도 얼마든지 더 많
은 고통을 감당해야만 된다는 사실을 금순네는 매번 냉수를 뒤집어쓰듯
등골이 시리게 알아차리게 되곤 했다. (『묵시의 바다』, 32-33)

결국 금순네는 살기 위해 죽는 것이다. 매번의 죽음을 통해 자신의
고통스러운 삶을 끝내 유지하는 것이 자신에게 내려진 "계시"이며 "이
미 무수히 죽었고 죽은 그만큼 또 무수히 되살아나"는 것을 반복할지
라도 삶을 지속할 것임을 다짐하는 것이다. 금순네가 실제로 살아가는
공간은 성폭력과 가난 등의 일상적 고난이 이루어지는 '사해 근처'로서
의 현실 공간이다. 길수에게 성폭력을 당하고 받은 생선을 팔아 마련한
돈으로 엄마와 남동생을 먹여 살리고 이들의 생계를 위해 육지에 자식
을 낳아 주러 팔려 갈 것을 종용당한다. 금순네가 살아가는 삶은 고난
이면서 생명력의 표출이다. 그녀에게 바다는 여느 돌개 여성과 마찬가
지로 생계를 위해 바지락을 캐는 삶의 터전이지만 그 한가운데서 성폭
력을 당하고 자살하려고 한다.

동욱의 총에 맞아 피를 흘리는 금순네가 살아날 수 있을 것인가의
문제는 열린 결말로 남아 있다. 그러나 앞서 살펴본 '달랑게' 장면에서
나타났듯 금순네의 발밑에 엎드렸던 '게'가 부상을 입은 채 살아 도망
가는 장면은 그녀의 생존에 대한 가능성을 암시한다. 피흘리는 금순을
업고 "돌개에 머물면서 뭔가 일다운 일을 하려면 우선 돌개 사람이 되
어야 한다"(329)고 다짐하는 동욱의 변화는 권력에 대항하려는 태도로

보인다.

그는 남성성의 상징이라고 할 수 있는 총부리에 달린 망원렌즈를 통해 금순네를 관찰함으로써 스스로를 이방인의 위치에만 국한시키고 그에 대한 연민과 죄의식을 가학적 취향으로 외면해 왔다. 그러한 동욱이 결국 겉으로는 금순네를 향해 있었지만 자신과 돌개 마을을 향해 끊임없이 당기던 것을 실행함으로써 배 선생으로 대표되던 권력의 일방적 승리라는 결론에 국면의 전환을 예고한다.

동욱은 자기 파괴적이고 냉소적이던 태도에서 벗어나 금순네를 들쳐 업고 병원을 향하며 '돌개 사람이 될 것'을 다짐하는 것이다. 여기에 동욱보다 더 소극적이고 방관자적 태도를 유지하던 상덕이 함께한다. 특히 상덕은 금순네가 마을 안에서 호의를 품고 있는 거의 유일한 대상이면서도 배 선생의 연락책 역할을 하며 금순네의 도덕성을 질타하듯 도시로 나가는 일에 대해 만류함으로써 그를 타자화시키는 데 일조했던 인물이었다. 금순네에게 물리적 폭력을 행사한 동욱과 지배층의 논리로 금순네를 질타한 상덕은 본질적으로 그를 타자화시키는 데 기여했다는 점에서 가해자이다. 그러한 그들이 동욱에 의해 총상을 입은 금순네를 들쳐 업고 병원으로 향하는 장면은 서로를 파괴하고 증오하는 욕망에서 벗어날 가능성을 예고해 준다. 권력에 대해 거리를 두고 좌절감을 갖는 것만으로는 극복할 수 없으며 실천이 병행될 때 부정적인 권력에 대항할 수 있다는 가능성을 보여주는 것이다.

이때 가능한 방법 가운데 하나가 바로 주변화된 타자들 간의 연대이다. 김진봉과 금순네, 김진봉과 경화, 금순네와 동욱의 연대는 각자의 방식으로 서로를 치유할 수 있는 가능성이 있다. 주변화된 개인들이 관

계를 맺고 연대하여 서로의 상처를 치유할 때 돌개 마을 역시 변화의
가능성이 생기는 것이다. 특히 '미친개'와 신임교사와의 사랑은 '미친
개'의 죽음으로 불행한 결말에 이르지만 동욱과 금순의 관계는 열려
있다. 자신의 영역으로 상대방을 끌어올리기보다는 기득권을 내려놓고
상대방의 영역으로 내려선다는 의미로 볼 수 있다.

　그러나 권력의 폭력성에 대한 저항으로 연합한 주변화된 타자들 간
의 연대가 꼭 성공할 것이라고 예상할 수는 없다. 권력을 가진 자들은
감시와 회유 그리고 처벌과 타자화로 그것에 대항하는 힘을 약화시키
기 때문이다. 권력 도전에의 한계이다. 다만, 정당성의 허울을 쓴 권력
의 폭력에 민중이 연합한다는 것만으로도 그 가능성을 볼 때 의의가
크다.

제 5 장

세태 비판

『백치의 달』, 『빛 가운데로 걸어가면 1, 2』, 『옛날의 금잔디』를 중심으로

윤흥길 장편 소설에 나타나는 특성 중 하나는 현실 비판이다. 그런데 그 비판은 풍자와 해학으로 드러난다.[1] 『백치의 달』, 『빛 가운데로 걸어가면』, 『옛날의 금잔디』는 현대 사회의 물질 중심적 가치관을 뒷받침하는 인간의 속물성을 비판적으로 그리고 있다. 위 작품들에 나타나는 인물들의 욕망은 현실 사회를 비추는 거울이다.[2] 서사를 이끌어 나가는 이들은 부도덕하고 무능하다. 그런데 서사가 진행되는 과정에서 독자는 이들의 어리석음보다는 이들의 욕망과 좌절을 조정하는 세태에 대해 비판의식을 갖게 된다. 결국 이들 작품은 현실 세계의 문제

---

1) 풍자와 해학은 서로 이질적인 개념이면서도 문학 작품에 거의 항상 공존하는 양상을 보인다. 이 두 가지 요소가 상호 호혜적으로 결합할 때 미학상의 골계가 형성되어 독자에게 웃음을 던져주면서 그 웃음 뒤의 현실을 직시하는 통찰력을 갖게 해준다. 나순희, 「『허클베리 핀의 모험』에 나타난 해학과 풍자 연구」, 대진대학교 교육대학원 석사 학위논문, 2006.

2) 윤흥길의 작중인물들이 보여주는 연약함은 어둡고 폐쇄적인 사회에서 인간성을 상실해 가며 조금씩 패배해 가는 우리들의 실상이다. 작가는 그들의 삶을 정직하게 보여 줌으로써 삶의 진정한 의미를 묻고 있다. 오생근, 「정직한 삶의 불투명성」, 앞의 책, 34면.

들을 어떻게 극복할 것인가의 문제로 귀결된다.

1. 물질 중심 사회와 인간의 허위의식

산업화 사회의 급격한 성장은 농촌의 붕괴와 함께 도시의 비정상적인 비대화로 이어졌다.[3] 도시는 정치, 법률, 문화 등 제도와 규범을 형성시킨 사회적 공간으로서 농촌과 대비되는 삶의 장소[4]이며, 도시 산업화는 물질적 풍요를 목적으로 하고 있다. 이 과정에서 인간의 윤리문제가 드러나기도 하고 빈부 격차의 심화로 주변부로 밀려나는 소시민이 등장하기도 한다. 도시 공간을 배경으로 일어나는 사회 현상들이다.

위의 작품에서 공통적으로 나타나는 세계는 물질 중심의 사회이다. 배경은 아파트 건설 현장, 종말론을 신봉하는 종교 집단의 수련원, 양로원 등이다. 이 공간은 모두 물질적 토대와 관련이 있다.

『백치의 달』은 중심인물인 여영무가 교도소에서 출감하는 장면으로 시작한다. 여영무를 두 사람이 기다리고 있다. 여영무의 동창 성수복과 영무의 연인 박민혜이다. 성수복이 내키지는 않지만 박민혜라는 여성을 의식하여 마중을 나온 데 비해 박민혜는 여영무의 주위에서 유일하게 진심으로 그를 대한다.

"그 여자예요."
간밤에 잠옷 바람의 아내는 뚜껑처럼 송화구를 손바닥으로 덮은 채 전

---

3) 박수이, 『박완서 장편소설의 공간연구』, 중앙대학교 대학원 석사 학위논문, 2010.
4) 김왕배, 『도시, 공간, 생활세계 : 계급과 국가 권력의 텍스트 해석』, 한울, 2000, 18면.

화기 옆에 심란스레 서 있었다. 남편을 도덕적으로 비난하는 듯한 아내의 시선이 대뜸 마음에 걸렸다. 아내 몰래 잠깐씩 죄를 짓는 남편족들이 흔히 갖게 마련인 그 당혹감에서 수복 역시 예외일 수는 없었다.

(중략)

불행을 몰고 다니는 재수없는 여자, 그림자 같은 여자, 어딘지 모르게 유령처럼 으스스한 여자, 바로 그 여자…

박 민혜를 어떻게든 깎아 내릴 셈으로 아내가 노상 두고 쓰는 말들이었다. 불행을 몰고 다니는 여자라니, 당치도 않은 말씀이었다. 오히려 남자가 파놓은 불행의 구덩이에 빠져서 평생을 허우적거려도 헤어나긴커녕 점점 더 깊이 가라앉는 그런 여자였다.

(중략)

여 영무의 재출현이 결과적으로 무고한 한 가정의 행복을 파괴하고야 말 것이라고 아내는 지레 겁을 먹고 있었다.[5]

성수복과 그의 아내는 한밤중에 박민혜로부터 걸려온 전화 때문에 여영무의 출감 소식을 듣는다. 성수복은 "그 여자"라는 아내의 말에 "당혹감"을 느끼며 지레 겁을 먹는다. 남부러울 것 없어 보이는 성수복이 주위의 눈치를 보며 "난처한 지경"에 빠지게 되는 것은 박민혜 때문이다. 성수복은 박민혜를 욕망해 여영무와 갈라놓기 위해 영무를 배신하기도 한다.

박민혜는 고등학교 시절 가짜 서울 법대생 여영무의 과외를 받고 서울대에 진학한다. 그녀는 여영무의 정체를 알았지만 그를 사랑하게 되어 집안의 반대를 무릅쓰고 동거하게 된다. 유복한 가정환경과 서울대 졸업생이라는 그녀의 사회적 위치는 역전되어 변두리에서 작은 양품점

---

5) 윤흥길,『백치의 달』, 삼성출판사, 1985, 15-17면. 앞으로 이 작품을 인용할 때는『백치의 달』이라고 하고 인용한 면수의 숫자를 괄호 안에 적기로 한다.

을 경영하며 여영무의 방문만을 기다리는 상황이 된 것이다. 성수복이
보기에 박민혜는 "불행의 구덩이에 빠져서 평생을 허우적거려도 헤어
나긴커녕 점점 더 깊이 가라앉는 그런 여자"이다.

> "사람들 앞에서 과시하려고 미리 사전을 뒤적거려서 공부해 둔 대목
> 일 테지, 보나마나."
> "물론이지. 노력이 없는 곳엔 결과도 따르지 않는 법이거든. 그래서 이
> 왕지사 내친 김에 뉴스위크 지에 난 베트남전쟁 기사를 내리 대여섯 줄
> 이나 좔좔좔 해석해 버렸지. 포로를 학살하는 끔찍한 장면이었어. 맞은
> 편 좌석에서 두 여자가 동시에 소리를 지르더군."
> "다른 여자가 또 있었나?"
> "사모님이야. 아가씨네 엄마지. 딸은 끔찍해서 소리지르고 엄마는 내
> 영어 실력에 탄복하느라고 소릴 지른 거야."
> "그래서 가슴에 빛나는 배지를 자랑스럽게 가리켰을 테지."
> "그럴 필요조차 없었어. 내가 서울대생인 줄 저 쪽에서 먼저 알아봤으
> 니까." (『백치의 달』, 32)

여영무가 박민혜를 만나게 된 것은 기차 안에서였다. 여영무는 "사
람들 앞에서 과시하"기에는 영문판 "뉴스위크"를 "좔좔좔 해석해버"리
는 일이 효과적이라는 사실을 알고 있었다. 그가 서울 법대생 행세를
하며 사기를 칠 수 있었던 것은 "사람들 앞에서 과시하려고 미리 사전
을 뒤적거려서 공부해 둔" 노력과 더불어 영어를 잘 하는 사람에 대한
맹목적 선망을 가진 사회의 분위기 덕분이었다. 특히 서울 법대라는
"배지"가 가지는 막강한 영향력은 사기꾼 전과자 여영무를 진짜 서울
법대생 못지않은 과외 선생으로 둔갑시킨다. 과외 선생으로서의 자격
은 그의 실력이 아니라 "서울대 배지"와 "뉴스위크"로 표상되는 외형

적인 표지에 따라 결정된다.

"영무 그 새끼 내 주먹에 맡기라구 그랬잖아. 삐딱하게 나올 눈치만 봐도 내가 묵사발을 만들어버릴 테니까 그 문제는 안심 팍 놓으라구."

"주먹보다는 주둥이 쪽이 훨씬 더 효과적이야. 내 대신 니가 나발 좀 불어 줘야겠어."

"그거야 뭐 어차피 있는 주둥이니까 어려울 것도 없지만, 그런데 뭐라고 나발 불고 다니지?"

"내가 시키는 대로만 떠들면 돼."

첫째, 여 영무 때문에 고통받는 가장 심각한 피해자는 뭐니뭐니 해도 성 수복이다.

둘째, 그런데도 성 수복은 김 두수가 모르쇠하는 여 영무를 끝까지 혼자 감싸주고 있다. 그것은 성 수복이 돌쇠 같은 의리의 사나이이기 때문이다.

셋째, 그것으로 미루어 성 수복하고 김 두수 둘 중 누가 더 인간미 있고 포용력 있는 큰 그릇인지는 벌써 판가름이 난 셈이다.

"맨손으로 무작정 나발만 불어댈 게 아니라 이런 때 야구 기금으로 빳빳한 수표를 척 내놓으면 더더군다나 금상첨화겠지."

때마침 모교인 배산 고교에 야구부가 신설되면서 동창회를 통해 그 기금을 대대적으로 모집하는 중이었다. 수복은 손에다 쥐어주듯이 돌대가리 심복한테 낱낱이 방법을 일러 주었다.

"알았어! 그런 일이라면 화끈하게 해치울 자신이 있으니까 두목님은 안심 팍 놓으시라구!"

(중략)

계집애의 비애어린 우스개는 단골 손님의 술맛을 확 잡쳐놓고 말았다.

"뭐야? 건방진 년 같으니!"

수복은 뺨을 후려갈김과 동시에 큰 목청으로 마담을 호출했다. (『백치의 달』, 44-46)

인용문에 나타나듯 성수복의 인격은 술집을 "단골"로 다니고 "술집 여자"의 "뺨을 후려갈"기는 정도의 것이다. 그는 경쟁상대로 떠오른 동창을 몰락시키고 상대적으로 자신의 도덕적 우월성을 강조하기 위해 또 다른 친구를 시켜 소문을 조작한다. 그가 동창 사회에서 주도적 위치를 차지하고 있는 이유는 그가 대외적으로 공인된 안정적 경제 기반을 가지고 있기 때문이다. 성수복이 동창 사회에서 자신의 입지를 강화하기 위해 사용하는 수단 역시 "야구 기금으로 빳빳한 수표를 척 내놓"는 물질적 과시다. 동창 사회가 추구하는 성공한 가장의 모습은 인물의 내면보다는 외적 가치로 결정된다. 여영무를 포함한 고등학교 동창들은 대기업 부장이라는 직책을 가진 성수복을 선망하며 그를 동창 사회의 중심인물로 받아들인다. 여영무는 동창인 성수복을 성 선배로 부르며 존경심을 드러내지만 성수복은 여영무의 연인인 박민혜를 욕망하는 한편 이들 사이를 갈라놓기 위해 여영무를 배신하는 위선적인 태도를 보인다. 사기꾼이, 자신이 유일하게 믿는 대상에게 또다시 사기를 당하게 되는 구조인 것이다.

여영무는 출감 후 성수복의 아들 은열이를 만나 자신의 호의를 전달하려 애를 쓴다. 그는 은열이에게 "미국에서 카우보이 쌍권총을 사갖고 온"(22) 아저씨가 되기 위해 자신의 주머니를 뒤진다. 그의 소지품들은 주민등록증과 동전들, 열쇠고리와 때묻은 손수건, 그리고 후줄근한 여름 양복이 전부이다. 어린 은열에게 영무가 자신을 드러내는 방식은 물질로 표현되는 호의를 통해서이다. 그가 자신을 과시하고자 할수록 그의 남루한 일상이 드러나고, 그는 "하나의 작은 거짓말을 유지하기 위해서" "다른 열 개의 큰 거짓말로 뒷받침하지 않으면 안 되는 수고

가 필요했다."6) 은열의 호의를 얻기 위해 여영무는 "시내 중심가의 일류 백화점에 들러 카우보이 쌍권총을 샀다."(46) "뒤늦게나마 전달된 미국 아저씨의 쌍권총 선물은 아무 짬도 모르는 은열이한테서 기대 이상의 환영을 받았다."(46) 여영무가 실제로 미국에서 왔는지 아닌지보다 중요한 것은 그가 가지고 온 선물이다. "미제"(46)에 대한 여영무의 선호는 '뉴스위크'지와 더불어 '미국'에 대한 선망을 가지고 있던 사회적 분위기를 반영한다.7) 박민혜의 어머니 역시 끊임없이 민혜를 "미국으로 이민 보내"(85)기 위해 노력한다. 미국이 기회의 땅이자 욕망의 공간으로 부상한 데는 미국이 가진 물질적 풍요에 대한 선망이 자리하고 있다.

> 약속대로 갑철은 성 수복에게 청자를 구경시켜 주었다. 수복은 놀라움을 감추지 못했다. 그는 청자를 한참 감정해 보고 나서 신음소리와 함께 결론을 내렸다. 진품임에 틀림없다는 것이었다. 그는 청자의 출처와 입수 경위에 대해서 무척 궁금하게 여겼다. 그러나 갑철은 끝내 사실대로 대답하지 않았다. (『백치의 달』, 154)

여영무 일당이 고향 친구 박갑철을 상대로 사기를 벌이기 전에 "구경시켜 주었"던 것은 침몰된 배에서 도굴했다는 "청자"이다. 이 "청자"

---

6) 윤흥길, 『백치의 달』, 삼성출판사, 1985, 22면. 앞으로 설명 중에 인용하는 것은 인용한 면수의 숫자만 괄호 안에 적기로 하고, 한 문장 안에 같은 면수가 인용될 때는 마지막 인용 부분에만 면수를 적기로 한다.

7) '아메리칸-드림'의 사전적 정의는 다음과 같다. 1. 미국 사람들이 갖고 있는, 미국적인 이상 사회를 이룩하려는 꿈. 다수 미국인의 공통된 소망으로 무계급 사회와 경제적 번영의 재현, 압제가 없는 자유로운 정치 체제의 영속 따위이다. 2. 미국에 가면 무슨 일을 하든 행복하게 잘 살 수 있으리라는 생각. 국립국어원 저, 『표준국어대사전 CD-ROM』, 두산동아, 2000.

는 여영무의 "서울대 배지"나 "뉴스위크"지 등과 같은 역할을 한다. 눈앞에 진품일 것 같은 청자가 증거물로 제시되는 순간 갑철이나 성수복은 이를 진품으로 믿어 버린다. 이 청자가 진품이냐 아니냐는 중요하지 않다. 그러므로 여영무가 이 청자를 박갑철에게 선물한 의도를 살펴야한다. 여영무가 박민혜 가족 앞에서 뉴스위크지를 소리 내어 읽고 서울대 배지를 보인 의도가 중요한 것과 마찬가지이다. 박갑철은 여영무의 의도와 관계없이 눈앞의 청자가 진품인가에만 관심이 있고 동창회에서 가장 믿을 만하다고 여겨지는 성수복에게 보여준다. 성수복 역시 청자 전문가는 아니다. 청자를 진품으로 판단하는 성수복에게 박갑철은 "끝내 사실대로 대답하지 않았다." 박갑철은 성수복의 심복이라고 스스로를 자처할 만큼 절친한 친구로 행세하지만 물질적 기회 앞에서는 솔직해지지 못한다. 이들은 상대방에 대한 본질적 이해(理解)가 아니라 이해득실(利害得失)에 기반을 둔 관계를 맺고 있기 때문이다. 물질적 이득 앞에서 상대방을 속이는 것은 여영무만이 아닌 것이다. 여영무를 비난하고 단죄했던 인물들은 점차 그와 동업자가 되고자 안달하기에 이른다.

> "자본도 없이 남의 땅에다 어떻게 아파트를 지을 작정이냐고 묻고 싶을 테지? 지난번에 내려와서 갑철이 소유지하고는 방향이 엉뚱한 건너편 쪽에 널려 있는 작은 지번들 몇 개를 묶어서 비싼 값으로 일괄 매입해 놓았지. 그게 바로 미끼라는 거야. 이제 곧 미끼에 물려서 박 갑철이 같은 월척 대어도, 공사 업자나 건자재상 같은 준척도, 분양 희망자 등등의 잔챙이 고기들도 죄다 끌려나오도록 정해져 있어. 남의 땅에다 남의 돈으로 한 층 한 층 쌓아올리는 거야."
> 영무는 담배에 불을 붙였다.
> "사람들이 모두 나를 사기꾼이라고 손가락질 하고 있어."
> 영무는 담배를 폐부 깊숙이 빨아들였다.

"둘 중에 하나야. 실패하면 사기꾼이고 성공하면 재벌이지." (『백치의 달』, 177-178)

여영무 사기 행각의 최종 목표는 "왕창건설"(248)을 통해 아파트를 짓는 일이다. 그에게 아파트는 물질로 지은 꿈의 성전8)이다. 그가 원하는 가정이나 행복의 청사진은 물질적 풍요가 전제될 때만 가능한 것이다. 여영무는 이를 이루기 위해 가족의 일상적 행복을 희생시키는 것을 당연히 여긴다. 박민혜에 대한 "학살"(37)에 가까운 태도를 정당화시키는 것 역시 언젠가는 이룰 물질적 풍요에 대한 열망 때문이다. 여영무는 "이제 곧 미끼에 물려서 박 갑철이 같은 월척 대어도, 공사 업자나 건자재상 같은 준척도, 분양 희망자 등등의 잔챙이 고기들도 죄다 끌려 나오도록 정해져 있"다는 것을 알고 있다. "고기"들은 "서울대 배지"나 "뉴스위크"지, "청자" 앞에서와 마찬가지로 이 물질적 이득의 기회 앞에 "미끼"를 물 것이기 때문이다. 여영무의 "실패하면 사기꾼이고 성공하면 재벌"이라는 생각은 개인의 도덕성 문제이기도 하지만 이런 생각이 현실로 나타나는 사회의 분위기와도 관련이 있다. 이와 같은 상황은 작품의 배경이 재건축 열풍이 일어나고 있는 서울의 한복판이라는 점에서 더욱 현장감을 가진다.

---

8) 한강 양쪽에 우뚝우뚝 들어선 아파트 촌들이 시야에 가득히 들어왔다. 그것들이 벽돌이나 철근 콘크리트 아닌 돈뭉치로 이루어져 있다는 사실을 그는 잘 알고 있었다. (중략) 이 부성은 아파트 단지 안으로 차를 몰라고 기사에게 지시했다. 중산층들이 들어 살 법한 제법 괜찮게 지어진 듯한 아파트였다. 초저녁 어스름을 밝히는 불빛들이 창마다 켜져 있어 한층 더 풍요롭고 아늑한 분위기를 자아내고 있었다. 곱다랗게 화장한 여인의 얼굴을 방불케 하는 풍경이어서 변변하게 생긴 사내치고 한번쯤 흑심을 품어 볼 만한 욕망의 대상이었다. (『백치의 달』, 245)

　　"적당히 바람만 잘 잡으면 덜퍽덜퍽 사주는 얼간이들이 아주 쌔고 쌘
　　세상이랍니다. 돈을 어디다 내버려야 잘 내버렸다는 소리 들을지 몰라서
　　고민하는 벼락부자만 요령껏 찾아내면 된다 이겁니다." (『백치의 달』, 65)

　　여영무의 비뚤어진 경제관이나 도덕관념은 "적당히 바람만 잘 잡으
면 덜퍽덜퍽 사주는 얼간이들"과 "돈을 어디다 내버려야 잘 내버렸다
는 소리 들을지 몰라서 고민하는 벼락부자"들의 세상에서 활개를 친다.
따라서 비판 대상은 사기꾼 여영무라기보다는 그런 사람이 판칠 수 있
는 세상이며 심지어 그러한 영무마저 몰락시켜버리는 현실의 비정하고
도 교활한 논리이다. 물질만능주의에 빠진 인물은 여영무라기보다는
오히려 그를 사기꾼으로 욕하는 주변인물들이 구성하는 세계 그 자체
이다. 물질적 욕망에 휘둘려 그의 사기에 동참하는 주변 인물들의 위선
은 역설적으로 영무의 순진성을 강조하는 역할을 한다.
　　여영무 일당의 사기가 가능해진 까닭은, 그가 사기꾼 전과자라서가
아니라 위선적인 세상에서 돈이 되는 일이라면 그러한 일을 제안하는
사람이 어떤 사람이든 어떤 방법으로 해야 하든 상관없이 몰려드는 사
회적 분위기가 바탕으로 깔려 있기 때문이다. 천하의 사기꾼으로 악명
을 떨친 영무 역시 누군가에게 이용당하고 버림받는 것은 작은 사기꾼
뒤에 숨은 진짜 사기꾼의 존재를 부각시킨다. 현실의 문제가 여영무와
같이 눈에 보이는 사기꾼들 때문이라기보다는 그런 사람이 출현할 수
밖에 없는 사회에서 생기는 것이기 때문이다. 여영무의 뒤에 숨은 진짜
사기꾼, 혹은 "시대의 강풍"(45)은 소비적이고 물질적인 욕망만을 부추
기는 사회이며 물질적으로 계층화되어 있는 자본주의 사회 그 자체이다.
　　『빛 가운데로 걸어가면』은 『완장』의 후일담인데, 『완장』의 종술 부

부가 역시 주인공이다. 이 작품에는 전형적인 바보형 인물이 등장하는데 그들은 임종술과 김부월이다.9) 이들은 몸집이 크고 힘이 좋은 편이나 머리가 상당히 모자라 제아무리 똑똑한 척해봤자 제 꾀에 제가 넘어가 번번이 손해만 본다. 그러나 근본적으로 순박하게 타고난 천성은 감출 수 없다. 그들이 벌이는 행각은 각박해진 오늘날의 세태와 부딪쳐 불화를 낳음으로써 해학적 효과를 준다.

이 작품은 『완장』의 임종술 부부가 도시로 도망 가 살게 된 이후가 그려진다. 서사는 이들 부부의 자살 시도 소동으로 시작된다.

> 고향 떠나 서울에서 새살림 차린 두 남녀가 느끼는 행복의 크기란 자신들의 수중에 지닌 돈의 액수하고 정확히 비례하는 것이었다. 그리고 그들이 누린 화평의 기간 또한 문제의 돈이 수중에 얌전히 머물러 있던 기간하고 신통하게도 일치했다. 언필칭 엄니라 부르며 제법 오래 섬기던 실비주점 태인댁의 패물과 돈을 솔찮이 훔쳐 어느 날 서울로 야반도주한 시골 작부 출신의 김부월은 착착 감겨드는 코맹맹이 소리로 놈팡이 임종술을 가리켜 얼마간은 걸핏하면 자기라고 불러 버릇했다. 덩달아 완장의 사내 임종술 역시 한껏 들척지근한 목소리를 꾸며 김부월에게 꼬박꼬박 여보라 불러 버릇했다. 참으로 꿈 같은 한때였다.10)

이 부부가 "느끼는 행복의 크기란 자신들의 수중에 지닌 돈의 액수

---

9) 윤흥길 소설에서는 '바보형 인물'이 자주 등장한다. 작가가 말하는 바보형 인물이란, 몸집이 크고 기운이 좋은 반면 머리는 많이 모자라고 심성이 꽤나 착한 사람을 의미한다. 윤흥길이 이런 유형의 인물을 등장시켜 온 이유는 한국인의 원형질을 그런 유형에서 찾고자 하는 무의식적인 노력의 결과이다. 윤흥길, 『빛 가운데로 걸어가면 1』, 현대문학, 1997, 작가의 말.

10) 윤흥길, 『빛 가운데로 걸어가면 1』, 현대문학, 1997, 7면. 앞으로 이 작품을 인용할 때는 『빛 가운데로 걸어가면 1』라고 하고 인용한 면수의 숫자를 괄호 안에 적기로 한다.

하고 정확히 비례하는 것"으로 "그들이 누린 화평의 기간 또한 문제의 돈이 수중에 얌전히 머물러 있던 기간하고 신통하게도 일치"했다. 이들의 행복이란 "태인댁의 패물과 돈을 솔찮이 훔쳐 어느 날 서울로 야반도주"해서 만든 물질적 토대를 바탕으로 하고 있다. 문제는 이런 인물들이 비단 이들 부부만이 아니고 작품에 등장하는 거의 모든 사람들이라는 점이다.

> 부월은 하 목사를 만나 주고받은 이야기를 종술에게 대강 전했다. 안마쟁이처럼 또는 요즘 텔레비전에 자주 등장하는 젊은 가수들 흉내처럼 억수장마가 지는 날에도, 천지 분간이 안 되는 오밤중에도 노상 시커먼 안경을 끼고 지내는 하 목사는 김부월보다 임종술 쪽에 외려 더 많은 관심을 나타내고 있었다. 아니, 어느 한쪽보다는 부부를 쌍으로 묶었을 때의 이용가치 쪽에 훨씬 더 점수를 후하게 매기고 있었다. 바깥양반을 잘 설득해서 자기한테 데려오라는 것이었다. 데려만 오면 절대로 섭섭하게 대접하지 않겠다는 이야기였다. 부부끼리 한 조를 이루어 자기네 교회를 위해서 일을 한다면 한밑천 잡을 수 있게끔 만들어 준다는 것이었다.[11]

김부월이 만난 하 목사는 종말론을 전파하며 신도들에게 헌금을 걷어가는 사이비 종교의 수장이다. 종교에 심취한 사람들의 심리를 이용해 물질적 풍요를 얻고자 한다. 종말론 집단의 야영지에서도, 권력이 물질적 풍요에서 나오기는 마찬가지이다. 헌금의 크기에 따라 집단 내의 서열이 달라지며 이를 부추기는 사기꾼들 역시 수금의 정도에 따라 지위가 달라진다. 그런 점에서 종말론 집단은 현실 사회의 축소판이다.

---

11) 윤흥길, 『빛 가운데로 걸어가면 2』, 현대문학, 1997, 85면. 앞으로 이 작품을 인용할 때는 『빛 가운데로 걸어가면 2』라고 하고 인용한 면수의 숫자를 괄호 안에 적기로 한다.

연령의 고하를 막론하고 아무 상대에게나 반말지거리를 예사로이 일삼는 선지자께서 유독 그 젊은 여편네에게만은 깍듯이 존대하고 있었다. 역시 돈이 좋긴 좋은갑다 생각하면서 종술은 속으로 대짜배기 코방귀를 탱 뀌었다. 하 목사로부터 그처럼 칙사 대접을 받고 있는 것은 돈을 가진 사람이 아니라 그 사람이 가진 돈일 것이었다. 하 목사의 장담마따나 시한부 종말이 진짜로 닥칠 경우 예수님 손에 이끌려 두둥실 공중들림을 받는 것은 사람이 아니고 돈자루일 것임에 틀림없었다. (『빛 가운데로 걸어가면 2』, 238)

"오랜 줄다리기 싸움 끝에 마침내 돈 많은 남편에게서 거액의 위자료를 받아"[12) 낸 재벌집 며느리는 '들림 교단' 하 목사의 예우를 받는다. 임종술의 생각대로 "그처럼 칙사 대접을 받고 있는 것은 돈을 가진 사람이 아니라 그 사람이 가진 돈일 것이었다." 돈 중심의 권력 관계에 대한 비판적인 시선이 임종술에게서 나온다는 점은 반어적이다. 세상 사람들에게 공인된 사기꾼이자 전과자인 임종술의 입장에서마저 돈만을 위해 돌아가는 세상과 그러한 세상의 권력을 쥐고 있는 하 목사는 "순사기꾼놈"(243)인 것이다.

부월한테서 건네받은 부부의 두 달치 봉급 봉투를 손에 들고 종술은 마치 오랜 가출 끝에 집에 돌아온 어린 자식을 반기듯 사뭇 감격에 떨었다. 난생 처음 만져보는 거금 육백만 원이었다. 무심코 잘못 다뤘다가는 손가락이라도 섬뻑 베일 것만 같이 빳빳하게 날이 선 십만 원짜리 <우리앞수표> 한 묶음을 낱낱이 손으로 헤아려 사기꾼 목사가 액수를 속이지 않았음을 눈으로 직접 확인한 다음 종술은 앞으로 더욱 재수가 붙으

---

12) 윤흥길, 『빛 가운데로 걸어가면 2』, 현대문학, 1997, 238면. 앞으로 설명 중에 인용하는 것은 인용한 면수의 숫자만 괄호 안에 적기로 하고, 한 문장 안에 같은 면수가 인용될 때는 마지막 인용 부분에만 면수를 적기로 한다.

라고 그 위에다 침을 퉤퉤 뱉었다. (『빛 가운데로 걸어가면 2』, 205)

종술 부부는 사이비 교단에 신도를 모아 주는 조건으로 월급을 받는다. 이들은 여기에 만족하지 않고 교단의 우두머리인 하 목사를 상대로 헌납 받은 돈을 놓고 흥정하기에 이른다. 이들의 돈에 대한 맹목적 욕망에는 악인임을 증명한다기보다 사기가 통하는 세상에 대한 야유가 그려지는 것이다. 종교를 앞세워 물질적 탐욕을 채우려 하는 종교인들은 물질적 욕망을 추구하는 현대인과 닮아 있다. 현대인의 욕망은 본질적 필요에 의해 존재한다기보다는 소비 사회가 만들어낸 구조 자체에서 생산된 것이라고 할 수 있다. 소비사회가 유지되기 위해 인간의 욕망은 채워지지 않아야 하며 사회는 끊임없이 새로운 소비를 권한다.

물질을 그 중심에 둔 산업화된 도시 공간의 이면은 『옛날의 금잔디』에서도 나타난다.

> 서울과 경기도 경계에 코딱지만하게 붙어 있는 용주산(龍珠山)을 모르는 건 운전사로서 수치가 아니었다. 그 산속에 백여 명의 할아버지들을 수용한 양로원이 있다는 사실을 아는 사람은 세상에 그리 흔치 않았다. 병하 자신도 몇 년 전까지는 그랬었다. 아들자식 없는 추레한 노인들끼리만 모여서 저승사자를 기다리며 세월 보내는 사회가 이 세상 한구석에 있다는 사실조차 안중에 없었다. 저번 주엔 정확히 107명이었다. 그새 한둘쯤 줄어서 106명이나 105명이 됐을지도 모른다.[13]

작품의 배경인 "양로원"은 "자기 치상 비용"[14] "오만원"(26) 모으는

---

13) 윤흥길, 『옛날의 금잔디』, 도서출판 벽호, 1993, 17면. 앞으로 이 작품을 인용할 때는 『옛날의 금잔디』라고 하고 인용한 면수의 숫자를 괄호 안에 적기로 한다.
14) 윤흥길, 『옛날의 금잔디』, 도서출판 벽호, 1993, 26면. 앞으로 설명 중에 인용하는

것을 여생의 목표로 삼은 '이씨 할아버지', 딸들에게 버림받은 '리어왕 할아버지', 그리고 주인공 병하가 양아버지로 모시는 '정 노인' 등이 살아가는 공간이다. 산업화 과정에서 급격한 성장을 한 자본주의 사회는 윤리와 도덕적 가치가 변질되는 공간으로 바뀐다. 양로원 역시 그렇다.

양로원 내부는 원생들의 건강 상태나 장애 유무에 따라 각기 꾀꼬리반, 까치반, 종달새반, 뻐꾸기반, 카나리아반 등으로 나뉘어 있다. 그중 기러기반은 임종이 다가온 노인들이 기거하는 곳이다.

> 냄새가 났다. 시골 사랑방에서나 맡은 수 있는 홀아비 냄새와 하급초 냄새가 뒤엉킨 거역스런 냄새는 중환자들만 따로 수용하는 기러기반에서 특히 심하게 풍겼다. 기동이 부자유한 노인들이 문밖 출입을 단념한 채 방바닥에 즐비하게 누워 있었다. (『옛날의 금잔디』, 35)

"하늘나라에까지 닿으려면 기러기보다 더 우수한 비상력을 준비해야 할 사람들"(35)이 살아가는 '영생 양로원'의 공간이 새의 이름으로 구획지어진 것은 "거동이 부자유한" 노인들의 상황과 대립된다. 도입부에서 병하가 택시를 타고 양로원을 방문하며 사 갔던 "쌀막걸리"(19) 역시 노인들의 처지를 보여주는 소재이다. 산업화 사회가 되기 전 쌀막걸리는 노인들의 젊은 시절과 함께했다. 그러나 이제는 쌀막걸리도 노인들도 사회에서 할 일을 못 찾고 주변부로 밀려나게 된 것이다. 노인들에게 쌀막걸리는 "이미 쇠멸되어버린 본능을 되살리려는 안간힘 같은 것"(19)이지만 민병하에게는 "두통과 구역질을 더불은 개운찮은 뒷맛"(20)

것은 인용한 면수의 숫자만 괄호 안에 적기로 하고, 한 문장 안에 같은 면수가 인용될 때는 마지막 인용 부분에만 면수를 적기로 한다.

을 가진 것이다. "쌀막걸리"는 "십사년 전"(19)까지만 해도 누구나 마실
수 있는 농주였다. 이 작품이 신문 연재15)된 1978년을 기준으로 14년
전은 1964년이다. 이 시기는 농업사회에서 산업화시기로 넘어가면서
부족한 쌀 생산량 때문에 정부에서 막걸리 제조를 금지했다.16) 나이가
연륜이 되고 경험이 지식이 되던 농업 사회에서 노인의 역할은 중요하
다. 산업화 시대를 거치면서 자본과 생산성을 가지지 못한 노인들은 사
회의 주변부로 밀려나게 된다. 이런 노인들이 모인 "영생 양로원"의 노
인들에게 "쌀막걸리"는 대부분이 농사꾼이었던 자신들의 과거에 대한
향수를 불러일으키는 매개체이다.

치과의사 민병하가 봉사를 다니는 곳은 남성 노인들의 공간인 영생
양로원만이 아니다. 여성 노인들의 양로원인 '상록원'에도 간다. 그곳
에는 영생 양로원의 '로미오 할아버지'의 아내로 다른 공간에서 여생을

---

15) 신문 연재소설이 동시대인들의 공감을 형성하는 역할을 한다는 점을 상기했을 때
   작품의 실제 배경이 되는 시대에 대한 관찰은 필요하다. "우리는 특정한 조간판과
   석간판이 저 날이 아닌 이 날에만, 이 시간과 저 시간 사이에 압도적으로 소비될
   것이라는 것을 안다. (시간이 정해지지 않고 계속적으로 설탕이 사용되는 것과 비
   교해 보라. 설탕은 맛이 변할지 모르나 사용 날짜가 지나가 버리지는 않는다.) 신
   문은 현대인에게 아침기도의 대용역할을 한다고 헤겔이 관찰했듯 대중의례의 의
   미는 역설적이다. 이 대중의례는 조용한 사적인 시간에 머리를 식히면서 행해진
   다. 그러나 각자는 그가 행하는 의례가 수천의 (혹은 수백만의) 다른 사람들에 의
   해 반복되고 있음을 잘 알고 있다. 수많은 다른 사람들이 있다는 것은 확실히 알
   지만 그 사람들의 신원은 전혀 모른다. 더욱이 이 의례는 하루 한 나절의 간격으
   로 끊임없이 반복된다. 세속적이고 역사적으로 시간이 측정되는 상상의 공동체에
   대해 이보다 더 생생한 다른 모습을 상상할 수 있는가? 동시에 신문 독자는 자신
   이 보는 신문과 똑같은 복사품을 전철, 이발소, 자기 거주지의 이웃들도 읽고 있
   는 것을 보고 상상된 세계가 눈으로 볼 수 있게 일상생활에 뿌리 내리고 있다고
   계속 확신하게 된다." 베네딕트 엔더슨, 앞의 책, 61-62면.
16) 구체적으로 막걸리의 원료 규정에서 주원료를 소맥분으로 규정하고 누룩 제한(누
   룩 10% 이상)을 해제한 것은 1963년이다. 국세청기술연구소 편, 『國稅廳技術研究
   所 一白年史』, 2009, 229면.

의탁하게 되면서 남편을 그리워하는 '줄리엣 할머니', 자신의 재산을
과시하며 주변 사람을 쥐고 흔들려는 '갑부 할머니', 신앙심이 깊은
'아멘 할머니' 등이 기거하고 있다.

> "참, 미스 은 직업이 뭡니까?"
> "학생이에요. 이번 학기로 지긋지긋한 그 공부도 마지막이죠. 겨우 스
> 물두 살 먹는 사이에 자그만치 십육년 동안이나 그놈의 공부에 쫓기면서
> 산 셈예요."
> 다시 화제가 끊겼다.
> "이런 일 다니시기 피곤하지 않으세요?"
> 잠시 후에 미스 은이 다시 물었다.
> "일주일에 하루뿐인걸요, 뭐."
> "그래두 벌써 몇 년을 계속하셨다니 정말 대단하세요. 전 이제 겨우
> 나흘째 나왔는데두 일이 손에 안 익어서 그런지 솔직하게 말씀드려서 피
> 곤해요 어머님을 보살피는 일 자체보담두 어머님 그 잔소리 들어넘기는
> 노력이 더 박찬 것 같애요. 어머님이 다른 할머니들한테 인심을 많이 잃
> 으신 점두 늘 맘에 걸리구요. 우리 어머님 정말 갑부예요?"
> "딸이 모르는 일을 누가 알겠습니까. 아마 괜한 헛소문이기가 쉬울 겁
> 니다. 몇 천만원 쥐고 있는 사람이 양로원에 들어오는 예는 거의 없거든
> 요 하지만 혹시 또 모르죠. 워낙 노랭이로 소문난 할머닌 데다가 세상엔
> 길에서 굶어죽은 거지한테서 거액이 발견되는 수도 더러 있으니까요."
> "그 유언장에서 이름을 빼느니 넣느니 하는 소리 듣기 싫어 죽겠어요
> 누가 들으면 마치 유산이라도 노리구 간호하는 여잔 줄 알까봐 겁나요"
> "그 점은 염려하지 않아도 좋을 겁니다. 아무나 붙잡고 유언장을 들먹이
> 는 갑부 할머니 그 버릇은 이미 세상이 다 아니까요." (『옛날의 금잔디』, 51)

'영생 양로원'과 마찬가지로 '상록원'도 그 이름에서부터 노인들과는
대조적이다. 자식에게 버림받은 동료의 죽음을 바라보면서 자신의 차

례를 점쳐보는 노인들에게 '영생'이나 '상록'의 이미지는 도저히 어울릴 수 없다. 정 노인을 제외한 노인들은 죽음이 다가와 있다는 사실을 매일 실감하며 경제력이 없다는 중요한 공통점을 가지고 있다.

'갑부 할머니'는 상록원에서 자신을 보살피는 '미스 은'뿐만 아니라 다른 할머니들에게까지 유언장을 내세우며 자신의 권위를 세우고자 한다. 할머니에게 정말 유산이 있느냐 하는 문제는 상록원에서 할머니들의 관심사가 된다. 경제력이 없어 상록원에 와 있는 노인들에게 '갑부 할머니'가 정말 돈이 많은데도 양로원에 있는 것인지는 관심사가 될 수밖에 없다. 상록원이 가난한 노인들이 어쩔 수 없이 밀려난 것인지 돈이 많은 사람도 자발적으로 선택해서 들어오는 것인지를 알 수 있기 때문이다.

> "거짓말이 아녜요. 진짜예요. 갑부 할머닌 지금 조금씩조금씩 죽어가고 있어요. 자기가 살해당하는 줄도 모르고 거꾸로 살인자한테 감사하구 있어요
> (중략)
> 유산 때문예요. 유산을 노리고 그러는 거예요.
> (중략)
> 수기가 양손자 그만두고 걔네 누나가 양녀로 들어올 때부터 전 틀림없이 그럴 줄 알고……." (『옛날의 금잔디』, 58-59)

어린 소년의 말에 "웃음을 한목에 터뜨렸"(59)던 병하마저 은선경을 의심하게 된 계기는 녹음기에 담긴 갑부 할머니의 육성을 듣고 나서였다.

> "……타고난 애로구나. 선경이 널 내가 기억하마."
> 갑부 할머니였다. 갑부 할머니가 선경에게 이야기하는 대목이었다. 그

는 한 차례 더 테이프를 뒷걸음질시켰다가 플레이 버튼을 눌렀다. 갑부 할머니가 이렇게 말했다.

(중략)

일단 그 대목에서 병하는 테이프의 재생을 중단시켰다. 어느 정도 마음을 가라앉힌 다음 병하는 기계 속에 갇혀 있는 소리를 다시 끄집어냈다. 갑부 할머니가 말했다. 기계가 말했다.

"……잊지 않겠다. 앞으로 네가 처신하기에 달렸다. 지금 같이만 착실하게 군다면……."

갑부 할머니의 목소리가 뚝 끊기더니만 선경의 목소리로 갑자기 바뀌었다.

"실은 저 병하씨한테 꼭 드릴 말씀 있어요. 그런데 좀처럼 입이……."

병하는 기계 호흡을 아예 끊어버렸다. 뒷부분은 더 들어볼 필요조차 없는 내용이었다. 그는 테이프를 빼내 주머니 속에 담은 다음 거리로 나왔다.

추악한 할멈 같으니.

길을 걸으면서 그는 갑부 할머니를 저주했다.

어리석은 계집애 같으니.

이번에는 은선경을 향해 맹렬한 비난을 퍼부었다. 하나같이 비난을 받아 마땅한 인간들이라고 생각했다. (『옛날의 금잔디』, 147-148)

갑부 할머니의 수양 딸 은선경이 재산을 노리고 할머니에게 접근한 것이 아닌가 하는 의혹은 아멘 할머니의 양손자인 꼬마 소년에게로부터 제기된다. 녹음기의 내용을 확인한 민병하는 은선경이 갑부 할머니의 유산 상속 약속을 증거로 남기기 위해 대화를 녹음했을 것이라고 확신하고 이들을 "저주"한다. 녹음기는 은선경이 영생 양로원과 상록원에 따로 떨어져 지내는 로미오 할아버지와 줄리엣 할머니가 서로에게 소식을 전할 수 있도록 고안한 장치이다. 이후에 위의 녹음 내용이 아무 의미 없는 내용이라는 사실이 밝혀지지만 이 사건으로 호감을 가지고 있던 병하와 선경은 이별을 맞게 된다.

사실, 은선경이 이 녹음기를 전달한 이유는 경제적인 사정 때문에 대학을 중퇴하였기에 이전에 대학생이라고 말한 것은 거짓이었다고 사과하기 위함이었다. 은선경의 고백은 오히려 민병하의 의심에 확신을 더해주는 계기가 된다. 병하는 이전에 아멘 할머니의 양손자를 자처하는 꼬마에게 선경에 대한 의혹을 전해 받았을 때 코웃음으로 넘긴 경력이 있다. 그러나 선경이 경제난을 겪고 있다는 사실을 알고 나서 그녀에게 제기되는 의심은 효력을 발휘한다. 경제적으로 안정되지 않은 환경이 그녀의 인격을 판단하는 데 결정적 역할을 한 것이다.

민병하와 은선경은 결혼까지 약속한 사이이다. 병하는 노인들을 헌신적으로 보살피면서 솔직하고 당당한 선경의 내면을 확인하면서부터 호감을 갖게 된다. 하지만 선경의 경제적 상황과 갑부 할머니에게 접근한 의도 등에 대한 의혹이 겹치면서 신뢰하지 못한다. 인간의 내면이 가진 가치에 대한 믿음이 그 사람이 가진 경제적 여건에 대한 편견을 넘어서지 못하는 예이다.[17] 심지어 은선경에게 가장 많은 돌봄을 받았던 갑부 할머니조차 마찬가지이다. 갑부 할머니는 선경에게 "우리 같은 늙은이들 보살피려고 타고난 애"(147)라고 말하면서도 그녀의 진심에 대한 확신은 없다. 임종의 순간까지도 자신의 경제적 상황을 속이며 유산을 물려주겠다는 약속으로 선경의 보살핌을 유지하려고 노력하기 때문이다.

은선경이 가장 믿고 도왔던 사람들마저 그녀를 믿지 못하는 상황은

---

17) 소비가 이상으로 삼는 행복이라고 하는 것은 우선 평등(또는 물론 구별)의 요구이며, 이를 위해서는 항상 눈에 보이는(visible) 기준들에 '비춰보아서' 의미를 지녀야 한다. 장 보드리야르, 이상률 옮김, 『소비의 사회』, 문예출판사, 1991, 53면.

자신에게 아무런 물질적 이익이 되지 않는 일에 매진하는 인간형에 대한 사회적 공감대가 전혀 형성되지 못한 현실 세계를 반영한다.[18] 양로원은 현실 세계의 축소판이다. 양로원은 자신의 친아버지를 "창경원에다 버리면서" 혹시나 자신의 행위가 밝혀질까 아버지의 성과 이름을 "자기 외가 성씨"로 바꾸어 "쪽지에다 적어넣"(171)은 아들을 둔 아버지가 있는 곳이다. 리어왕 할아버지의 사위는 장인어른을 양로원에 방치하고 교감 선생이라는 자신의 사회적 지위를 염려해 민병하를 찾아온다. 자신의 행위가 얼마든지 창피를 당할 수 있는 일이라는 사실을 알고 있기 때문이다.

자식들은 노인이 된 부모를 거리에 버리고 노인들은 양로원에서 거짓말을 해서라도 상대방을 이용하려 든다. 이러한 배경에는 냉혹한 경제 논리가 작용하고 있다. 유학 할머니가 다른 할머니들의 부러움과 질투를 샀던 이유는 할머니가 과시하는 젊은 시절의 부유함에서 나온다. 경제력이 있던 시절에 자신들은 주변 사람들에게 버림받지 않았으며 만약 여전히 경제력을 가지고 있었다면 지금과는 다르게 살아갈 수 있었을 것이라는 가정이 노인들에게 자리하고 있는 것이다. 따라서 이들이 궁금한 것은 여전히 경제력을 가지고 있는가이다. 사실이 드러나지 않는 한 경제력을 과시하는 노인들은 나머지 노인들과 스스럼없이 섞이지 못할뿐더러 대놓고 무시당하거나 외면당하지도 않는다. 실체가

---

18) 평등주의 신화의 담당자가 되기 위해서는, 행복은 계량(計量) 가능한 것이 되지 않으면 안 된다. (중략) 행복은 사물과 기호로 측정될 수 있는 복리, 물질적 안락이어야 한다. 마음속에 가득 찬, 즉 내면적인 즐거움으로서의 행복—다른 사람들의 눈에 또 우리들의 눈에 그것을 표현할 수 있는 기호와는 상관없는 행복—은 따라서 소비의 이상(理想)으로부터 단번에 제외된다. 앞의 책, 같은 면.

없는 자본이 노인들의 세상에서 영향력을 발휘했지만 이것이 궁극적으로 노인들이 원하는 인간관계의 회복을 의미할 수는 없었던 것이다.

도시 산업화는 물질적 풍요를 목적으로 하기에 인간들은 속물성을 드러내며 물질의 욕망만을 채우려 한다. 인간들은 자신의 본래의 모습을 감추고 허위적인 모습으로 가장한다. 양로원의 노인들 대부분은 경제력이 없어 자식들로부터 보호받지 못하는 사람들이다. 자식들이 경제력이 있다하더라도 자신들의 안위만을 생각하여 부모를 돌보지 않은 것이다. 그러나 양로원의 노인들은 자식을 원망하지 않고 오히려 감싼다. 그리고 자신을 보호하기 위해 거짓으로 물질을 과시하기도 하고, 산업화 사회 이전의 향수에 젖기도 한다. 종술 부부의 행복의 잣대도 역시 물질이다. 종교 단체의 사기 행각에 적극적으로 가담하여 풍요로운 물질을 얻고자 한다. 신성해야 할 종교마저도 헌금의 크기에 따라 집단내의 서열이 달라지는 현실 앞에서 이들의 허위적인 태도는 드러날 수밖에 없다. 입으로는 '하나님'을 찾으면서 완력과 사기로 물질을 얻고자 한다. 영무 역시 물질 중심의 사회에서 살아가는 방법을 터득한다. 사람을 평가하는 기준이 실력이 아니라 외형적인 표지가 된다는 것을 안다. 그래서 영무는 사회가 원하는 외형적인 표지인 서울대 배지를 이용해 사기를 치게 되는 것이다. 동창 사회에서 인정받는 성수복도 마찬가지이다. 성수복의 내면보다는 대기업 부장이라는 외적 가치로 그를 성공한 가장으로 결정한다.

물질 중심 사회는 비뚤어진 경제관과 도덕관념으로 욕망을 채우고자 한다. 이때 인간의 허위의식이 드러나며 사기가 판치는 세상이 된다.

2. 야만의 시대와 욕망의 허무함

물질 중심의 사회는 인간의 속물성을 드러낸다. 도덕적인 인간의 모습은 찾아볼 수 없고 먹고 먹히는 야만적인 관계만이 드러날 뿐이다. 이들은 합리적인 방식으로는 욕망을 채울 수 없어 야만적인 방식을 택하게 되는 것이다. 그것은 곧 생존의 방식이다. 그러나 이런 물질적 욕망은 결국 좌절을 가져와 속물적 인간들을 허무하게 만든다.

> 이 부성은 사무실 벽면에 붙여서 설치한 두 개의 대형 어항을 가리켰다. 한쪽에는 금붕어떼가, 다른 한쪽에는 아마존강 원산의 아스트라가 한가하게 노닐고 있었다.
> (중략)
> 먹이사슬의 맨 앞고리를 이루는 것은 녹색 식물이다. 그 녹색 식물을 먹고 사는 게 초식동물이다. 초식동물은 작은 육식동물한테 잡아먹힌다. 작은 육식동물은 보다 큰 다른 육식동물한테 잡아먹히고, 보다 큰 육식동물은 그보다 더 큰 또 다른 육식동물한테 잡아 먹히고 ….
> 이렇게 먹이사슬이 이어져 나가는 과정에서 뒤로 갈수록 숫자가 차츰 적어진다. 다시 말해서 소수의 힘센 동물이 다수의 약한 동물을 지배하도록 처음부터 운명지어져 있다는 이야기다. (『백치의 달』, 227)

『백치의 달』에서 이부성의 사무실 벽면에 붙여서 설치한 두 개의 대형 어항은 그가 인식하는 세계의 축소판이다. "먹는 것"은 "아마존강 원산의 아스트라"이고 "먹히는 것"은 "금붕어"이다. 세계가 "마치 도끼로 장작을 패듯이 그는 세상을 둘로 쪼개서 먹는 것과 먹히는 것의 두 종류로 나"(228)뉘는 것이라면 "녹색 식물"이 되느니 "육식 동물"이 되어야 한다고 생각한다. "소수의 힘센 동물이 다수의 약한 동물을 지

배하도록 처음부터 운명 지어져 있다는" 약육강식의 "아마존" 밀림의
논리는 현대 사회의 현실과 다를 바 없다.

　　이부성은 놈들이 한껏 미쳐 날뛰도록 충분히 약을 올린 다음에야 투입
구를 열고 손아귀의 금붕어를 어항 안으로 집어넣었다. 미처 금붕어가
수면에 닿기도 전에 한 놈이 잽싸게 덥쳤다. 통째로 한입에 삼키기 때문
에 입을 다물고 시치미를 떼면 어느 놈이 삼켰는지 얼른 분간할 수가 없
었다. 아가미를 벌름거릴 때마다 주변의 물이 뿌옇게 흐려지는 걸 보고
서야 삼킨 놈을 가려낼 수가 있었다.
　　"그렇지! 그렇게 시치미를 떼야지!"
　　이부성이 아스트라한테 특별히 매력을 느끼는 이유는 놈들의 성격이
음흉스럽기 때문이었다. 다물면 작아 보이고 벌리면 엄청나게 커지는 그
입이 여간만 잘생겨 보이는 게 아니었다. 평소에는 미련할이만큼 느릿느
릿 흐느적거리다가도 먹이만 보면 번개같이 덮치는 그 동작 또한 볼 만
한 것이었다. 모름지기 힘과 요령을 겸비한 채 세상을 현명하게 그리고
실속있게 살아가고자 하는 모든 동물들의 귀감이라 일컬어 하나도 손색
이 없는 놈들이었다. (『백치의 달』, 229)

　　인간들이 살아가는 현실의 질서가 동물의 세계와 차이가 있다면 겉
으로는 그가 어느 쪽에 속하는지를 숨길 수 있다는 점이다. "이부성이
아스트라한테 특별히 매력을 느끼는 이유는 놈들의 성격이 음흉스럽기
때문이"다. "모름지기 힘과 요령을 겸비한 채 세상을 현명하게 그리고
실속 있게 살아가고자 하는 모든 동물들의 귀감이라 일컬어 하나도 손
색이 없는 놈들이" 바로 "아스트라"인 것이다. "아스트라"는 이부성의
분신이라고 할 수 있다. "아스트라"에 대한 이부성의 선호는 이후 그가
여영무를 배신하고 자본을 중심으로 먹고 먹히는 약육강식의 세계에서
최후 승자가 될 것임을 암시한다.

이 부성은 닫혀 있는 창문을 열었다. 그런 다음 지폐를 쥔 손을 창문 밖으로 쑥 내밀고는 깃발처럼 흔들었다.

"이층에서 돈을 떨어뜨릴 테니까 바람이 훔쳐 가기 전에 얼른 인도로 뛰어나가서 주우시오." (『백치의 달』, 236)

"말도 안 돼. 머리가 홰까닥 간 늙은이야. 겨우 돈 만원에 자기 목숨을 바꾸려하다니!" 박 갑철이 맞장구를 쳤다. 그러자 여 영무는 혀를 찼다.

"그래도 돈을 집어들고는 좋아서 어쩔 줄 모르던 걸. 운전기사들한테 욕을 바가지로 얻어먹으면서도 그 늙은이는 그때 분명히 웃고 있었어." (『백치의 달』, 238)

이부성은 남을 짓밟고서라도 채우고자 하는 자신의 욕망에 대해 "아름다운 잔인성"이나 "자랑스런 포악성"(229) 등으로 포장한다. 이부성이 "잔인"과 "포악", 혹은 "힘"과 "요령"을 통해 얻고자 하는 것은 결국 돈이다. 그러나 위의 인용문에서는 약육강식의 먹이사슬에서 정점에 오르고자 하는 이부성이, 돈에 대한 모순적 인식을 드러낸다. 돈에 대한 욕망을 채우기 위해서는 무엇이든 할 수 있지만 정작 돈 자체에 대해서는 "도대체 돈이란 게 무엇이길래"라는 "비감에 젖은 눈초리"(238)와 냉소적인 자세를 유지하는 것이다. 그에게 돈은 다른 사람 위에 군림하여 자신의 우월함을 드러낼 수 있는 거의 유일한 수단이다. 그가 가진 돈에 대한 관념의 이면에는 그의 개인사가 배경으로 자리하고 있다.

"민혜씨가 경찰관을 데려오기를 저는 속으로 은근히 기대하고 있었습니다.

(중략)

그 마누라가 별것이나 되는 줄 알고 한때는 요란하게 사랑도 했읍니다. 마누라를 행복하게 해주고 싶었읍니다. 그래서 돈을 벌기로 작심하고 죽을둥살둥 열심히 일에만 매달렸읍니다.

(중략)

정신없이 한참 돈을 벌다 보니까 정작 그 돈을 쓰면서 행복해요, 행복해요 하고 나한테 속삭일 줄 알았던 사람이 어느 날 갑자기 행방불명이 되더군요. 세상천지가 온통 노오래집디다.

(중략)

그때부터 저는 눈에 흙이 들어가는 날까지 여자는 절대로 신용하지 않겠다고 조상을 두고 맹세해 버렸읍니다. 결과적으로 일찌감치 잘 도망쳐 준 마누라 덕분에 교훈을 얻은 겁니다. 수중에 사랑 한 가지만 있을 때는 한 여자밖에 못 거느려도 돈이 있을 때는 맘대로 여러 여자라도 거느릴 수 있다는 사실을 깨달았던 겁니다." (『백치의 달』, 117-118)

박민혜를 강간하려다 실패한 뒤 이부성은 피를 흘리며 자신의 과거를 고백한다. 그가 "마누라를 행복하게 해주"기 위해 선택한 일은 "돈을 벌기로 작심하고 죽을 등 살 등 열심히 일에만 매달"리는 것이었다. 그런데 "정신없이 한참 돈을 벌다 보니까 정작 그 돈을 쓰면서 행복해요, 행복해요 하고 속삭일 줄 알았던 사람이 어느 날 갑자기 행방불명이 되"고 만다. 그는 자신이 욕망했던 행복한 가정의 실체가 물질적 풍요로 얻어질 수 있는지를 의심하지 않는다. 오히려 "눈에 흙이 들어가는 날까지 여자는 절대로 신용하지 않겠다고 조상을 두고 맹세"하며 "수중에 사랑 한 가지만 있을 때는 한 여자밖에 못 거느려도 돈이 있을 때는 맘대로 여러 여자라도 거느릴 수 있다"고 생각한다. 행복을 위한 수단으로 여겨졌던 돈이 그 자체로 목적이 될 때 행복은 이룰 수 없는 욕망이 되고 만다. 물질적 풍요가 곧 행복을 가져다 줄 것인가에 대한 반성적 사고가 없는 한 이들은 끊임없는 욕구불만에 시달릴 수밖에 없다.[19] 욕망의 한계를 느끼던 이부성은 자신을 칼로 찌른 박민혜에게 맥주를 사다 달라는 부탁을 함으로써 경찰에 신고할 기회를 준다. 욕망을 타의에 의해서라도 제어하고자 하는 의식이 그에게 존재했던 것이다. 그런 점에서 그는 이미 자신의 욕망이 삶의 본질적인 문제들을 해결해 줄 수 없다는 사실을 알고 있다고 할 수 있다.

욕망에 시달리는 인물은 이부성만이 아니다. 여영무는 박민혜와 함께 금의환향하는 기분으로 고향을 방문한다. 그의 목적은 이부성과의 사기 행각으로 얻은 경제적 여유를 과시함으로써 사기꾼으로 낙인찍힌 고향에서의 이미지를 바꿔 보고자 하는 마음과 또 다른 사기를 물색하고자 함이었다. 하지만 고향 사람들로부터 여전히 질타를 받는 전과자에 불과했다.

> 요정 아가씨 미스 진을 밖으로 꾀어 내는 데 성공한 영무는 고향땅에 와서 맛본 모든 실패와 좌절을 그니를 통해서 한꺼번에 보상받으려고 몸살을 앓았다. 그날 밤에 그는 적잖은 수업료를 내고 나이 어린 그니와 함께 밤새도록 술을 마셔가며 인생이 무엇인지 열심히 공부했다. 맑은 정신으로도 공부하고 취한 정신으로도 공부했다. 옷을 입은 채로도 공부하고 옷을 벗은 상태에서도 공부했다. (『백치의 달』, 186)

---

19) 한편으로는 욕망이 충족되면 긴장이 풀어지고 안정된 상태를 만들어낸다는 합리주의적인 이론과는 실제로 양립할 수 없는 사실, 즉 욕구의 앞으로의 도주, 무한한 재발(再發)이라는 사실 앞에서 끊임없이 순진하게 낭패감에 빠지는 입장이 있지만, 이와는 달리 욕구라는 것은 결코 어느 특정한 사물에 대한 욕구가 아니라 차이에의 「욕구」(사회적 의미에의 욕망)이라는 것을 인정한다면, 완전한 만족이라는 것은 결코 있을 수 없고 따라서 욕구에 대한 정의(定義)도 있을 수 없다는 것을 이해하게 될 것이라는 가설이다. 앞의 책, 100면.

　　자신의 성공을 과시하는 데 실패한 여영무가 한 것은 "요정 아가씨 미스 진을 밖으로 꾀어 내" "고향땅에 와서 맛본 모든 실패와 좌절을 그니를 통해서 한꺼번에 보상받으려고 몸살을 앓"는 일이었다. 물질적 풍요를 통한 행복의 성취는 여영무에게도 이루어지지 않는다. 그는 또 다시 욕망을 추구함으로써 보상을 받고자 한다. 그러나 다른 물질적 욕망으로 대신하려는 시도는 번번이 실패한다.

> "그래, 난 어려서부터 거짓말 대장이었다. 주둥이만 벌렸다 하면 떡 먹듯이 거짓말을 늘어놓는 버릇이 있었어. 사람들이 깜짝깜짝 놀랄 만한 거짓말을 닥치는 대로 늘어놓곤 했어. 왜 그랬는지 알아? 사람들한테 인정받고 싶었던 거야. 아무도 날 인정해 주는 사람이 없으니까. 심지어는 나를 낳은 친어머니마저도 인정해 주지 않으니까 거짓말을 해서라도 관심을 끌고 싶었던 거야." (『백치의 달』, 287)

　　여영무는 박민혜에게 자신의 사기 행각에 대해 변명하며 어린 시절의 기억을 떠올린다. "사람들한테 인정받고 싶었던" 어린 영무는 "거짓말"을 해서라고 이를 이루고자 한다. 그의 거짓말은 "사람들"을 "깜짝깜짝 놀"라게 한다. 이것은 그가 얻고자 하는 "인정"이 아니다. "거짓말"은 그를 점점 더 그의 욕망으로부터 멀어지도록 만들었다. 그의 평생에 걸친 사기 행각은 결국 평생에 걸친 '인정투쟁'[20]인데 그는 승리

---

20) 호네트는 모든 사회적 투쟁이 "도덕적 불의감"으로부터 출발한다고 본다. (중략) 인정 영역들은 사랑과 권리, 사회적 가치인정의 영역이다. 이것들은 그 내재적인 이데올로기적 성격에도 불구하고 개인의 자기관계를 형성하는 데 결정적 영향을 미친다. (중략) 즉, 그것은 "무시에 대한 개인적 경험들이 한 집단의 전형적인 핵심경험으로 해석됨으로써 행동을 이끄는 동기가 되어 인정관계의 확대에 대한 집단적 요구들 속으로 흘러들어갈 수 있는 실제 과정"이라는 것이다. (중략) 사회적 투쟁은 "깊숙이 자리잡은 인정에 대한 기대가 상처를 입는 도덕적 경험의 틀 속

하지 못한다. 정당한 방법으로 인정받으려 하지 않았기 때문이다.

> "이건 절대로 모조품이 아니야. 어디까지나 진짜 다이아라구. 어차피 누구한테든 줘야 할 물건이니까 당신한테 주겠어. 어리석은 행동으로 나를 깜짝 놀라게 만든 여자한테 기념으로 주는 선물이지."
> 그는 아무 손가락이나 하나 골라잡고는 민혜한테 반지를 끼워 주었다. 그니는 빨갛게 피로 물든 손을 뿌리칠 엄두도 못 낸 채 그가 하는 대로 잠자코 가만히 있었다.
> "그러고보니 어리석은 여자한테 제법 잘 어울리는 선물이로군."
> 그는 혼잣말을 남기고 천천히 비좁은 통로를 빠져 나갔다. 그가 방모퉁이 저편으로 사라지기 바쁘게 민혜는 손가락에서 반지를 뽑아내려 했다. 끈적끈적 피가 묻어 있어 반지는 쉽사리 빠지지 않았다. 그니는 기를 써서 간신히 빼낸 반지를 침침한 부엌 바닥 어딘가에 힘껏 집어 던졌다. 등덜미 속으로 기어든 징그러운 송충이라도 털어낸 듯이 한숨을 내쉬면서 그니는 가게 쪽의 동정을 살폈다. (『백치의 달』, 115-116)

가짜 욕망에 대해 거리를 유지하는 인물은 박민혜이다. 그녀는 여영무와의 관계로 자신의 부유한 가정환경과 서울대 졸업생이라는 학벌, 그리고 아름다운 외모라는 물질적 토대로 교환 가능한 경제적 풍요로움을 던져 버린다. 그녀는 "진짜 다이아"에 묻은 "끈적끈적"한 "피"를 알아보는 거의 유일한 인물이다. "끈적끈적 피가 묻어 있"는 "반지"가 "징그러운 송충이"와 마찬가지라는 사실을 알고 있는 "어리석은 여자"이다.

에서" 형성된다는 것이다. 주정립, 「호네트의 인정투쟁모델의 비판적 고찰을 통한 저항 이론의 새로운 모색」, 『민주주의와 인권』 11권 2호, 전남대학교 5·18 연구소, 2011, 515면.

"저대로 사람을 보는 눈이 있어요. 성 수복씨는 다만 술수에 능한 사람일 뿐이에요. 좋은 머리를 오로지 자기 자신의 입신영달에만 악용하는 거예요"

"그게 뭐가 나빠? 세상에 머리 잘 쓰는 사람 징역 살리는 법은 없어."

"바로 그 점이 문제라구요. 좋은 머리로 남들을 누르는 것도 주먹질이나 다름없는 폭력의 일종이 분명하거든요. 그런데 주먹 깡패는 비난받고 머리 깡패는 존경받는 건 커다란 모순이고 아주 불공평한 처사라구요."

민혜의 주장은 거기에서 끝나지 않았다. 지혜의 폭력을 휘두르는 사람들이 너무도 교묘하게 합법을 가장하기 때문에 그 피해는 전염병처럼 광범위하게 퍼질 수밖에 없다는 것이었다. 거기에 비하면 주먹 깡패의 피해는 사실 아무것도 아니라는 것이었다. 방법이 졸렬하기 때문에 사람들 눈에 금방 띌 뿐만 아니라 피해자도 극소수에 그치기 십상이며, 그래서 차라리 애교로 보아넘길 수도 있을 정도라는 것이었다. (『백치의 달』, 373)

박민혜가 보기에 "피가 묻어 있"는 "반지"를 추구하는 인물은 이부성과 여영무만이 아니다. 그녀는 성수복과 같은 "머리 깡패" 역시 "폭력을 휘두르는 사람"이며 "너무도 교묘하게 합법을 가장하기 때문에 그 피해는 전염병처럼 광범위하게 퍼질 수밖에 없다는 것", "거기에 비하면 주먹 깡패의 피해는 사실 아무것도 아니라는 것"을 알고 있기 때문이다.

민혜는 품에 안긴 딸을 내려다보면서 말을 이었다.

"우리 수정이 아빠는 보름달을 보고 해라고 우긴 첫번째 바보일 거예요."

(중략)

"저야 물론 대부분 평균인들이나 마찬가지로 두번째 바보에 해당되죠. 남들이 모두 달이라고 그러니까 자기도 당연히 달이라고 우기는 따위로 너무 평범해서 꿈도 낭만도 없는 불행한 인간군이랄까요"

(중략)

"문제는 두 바보 머리 꼭대기에 앉은 세번째 바보예요. 얼핏 생각하면 가장 융통성 없고 가장 정직한 바보 같지요. 그렇지만 천만에요. 실은 가장 교활하고 가장 영악스러워요. 그래서 자기한테 아무 실속도 없는 시비에는 절대로 말려드는 법이 없어요. 말하자면 아주 철저한 기회주의자인 셈이죠." (『백치의 달』, 399)

박민혜는 세상 모든 사람들은 세 가지 유형의 바보에 속한다고 말한다. 그 중 성수복과 같은 "두 바보 머리 꼭대기에 앉은 세번째 바보"는 "가장 교활하고 가장 영악스"럽다. 그녀에게 현실의 인간들은 "보름달을 보고 해라고 우기"는 바보들이다. 비굴함과 배신, 기회주의적 속성과 물신주의 등은 이부성과 여영무의 특징인 것처럼 보이지만 표면적으로는 사회에서 정반대의 삶을 살고 있는 성수복에게도 마찬가지이다.

이를 테면 그것은 술래잡기 놀이였다. 술래는 물론 남편 여 영무였다. 그는 수건으로 눈을 가리고 있었다. 그는 장님이 되어 양팔을 사방으로 허우적거리고 있었다. 몇 사람이 그의 주변을 맴돌면서 손뼉을 쳐 주의를 끌고 있었다.
(중략)
그들은 이미 놀이를 끝내고 멀리 떠나 버렸다. 그런데 남편은 그런 줄도 모르고 아직도 장님인 채로 술래잡기를 혼자서 계속하는 것이었다. 누군가 눈을 가린 수건을 벗겨주는 사람이 나타날 때까지 남편은 해가 지고 밤이 온 줄도 모를 것이었다. (『백치의 달』, 381-382)

박민혜에게 세계는 "술래잡기"이다. 눈을 가린 "술래"는 결코 나머지가 어디에 있는지 볼 수 없다. 나머지가 "그의 주변을 맴돌면서 손뼉을 쳐 주의를 끌" 뿐 술래는 이들이 실제로 어디로 향하는지 알 수 없다. 설사 "그들이 이미 놀이를 끝내고 멀리 떠나 버렸다" 한들 눈을 가린 "술래"는 이들이 남긴 "손뼉" 소리의 방향으로 따라갈 뿐이다. 이때 "손뼉" 소리는 이를 따라가고자 하는 "술래"에게만 존재할 뿐이다. "손뼉" 소리를 따라갈 때 "술래"는 결코 "나머지"들을 잡아내어 눈가리개를 풀고 집으로 돌아갈 수 없다.

　이때 "술래"에는 모든 등장인물들을 대입할 수 있다. "술래"들은 모두 "무등을 타고 장대로 달을"(290) 쫓는, "손뼉" 소리라는 거짓 욕망을 쫓는 "백치"가 된다. 여영무는 아파트로 상징되는 주류 사회로의 편입, 박민혜는 모성을 통한 가정의 실현, 이부성은 돈과 권력 그리고 성수복은 중산층의 위장된 평온함이라는 욕망을 향해 달리고 있는 것이다. 이부성에게 배신을 당하고 경찰의 수배를 피해 "실패한 꿈의 흔적인 아파트 신축 현장"(387)에 숨어 있는 여영무는 타고난 악인은 아니다. 물적 토대가 없는 개인이 합법적이고 도덕적인 방식으로 자신만의 "아파트"에서 가정을 꾸리는 것은 가능하지 않기 때문이다. 이들에게 세상은 상식적이고 합리적인 방식으로는 도저히 살아갈 수 없는 약육강식의 세계이다. 그런데 생존의 방식으로 야만의 방식을 선택할 때 이들이 추구하는 욕망은 결국 공허함으로 끝을 맺는다.

　『빛 가운데로 걸어가면』에서 박 장로는 자살 소동의 현장에서 종술 부부를 구해주고 이들의 더부살이를 허용하는 한편 일자리까지 제안한다. "빌딩관리인"21) 직으로 눈에 보이는 '완장'은 없지만 과거의 '완장'과 유사한 위치라고 할 수 있다.

---

21) 윤흥길, 『빛 가운데로 걸어가면 1』, 현대문학, 1997, 53면. 앞으로 설명 중에 인용하는 것은 인용한 면수의 숫자만 괄호 안에 적기로 하고, 한 문장 안에 같은 면수가 인용될 때는 마지막 인용 부분에만 면수를 적기로 한다.

"어쿠!"

작자는 비명을 지름과 동시에 부자지를 움켜쥐면서 통나무처럼 쓰러졌다. 종술이 불문곡직하고 상대방의 사타귀께를 딥다 걷어찬 결과였다. 바닥을 데굴데굴 구르는 작자의 먹살을 꺼들어 도로 일으켜 세운 다음 이번에는 배꼽노리를 겨냥하고 절굿공이 같은 주먹을 날렸다. 두 번째로 쓰러지면서 작자는 숨이 막혀 비명조차 제대로 지르지 못했다. 다시 쓰러뜨리고 다시 일으켜 세우는 절차가 예닐곱 번이나 되풀이되었다. 종술은 입을 굳게 다문 채 모든 동작을 침묵 가운데서 진지하게 이어나갔다. 오랜만에 되살아난 왕년의 실력에 만족을 느끼는 한편 그는 어떻게 하면 좀더 예술적으로 우아한 폭행이 될 수 있을까 하고 궁리에 궁리를 거듭했다. 노련한 외과 의사가 환자의 몸에 수술 자국이 거의 남지 않게끔 기가 막힌 바느질 솜씨로 상처를 감쪽같이 봉합하듯이 그는 피해자의 진단서에 오를 만한 폭행의 흔적을 전혀 남기지 않고도 상대방을 초주검 상태까지 몰고 갈 자신이 있었다. 사실 그런 녀석 하나쯤 본때있게 혼내주기는 식은죽 가장자리 둘러먹기로 손쉬운 노릇이었다. (『빛 가운데로 걸어가면 1』, 140)

종술은 가장 먼저 동료를 완력으로 제압하여 자신의 위치를 각인시킨다. 종술 부부에게 도덕이나 법 따위는 중요한 것이 아니다. "피해자의 진단서에 오를 만한 폭행의 흔적을 전혀 남기지 않고도 상대방을 초주검 상태까지 몰고 갈 자신이 있었"을 뿐만 아니라 이 세상은 "낯짝이 밥 멕여주"(220)지 않는 "돈 놓고 돈 먹"(57)는 곳이고, "이기는 편이 우리편"(89)이며 "힘은 써야 되는 것"(145)으로 인식하고 있기 때문이다. 멀리 있는 법보다는 눈앞의 주먹이 우선이며 초월적 정신을 찾기에는 물질적 가난을 해결하는 것이 당장 시급하다. 따라서 서사 초반부에서 그와 박 장로는 결코 연대하거나 서로를 이해할 수 없는 관계로 묘사된다.

손아귀에다 쥐어줘도 모를 사람이었다. 그런 사람한테 선은 어떻고 후
는 어떻다고 아무리 이치를 따져 설명해준들 그게 무슨 소용이겠는가.
점잖은 체면에 고상한 생각만 곱새김으로 하나 가득 짊어지고 살아가는
장로님 입장에서 서로 속이고 속으며 뺏고 뺏기는 난장바닥의 생리를 무
슨 재주로 이해할 것인가. 종술은 나름대로 할말이 있음에도 불구하고
입을 다물기로 결심했다. (『빛 가운데로 걸어가면 1』, 209)

종술 부부에게 "법"의 역할을 하는 것이 바로 "밥"이다.

똑같은 설렁탕이라도 맞돈 내고 먹는 경우하고 외상으로 먹는 경우하
고는 엄연히 그 맛에서부터 차이가 나는 법이다. 마찬가지 이치로 외상
인 경우와 공짜로 그냥 먹는 경우는 또 다르다. 더욱이나 맞돈 내고 먹
는 경우와 윽박질러 뺏어 먹는 경우사이에는 원래 천양지차가 있는 법이
다. 각각의 경우에 따른 맛의 차이는 직접 그것들을 골고루 겪어본 사람
만이 알 수 있는 것이다. 정당한 값을 치르고 먹는 설렁탕이 말 그대로
그냥 보통 설렁탕에 지나지 않는 반면 공짜로 얻어먹는 설렁탕은 꿀탕이
다. 만약에 두 설렁탕 맛이 똑같다면 어떤 시러베자식이 겨우 기천원 돈
아끼기 위해 자그만치 기만 원짜리 품을 팔아가며 장시간 식당 주인을
어르고 겁주는 일에다 공력을 들이는 그 손해나는 흥정을 자청하겠는가.
(『빛 가운데로 걸어가면 1』, 209)

이 작품은 다른 작품에 비해 시각 청각 촉각 등 다른 이미지들이 잘
드러나 있지 않는 반면 여러 번의 식사 장면이 반복적으로 제시된다.
종술 부부가 자살을 눈앞에 두고 가장 최후까지 드는 생각은 추위와
배고픔이며 박 장로 내외를 만나서 호의를 체험하게 되는 것도 역시
밥을 먹으면서이다. 관리인으로 취직하여 그 '완장'의 효과를 누리거나
고향에 내려가서도 역시 밥을 먹는 순간 이들은 비로소 자신들이 겪는

일들을 인정하고 받아들인다. 최 목사나 하 목사에게 포섭되는 과정에서도 밥 먹는 장면은 빠짐없이 등장한다. 결국 종술 부부가 원하는 것은 따뜻한 밥을 배불리 먹으며 사는 것이다. "밥"의 반복적 제시로 인물들의 비루한 삶이 결코 먹고 사는 문제와 무관한 것이 아니며 사회에도 그 책임이 있다는 비판의식을 드러낸다.

하 목사는 성찬식과 만찬 등을 활용해 신도들의 재물을 빼앗는다. 산 채로 천국으로 올라간다는 휴거를 기다리는 상황에서도 인간들의 먹고자 하는 욕구는 줄어들지 않는다.

> "천국으서는 지아모리 먹어봤자 배도 안 불를 틴디, 끄니 때 먹새나 지대로 챙기는지 몰르겄소. 진작에 그럴 지 알었드라면 최후의 만찬 때 쌀밥에 괴깃국이나 실컨 먹고 휴거되는 것인디 잘못혔다고 낭중에 후회혈라 말고 늦기 전에 그 노는 입에다 씨잘디없는 헛공론 대신 일용혈 양식이나 부지런부지런 담어두는 것이 아매 상책일 거요 나룻이 서너 자라도 잡수셔야 샌님이라고 옛말에도 안 나옵디여?" (『빛 가운데로 걸어가면 2』, 322)

시공간적 배경을 달리하고 물질적 안정을 갖추게 된다 해도 종술의 욕망은 충족되지 않는다. 욕망이 향하는 대상에 대한 근본적인 회의가 없었기 때문이다.

> "울 엄니 얼굴이 자꼬만 눈에 밟혀."
> 부월이 나지막이 중얼거렸다. 촉촉이 물기에 젖어 있는 목소리였다. 그니가 말하는 어머니란 십상팔구 실비주점의 주모 태인댁이었다.
> "고향산천이 그리워서 못 살겄어."
> 그 말에 종술은 가슴이 뜨끔했다. 자신의 은밀한 속마음을 상대방에게

몽땅 들켜버린 기분이었다. 실은 그 역시 잠 못 이루는 밤을 고향 생각
으로 땜질하고 있었기 때문이다. 그 고향에 두고 온 식구들을 생각하는
중이었다. (『빛 가운데로 걸어가면 1』, 44)

종술 부부가 삶의 고비마다 그리워하는 대상은 고향의 어머니와 딸
정옥, 태인댁 등이다. 가족들과의 행복한 일상에 대한 욕망이다. 이러
한 욕망을 충족시키기 위한 수단으로 선택된 물질적 풍요를 위한 노력
은 오히려 애초의 행복과 이들을 점점 멀어지게 한다.

> "사기다아!"
> "이건 완전히 사기극이다아!"
> 무슨 일은 성전 안쪽 아닌 바깥쪽에서 먼저 일어났다. 왁자지껄 소란
> 스런 움직임이 성전을 향해 빠른 속도로 다가오고 있었다. 곧이어 잠긴
> 출입문을 부수고 안으로 들어오려는 세력과 그들을 밖에서 저지하려는
> 세력 사이에 격렬한 몸싸움이 벌어지는 눈치였다. 성전 안의 의인들도
> 차츰 동요하기 시작했다. 밖에서는 욕설과 고함들이 어지러이 오가고 있
> 었다.
> (중략)
> 부월이 성전 뒤편 공터에서 최초로 목격한 것은 피비린내 물씬 거리는
> 난투극이었다. 둥글게 에워싼 채 누군가에게 사정없이 뭇매질을 가하는
> 쪽은 놀랍게도 들림교단의 범강장달이 같은 치리부원들이고, 참기 힘든
> 고통을 짐승의 처참한 소리로 토해내는 쪽은 더욱 놀랍게도 제 남편 임
> 종술이었다. 그새 하 목사의 모습은 어디에서도 찾아볼 수 없었다. (『빛
> 가운데로 걸어가면 2』, 338-339)

휴거가 예정대로 일어나지 않자 "들림 교단"은 "시한부 종말론 바람
에 사랑하는 가족을 잃고 알토란같은 재산을 날려버린 피해자들"(339)
의 습격을 받는다. 이때 정작 책임을 져야 할 하 목사는 "삼베 바지에

방귀 새듯" 빠져나가 버리고 임종술과 김부월에게 뭇매가 쏟아진다.

"빛 가운데로 걸어가면" 눈이 부셔서 앞을 똑바로 볼 수 없을 것이다. 욕망의 끝인 "빛"으로 들어갈수록 눈은 마비된다. 불안한 현실의 영향을 받아 욕망을 좇지만 종술 부부는 철저히 이용만 당한 채 결국 허무하게 버림받는다.

『옛날의 금잔디』에서 리어왕 할아버지가 딸과 사위에게 버림받은 이유는 과거의 잘못 때문이다. 자신의 야만적인 욕망을 이루고자 가족을 돌보지 않았다.

> 그의 말에 의할 것 같으면 리어왕은 지독한 바람쟁이였다. 팔자에 없는 아들을 얻으려고 신발 갈아신듯이 여자를 바꾸었고, 그 바람에 가산을 탕진함은 물론 본처와 딸들을 무지하게 학대했다. 그래서 리어왕의 딸들은 지금도 친정아버지라면 벌벌 치를 떤다. 때문에 그래서는 안 되는 줄 알면서도 자연 사위들도 덩달아 무심할 수밖에 없었다. (『옛날의 금잔디』, 79)

이 할아버지의 욕망은 "아들을 얻으려는" 것으로 표면화되어 나타났다. 할아버지의 부유함과 사회적 성공은 "아들을 얻으"면 완벽해질 것처럼 보였다. 따라서 할아버지는 자신의 욕망을 채우기 위해 "본처와 딸들을 무지하게 학대"하는 일을 당연시했다. 하지만 할아버지의 노후는 예상했던 것과는 다르게 흘러갔다. "가산을 탕진하고" 가족들은 자신을 외면했다. 그가 원하는 완벽한 성공에 다가가기 위해 추구했던 야만적 일상은 결국 그의 재산과 가정을 잃게 함으로써 궁극적으로 행복으로부터 멀어지도록 만들었다. 여기에는 딸들이 아버지에게 복수하는 '눈에는 눈 이에는 이' 식의 무자비한 약육강식이 고스란히 담겨 있다.

아버지에 대한 복수심을 실천에 옮긴 것은 이들만이 아니다.

아버지가 완전히 최면 상태에 든 것으로 단정하고 그는 무섭게 협박을
늘어놓았다. 앞으로는 술을 입에 대기 무섭게 고무 타는 냄새가 나서 한
모금도 목구멍으로 넘길 수 없을 것임을 엄숙히 선언했다. 그런 다음 미
리 준비해 두었던 막걸리를 최면에서 깨어난 아버지한테 내밀었다.
　"맛이 어때요?"
　소년은 눈을 말똥말똥 뜨고 술사발을 입으로 가져가는 아버지를 지켜
보았다. 순서대로 하자면 아버지는 일단 사발을 입에 대고 한 모금 들이
켠다. 그런 다음 별안간 사발을 집어 던지면서 왝왝 구역질을 시작한다.
　그러나 아버지는 사발을 던지지도 않았고 구역질도 하지 않았다. 마지
막 한 방울까지 단숨에 들이켜는 아버지를 향해 소년은 애가 타서 다시
물었다.
　"고무 타는 냄새가 나죠? 술맛이 이상하지 않으세요?"
　손등으로 입언저리를 훔치면서 아버지가 히익 웃었다. 소년은 아직도
포기하지 않았다.
　"나죠? 분명히 고무 타는 냄새죠?"
　아버지가 말했다.
　"꿀같이 달기만 하다. 술 남은 거 더 없냐?"
　에틸 알콜과 메틸 알콜의 차이에 관해서 배운 것은 그런 일이 있은 다
음이었다. 소년은 특히 메틸 알콜의 유독성에 남다른 관심을 갖기 시작
했다. 그리고 그 이후로 거의 매일 밤이다시피 직계존속을 살해하는 패
륜의 꿈을 꾸곤 했다. (『옛날의 금잔디』, 93)

　어린 병하는 가산을 탕진하는 것은 물론 자신을 학대하는 아버지를
해칠 계획을 세운다. "공업용 메틸 알콜을 담아 아버지의 손이 빈번히
가는 자리에 슬그머니 놓아"(178)둔 것이다. 결국 민병하가 양로원에서
봉사를 하게 된 계기는 아버지를 죽이고자 했던 것에 대한 죄책감 때

문이다. 또한 죽은 아버지를 대신해 자신을 길러주었던 아버지의 의형제 정 노인이 양로원으로 들어가자 그를 봉양하고자 하는 마음도 작용했다. 민병하는 정 노인을 양아버지로 모시고 싶어 하지만 정 노인은 이를 거부한다.

정 노인은 강원도 산골에 "아무리 파고 또 파도 줄지 않는 화수분같이 실속 있는 돈줄"(119)인 광산을 갖고 있다. 양로원에 들어가기 전까지만 해도 당신이 직접 경영했었는데, 그 후론 믿을 만한 후배한테 재산 관리 일체를 위임해 버리고 사실상 은퇴한 상태로 지내고 있다. 은퇴한 이유는 "세상 사람들이 모두 다 도둑놈으로 보이"면서 "아무런 사심 없이 진정으로 주고받는 따뜻한 인정이 그리웠"(119)다는 것이다.

그러나 상록원은 "출세한 아들이 이젠 늙고 추해져서 망령기가 농후한 아버지를 사람들 눈에 띄지 않게 하려고 낮에는 다락에다 가두고 사다리를 치웠다가 밤이 되면 사다리를 받쳐"주어 "똥오줌도 가리고 허리나 오금도 펴게 했다는 어떤 아들의 이야기"(213)가 전해지는 공간이다. "아무런 사심 없이 진정으로 주고받는 따뜻한 인정"에 대한 그리움은 사회적 성공을 거둔 노인의 허무를 채우기 어렵다. 그의 양로원 행은 채워지지 않는 욕망을 추구하기 위한 지극히 이기적인 선택이었다고도 할 수 있다. 정 노인의 행위는 그를 자신과 같이 가난하고 갈 데 없는 노인으로 끝까지 믿고 마음을 털어놓았던 다른 노인들을 기만하는 일이 될 수도 있다. 그의 양로원 행은 절실하게 필요한 다른 노인의 자리를 빼앗는 일이라는 게 밝혀지게 된다. 일련의 과정들을 겪고 정 노인은 자본이 삶의 배경이 될 수밖에 없는 세상에서 그것들을 모두 제외하고 가난뱅이 흉내를 내는 것만이 "아무런 사심 없이 진정으로 주고받는 따뜻한 인정"을 얻을 수 있는 방법이 아니라는 점을 깨닫게 된다.

물질 중심 사회는 인간을 인간답지 못한 욕망을 품게 만든다. 그런데도 이 욕망은 결코 충족되지 않는다. 행복이 돈으로 해결된다고 믿어 돈에 욕망을 품었던 이부성은 돈 때문에 부인을 잃게 된다. 물질적 풍요가 자신을 인정해줄 거라고 믿고 인정받기 위해 평생 사기 행각을 벌인 여영무 역시 사회의 인정을 받지 못한다. 하 목사가 신도들을 대상으로 사기 행각을 벌이며 재물을 빼앗는 것을 보고, 자신들도 하 목사를 상대로 물질을 빼앗으려 했던 종술 부부는 쫓기는 신세가 된다. 특히 종술 부부는 고향에 있는 가족들과의 행복한 일상을 꿈꾸지만 이것 또한 이루지 못한다. 또 아들을 얻고자 하는 욕망 때문에 가족을 돌보지 않았던 리어왕 할아버지는 결국 버려지는 노후를 맞게 되고, 정 노인은 물질 중심 사회에서 자본을 철저히 배제한 채 아무런 사심 없이 진정으로 주고받는 따뜻한 인정이란 이룰 수 없는 허위의식이라는 것을 깨닫는다. 이렇듯 물질적 풍요를 바탕으로 한 이들의 욕망은 충족되지 못하고 허무하게 끝난다. 상식적으로 믿을 수 없는 이야기에 빠져드는 비합리적이고 비이성적인 사회 현실을 잘 드러내고 있다.

3. 인간성 회복의 가능성

윤흥길 소설의 세태 비판은 해학성을 기반으로 하고 있다. 현실 세계를 비판적으로 그리면서도 마지막 희망을 염두에 두고 있기 때문이다.

『빛 가운데로 걸어가면』에서 종말론 교단을 이용한 대사기극에 실패
한 종술 부부는 다시 한강을 찾는다.

> "시월이니께 물이 솔찮이 차웁겄지?"
> 한강 둔치의 가장자리를 긴 헛바닥으로 찰싹찰싹 핥아대는 무심한 강
> 물을 굽어보면서 김부월은 심란스런 어조로 중얼거렸다. 그러자 정나미
> 가 뚝 떨어지는 소리로 임종술이 툽상스레 내뱉었다.
> "금시 죽을 년이 찬물 뜨건물 개릴 건 또 뭐여!" (『빛 가운데로 걸어가
> 면 2』, 340)

마지막과 첫 장면이 유사하게 겹쳐짐으로써 이들 부부의 삶이 반복
되리라는 것을 암시한다. 이들이 다시 한강을 찾는 것은 살기 위해서이
다. 죽음에 앞서 "시월이니께 물이 솔찮이 차"가울 것을 염려하는 부월
은 살아갈 명분을 찾기 위해 한강과 마주한다고도 할 수 있다. 마지막
순간까지 생에 대한 의지를 버리지 않는 종술 부부에게서 사회의 주변
부에 속하는 인물들의 삶의 의미를 찾을 수 있다. 인간의 속물성과 사
회 환경을 함께 보여주어 이들의 삶을 입체적으로 제시하는 것이다.

특히 마지막에서 처음과 마찬가지로 등장한 박 장로의 존재는 이들
의 삶에서 더디더라도 변화의 가능성을 그려볼 수 있게 한다.

> "실례가 안 된다면 내가 등이라도 밀어드릴까?"
> "아니, 저 옘병헐 벗어배기가 또……"
> 종술의 입에서 지체없이 거친 욕설이 튀어나왔다. 언제 나타났는지 박
> 장로가 훌렁 벗겨진 민머리를 따가운 가을볕 아래 고스란히 드러낸 채
> 먹서리로 하나 가득 퍼부어지는 욕설을 밝은 웃음으로 맞받고 있었다.
> "임씨 형제와 김씨 자매를 진정으로 도와드리고 싶소 내 도움을 받을

건지 말 건지 두 분이서 잘 상의해서 결정하시오.”

“요번참에 또 지극허니 높은 곳에 기시는 으떤 분한티서 우리를 살려 주라는 급헌 즌화가 때르릉 걸려왔소?”

종술은 뻗치는 부앗살을 주체하지 못하고 여전히 사나운 입정으로 일 관하려 했다. 하지만 부월은 달랐다. 그니는 잽싸게 박 장로한테 달려가 그의 발 앞에 덜퍽 몸을 부리면서 갑자기 구슬픈 목청을 뽑기 시작했다.

“와이고, 장로님! 우리 장로님이 퇴정비결에 나오는 바로 그 귀인이신지 를 이년은 첫눈에 대박에 알어봤지라우!” (『빛 가운데로 걸어가면 2』, 342)

박 장로는 자살하려던 종술 부부를 구해준 은인이다. 침식과 일자리를 제공하고 고향의 가족들과 만날 수 있도록 지원까지 했지만 종말론 교단에 들어간 이들에게 결국 배신당한다. 그러나 박 장로는 다시 한번 도움의 손길을 내민다. 그런데 임종술이 이런 박 장로에게 “사나운 입정으로 일관하”는 장면에 주목할 필요가 있다. 처음에 박 장로의 눈치를 보며 한 푼이라도 더 얻어내기 위해 노력했던 종술이 마지막에서는 자신에게 아무런 잘못도 하지 않은 박 장로에게 떼를 쓰듯 분풀이를 하는 것이다. 어떠한 행동을 해도 여전히 박 장로가 받아줄 것이라는 믿음이 있기에 가능한 일이다. 특히 박 장로 역시 한 때는 “유식이 외출 나가고 무식이 보초를 스는 그저 그런 장사꾼에 불과”(87)했으며, “지집질”, “노름질”, “술질”(90) 등으로 가산을 탕진하고 자살 시도까지 했다는 사실은 임종술과 김부월에게 변화의 가능성이 있다는 희망을 가지게 하는 면이 있다. 신뢰와 인내를 바탕으로 하는 인간관계를 맺어 본 경험이 없는 이들에게 박 장로의 존재는 진정한 관계를 맺을 수 있는 가능성은 보여주는 것이다.

박 장로가 종술 부부에게 보여주는 용서와 베풂의 반복은 ‘예수’를

연상케 한다. 이런 평면적 인물형은 서사에서 비현실적으로 그려지기
때문에 감정이입의 대상이 되기는 어렵다. 그가 보이는 선행 역시 종술
부부의 삶을 이해하거나 이들과 소통한 결과라기보다는 자신의 종교적
신념을 지키기 위한 것에 가깝다. 작품의 전 서사에 걸쳐 이 부부에게
다양한 사건들이 일어나지만 박 장로와의 관계에는 영향을 미치지 못
한다. 이들의 관계는 수직적 관계이기 때문이다. 종술 부부는 박 장로의
집에서나 현실 세계에서나 박 장로와 같은 주류 집단과 공생하는 삶이
아닌 그들에게 아첨하고 그들의 입맛에 맞도록 스스로를 개조하여 사회
의 주류가 원하는 방식에 기생하는 삶을 살도록 유인된다. 박 장로는 사
회적 지위와 자본이라는 권력을 활용해 이들 부부에게 그와 같은 신념
을 가질 것을 요구하는 것이다. 이는 사회의 권력층과 유사하다.

　여기서 인물들은 서로 속고 속이기를 일삼기도 하지만 박 장로가 보
여주는 사랑이나 마지막 순간까지 생에 대한 의지를 버리지 않는 종술
부부에게서 현실에서 살아나간다는 것의 의미를 찾을 수 있다. 특히 결
말로 갈수록 종술 부부에 대해 연민의 감정을 느낄 수 있도록 서사가
진행된다. 인간의 속물성을 드러내되 이러한 결과에 영향을 미친 사회
환경을 함께 보여주며 이를 극복할 수 있는 방안으로 가족을 제시하고
있다. 이 가족은 혈연으로 연결된 가족만을 의미하는 것은 아니다. 박
장로는 종술 부부와 가족과 같은 관계를 유지하지만 이 부부는 앞으로
도 이러한 신뢰와 배려를 배신할 수 있다는 여지는 남긴다.

　『백치의 달』의 마지막 장면에서 사기죄로 경찰에 연행되어 간 여영
무가 출소 후 어떤 인간이 될지는 알 수 없다. 그러나 그가 이부성이나
성수복과는 달리 변화할 수 있는 가능성은 그의 곁에 박민혜가 있다는

사실에서 나온다. 친어머니에게조차도 인정받지 못하는 여영무에게 박민혜는 상징적 어머니의 역할을 하고 있다.22)

> "세상이 그이를 몰라주는 탓이죠. 그이가 얼마나 순결한 사람인지는 아무도 몰라요. 너무 때가 묻지 않아서 애당초 선량한 의도로 시작했던 사업도 번번이 실패하는 거예요. 그럴 때마다 주위 친구분들이 금전적인 손해를 보게 되니까 얼핏 영무씨가 가해자처럼 생각되겠지요. 그렇지만 따지고 보면 진짜 가해자는 그들이 아니라 세상이에요. 세상이 그이한테서 금전보다 몇 배나 더 귀중한 순결성을 자꾸만 뺏어가거든요."
> 민혜의 말에 수복은 감탄해 마지않았다.
> "정말 대단한 믿음이시군요!" (『백치의 달』, 107)

"인생에서 지우개란 없다고"(29) 보는 박민혜의 인식은 "실패하면 사기꾼이고 성공하면 재벌"이라는 이른바 '한탕주의'에 물든 여영무와는 정반대이다. 새로운 삶에 대한 가능성은 반성적 사고에서 출발한다.23)

---

22) 민혜의 몫은 한 남자를 끔찍이도 사랑하는 데 따르는 고통과 희열이었다. 가문이나 학력이나 직업 따위 세속의 옷들로 부끄러움을 가리기 이전의, 본연 그대로의 여 영무에 대한 사랑이었다. 그가 아무리 지저분한 사기 전과자의 누더기를 걸치고 있을지라도 민혜의 눈에는 여전히 죄악이 무엇인지 모르는 천진한 어린애 같은 벌거숭이 영무만 보이는 것이었다. (『백치의 달』, 91)

23) 반성적 사고라는 개념은 Dewey에 의해 출발되었다. 듀이는 반성적 사고란 사물을 그 자체의 직접적인 설명에 의해서가 아니라 증거와 근거에 의해서 믿게 되는 것이라고 하였다. 즉, 어떤 사물의 의미를 단지 가시적이고 직접적인 것들을 토대로 작용하는 의식의 흐름에 의해서 파악하는 것이 아니라 그 속에 내재해 있는 참된 의미를 파악하기 위해 적극적이고 지속적으로 과학적이고 실증적인 근거들을 심사숙고해 가는 과정을 통해 파악하는 것을 말한다. 반성적 사고가 '의심스러운 상황에서 확인된 상황으로 움직이는 사고이고, 알려지지 않은 것에 대한 추론'이며, '증거에 근거한 신념'을 내포하고 있기 때문에, 반성적 사고가 일어나는 상황은 습관이나 과거의 경험에 의해 해결되지 않거나 애매하고 알 수 없는 불안정한 상황에서 일어나게 된다. 즉, 실천적 상황에서 의심, 주저, 당혹감의 상태가 발생하고 이러한 의심, 주저, 당혹감을 해결한 자료와 증거를 발견하는 탐구 과정이 바로

여기에 등장하는 대부분의 인물들은 자신이 욕망하는 본질에 대해 고민하지 않는다는 공통점이 있다.

> "맞았어요 틀림없는 빨래고 틀림없는 어린이 놀이텁니다. 하지만 다른 각도에서 본다면 그저 단순한 빨래나 놀이터가 아니란 사실을 발견하게 되지요 사람들이 사는 세상 바로 그것입니다. 살아서 숨쉬는 인간들이 풍기는 살냄새 땀냄새를 맡을 수가 있어요. 저것들을 통해서 나는 인간의 숨소리를 들을 수가 있고 인간의 체온도 확실히 느낄 수가 있읍니다. 천국이 따로 없다, 이런 데가 바로 천국이다 하는 생각이 들 지경이라니까요. 출감하던 날 아침에 난 아파트 베란다에 널린 빨래를 보면서 눈시울이 뜨거워짐을 느꼈습니다." (『백치의 달』, 68)

여영무의 욕망은 행복한 가정이다. 그는 이부성과 마찬가지로 물질적 풍요로 이를 해결할 수 있다고 생각했지만 결과는 실패였다. "인간의 숨소리"와 "인간의 체온"을 느끼기 위한 수단으로 배신과 사기, 폭력과 거짓말 등의 권모술수와 약육강식의 논리를 사용할 때 행복은 성취될 수 없다. 어떤 상황에서도 태연한 거짓말로 사기를 일삼으며 여유를 부렸던 여영무는 소설의 마지막 부분에서 "무서워서 잠도 못 자겠"(404)다고 고백함으로써 욕망의 허무함을 인식하고 새롭게 바라보는 세계에 대해 두려워하고 있음을 드러낸다. 여영무가 이부성에게 사기를 당해 쫓겨 가는 결말은 오히려 여영무가 긍정적으로 변화될 수 있

반성적 사고의 과정이라고 설명하고 있다. 따라서 듀이의 반성적 사고의 개념은 어떤 문제 상황이나 딜레마 혹은 의문점을 의식하는 것에서부터 출발하며, 그 문제 상황을 구성하고 있는 여러 가지 논리적, 경험적 근거에 따라 그 본질적 의미를 추구하여 최종적으로 문제를 해결하는 과정으로 마무리가 된다. 손은정, 「반성적 사고와 전문가 교육」, 『학생생활연구』 28집, 서울교육대학교 학생생활연구소, 2003, 32-33면.

다는 가능성이기도 하다. 그가 변화하게 된 주요한 계기는 박민혜의 임신이다.

> "아가씨, 창피한 줄 아세요. 그만큼 우리 가문에 먹칠했으면 인제는 어른들 입장도 좀 생각해 줄 줄 알아야죠."
> 큰올케의 목소리였다. 큰 올케마저 문밖에 와 있음을 알자 민혜는 화가 꼭뒤까지 치밀었다.
> "언니야말로 창피한 줄 아세요! 언닌 지금 살인 음모에 가담하고 있다구요!"
> "무슨 말씀을 그렇게 하세요? 가문의 명예를 지키려는 게 어째서 살인이 되나요?"
> "도대체 가문이란 게 뭔데요? 도대체 뭐길래 그것이 생명보다도 더 소중하나요? 저보고 고모라고 부르는 그 애들을 생각해 보세요. 가문을 위해서라면 언니는 그애들을 희생시킬 용의가 있으세요?"
> "어머나, 아가씨 경우하고 내 경우를 어떻게 감히 똑같이 비교할 수가 있어요?"
> "뭐가 달라요? 생명은 다 똑같아요!" (『백치의 달』, 208)

박민혜에게 임신은 여영무와의 사이에서 탄생할 생명 그 자체이며 이들의 관계를 근본적으로 변화시킬 수 있는 유일한 근거이다. "가문"을 위해 낙태를 권하는 가족들에게 맞서 그녀는 "생명은 다 똑같"다며 아이를 지켜낸다. 여영무에게 상징적 어머니의 역할을 하던 박민혜는 진짜 어머니가 되고 딸 수정이의 존재는 여영무와 박민혜를 모두 진정한 어른으로 만든다. 임신 이후 여영무와 박민혜는 변화한다. 박민혜는 자신이 사랑하는 대상이라는 이유로 무조건적인 지지를 보내던 과거와 달리 여영무에게 자수를 권하며 떳떳한 아버지가 될 것을 요구한다. 여영무 역시 이부성과 거리를 두고 합법적인 아파트 건축을 꿈꾸게 되면서 이부성의 배신에 결정적 계기를 마련한다.

> "이건 우는 게 아니라구. 난 절대 울지 않아."
> 영락없는 두 아이의 어머니가 된 듯한 기분이었다. 하나는 진짜 어린
> 애고 다른 하나는 어린애 같은 어른 혹은 어른 같은 어린애인 여 영무였
> 다. 그니는 상상 속에서 두 어린애를 비 맞히지 않으려고 양팔로 끌어안
> 았다.
> "어디 한번 두고 보라지. 난 반드시 그이를 재기시키고야 말걸!"
> 물론 많은 고통의 날들이 자신의 팔자 앞에 놓여 있음을 그니는 잘 알
> 았다. 그것마저 그니는 당연한 자기 몫으로 챙길 각오가 되어 있었다. 가
> 게 쪽으로 다가갈수록 어린 딸의 울음소리가 자지러드는 듯해서 그니는
> 걸음을 한껏 더 재우쳤다. (『백치의 달』, 406)

이들의 변화는 표면적으로는 여영무의 수감과 박민혜에게는 "고통의
날들"을 가져온다. 그런데 이들의 불행은 긍정적 변화를 암시한다. "미
안하기 때문에"(102) 박민혜를 학대한다며 자신을 합리화하던 영무는,
그가 진정으로 추구한 것은 행복한 가정이라는 사실을 깨닫는다. 박민
혜도 그가 경찰에 연행되어 가는 것을 보며 "비라도 맞지 않게 해"(406)
달라고 부탁하는데 더 이상 여영무의 어린 과외 제자이거나 비련의 여
주인공이 아닌 "어린" 것의 어머니가 된다. 여영무와 박민혜의 변화가
없다면 영무의 체포는 그의 사기 행각에 대해 독자가 어떻게 판단하느
냐에 따라 달라질 수 있다. 여영무에게 비판적인 입장이라면 권선징악
으로, 동정[24]하는 입장이라면 비극적 결말로 여길 수 있다. 그런데 이

---

24) 동정은 기본적으로 도덕적 측면과 미적 측면을 아우르는 인간 특유의 지적이고 정
서적인 경험이다. 동정은 타인의 고통을 함께 느끼며 그를 도우려는 관찰자의 결
단에 관계한다는 점에서 인간의 도덕성과 결부되지만, 결국 관찰자의 마음속에 떠
오르는 것은 타인의 고통 자체가 아니라 타인의 고통에 대한 자기 나름의 상상적

들의 변화가 전제되었을 때 결말은 욕망하는 대상의 실체를 파악하지 못하고 살아가던 인물이 그 본질을 깨달아가는 성장소설이라는 의미를 부여할 수 있다. 그러나 남성 욕망의 형상화를 위해 여성 인물을 강간하고 이들이 사랑하게 되는 과정을 그리는 서사는 이른바 강간 신화의 연장선으로 읽을 수 있다는 점에서 한계를 가진다.

모든 것을 잃은 영무는 자신을 헌신적으로 보살피며 자신의 존재를 있는 그대로 받아준 민혜와 그녀와의 사이에서 생겨난 자식의 존재를 깨닫게 된다. 또 영무가 이부성에게 사기를 당해 쫓겨 가는 서사적 결말은 오히려 그의 입장에서는 긍정적으로 변화될 수 있는 가능성을 부여받은 것이다. 영무에게는 새로운 인간이 될 수 있는 가능성을, 민혜에게는 가족이라는 공동체적 정서를 바탕으로 하는 희생과 책임의 태도를 보여줄 수 있는 기회인 것이다.

『옛날의 금잔디』에서 정 노인은 부유함을 철저히 감춘 채 죽음을 앞에 둔 상록원 노인에게 값비싼 식사를 대접하고 초호화 병실에서 임종을 맞게 해준다. 그런데 그의 이러한 "아무런 사심 없이 진정으로 주고받는 따뜻한 인정"(119)은 자본이 있기에 가능했던 일이다. 자본을 떠나야만 인정을 찾을 수 있을 것이라는 그의 생각과 모순되는 행동인 것이다. 특히 '시편 할아버지'의 존재는 정 노인의 삶의 방식에 회의를 느끼게 한다. 시편 할아버지는 언제나 시편을 읽고 암송하는 할아버지로 오 년 전부터 행려병자로 전전하다가 정 노인이 양로원에서 나가기

재현이라는 점에서 분명 미적인 경험의 하나이다. 또한 인간의 도덕성과 상상력이라는 두 차원이 교차한다는 점에서 대사회적 자아와 심미적 자아가 만나고 충돌하는 지점이기도 하다. 손유경, 「1920년대 문학과 동정」, 『한국현대문학연구』 16집, 2004, 52-62면.

로 결심한 이후 그 대신 들어오게 된 신입 원생이다. 오 년 전은 정 노인이 가난하고 의지가 없는 노인으로 위장하여 상록원에 들어왔던 시기와 일치한다. 민병하의 말대로 "오년 전에" 정 노인이 양로원에 들어가지 않았다 하더라도 "반드시 그 때 시편 할아버지가" "대신 들어간다는 보장"은 없다.(339) 그런데 시편 할아버지가 죽음 직전에야 양로원에 들어올 수 있었고 그것이 자기 때문일 수도 있었다는 죄책감은 정 노인을 변화시킨다. 자신의 자본을 개인적 만족을 위해 이기적인 방식으로 사용하던 과거와 달리 사회적 자본으로 유통시킬 방안을 생각하게 된 것이다. 그는 자신의 전 재산을 양로원 등의 사회복지재단의 설립을 위해 내놓고 민병하에게 재단 운영을 위임한다. 이는 세상을 "도둑"으로 규정하고 자신만의 세계를 찾아 양로원으로 숨어들었던 정 노인이 세상과 화해하는 방식이라고 할 수 있다. 민병하와의 관계 역시 자신과는 의형제나 다름없었던 친아버지의 임종도 지키지 않는 아들이라는 해묵은 원망을 극복하고 사회적 부자 관계를 형성하도록 받아들이게 된 것이다. 신분이 드러나자 자신에게 거리를 두는 한편 눈치를 보는 노인들을 바라보며 정 노인은 자본주의 사회에서 자본을 철저히 배제한 채 고고하게 이루어지는 "아무런 사심 없이 진정으로 주고받는 따뜻한 인정"이란 허위의식에 불과할 수 있음을 깨닫는다.

> "저런 노인들이 어디 세상에 한둘이겠어요? 가난 구제는 나라도 못 한다는데, 아버님이 뜻하시는 선의의 결과가 기껏 극소수에 미치는 것으로 끝난다면 그게 무슨 의미가 있을까요?"
> "하나나 둘에 그친다 해도 전혀 없는 것보다야 낫겠지." (『옛날의 금잔디』, 302-303)

　　정 노인의 변화는, 자신이 양아들로 받아들인 민병하에 대한 믿음이 있었기 때문에 가능했다. 병하는 애초에 개인적인 죄책감과 갈등으로 양로원 봉사를 시작한다. 그러나 지금 그에게 양로원의 노인들은 일일이 안부를 확인해야 하는 지인, 혹은 가족의 범주에 있는 사람들이 되었다.

　　　　하지만 자기가 뿌리지도 않은 씨를 천연덕스럽게 거둬들이기엔 누구보다도 우선 그 자신부터가 용납치 않았다. 좋은 결과는 좋은 동기와 좋은 목적을 전제할 때라야만이 인정받을 수 있는 것이다. 그런데 자기는 기껏 노인양반한테서 오래 전에 빌려쓴 돈의 원금을 꺼나가는 형식 내지는 이자를 갚는 요량으로 양로원을 찾아다니는 중이었다. 좋은 일, 훌륭한 일을 했다고, 또 시방도 하고 있다고 본의 아니게 사람들의 입길에 오르내릴 적마다 병하는 어쩐지 잔칫마당에 갔다가 바꿔신고 온 남의 신발과도 같이 어색하고 불편한 감을 주체할 수가 없었다. 줄에 묶여 질질 끌려가는 강아지도 산보한다고 감히 말할 수 있을까. 일백을 얻은 사람이 아흔 아홉을 취하고 나머지 하나를 버리는 행위도 자선이라는 이름으로 불리어질 수 있을까. (『옛날의 금잔디』, 23)

　　"하나나 둘에 그친다 해도 전혀 없는 것 보다야 낫"다는 정 노인의 생각처럼 작가는 "일백을 얻은 사람이 아흔 아홉을 취하고 나머지 하나를 버리는 행위"에도 가능성을 부여한다. "잔칫마당에 갔다가 바꿔신고 온 남의 신발과도 같이 어색하고 불편한 감"으로 "줄에 묶여 질질 끌려가는 강아지"처럼 봉사를 시작한 민병하는 자신을 버린 아들을 죽음에 이르기까지 감싸주려는 김 노인을 보며 점차 변화한다.

　　　사랑, 어리석을 정도의 분별없는 사랑, 무모하리만큼 모자라는 사랑,

모자란 듯하면서도 실은 넘치는 사랑, 적자투성이로 늘 손해만 보는 사랑,
늘 지고 늘 넘어지는 사랑, 그러나 지는 것으로 결국 이기는 사랑, 위대하
고 어리석고 무모한 사랑, 사랑, 사랑, 사랑……. (『옛날의 금잔디』, 179)

자신의 행동이 들킬 것을 염려해 아버지의 성마저 김 씨에서 고 씨
로 바꾸어 버린 아들의 존재를 숨겨 주기 위한 김 노인의 노력은 민병
하에게 "나는 무엇인가"(305)하는 근본적인 물음을 던진다. 김 노인의
행위는 오랫동안 민병하에게 죄책감의 근원으로 존재했던 아버지에 대
한 기억을 불러일으키는 계기가 된다.

아버지는 그것을 끝내 마시지 않았다. 알콜 중독자가 소주병의 유혹을
물리칠 때는 뭔가 거기에 담긴 내용물이 절대로 마셔서는 안 될 거라는
확신이 들기 때문이었을 것이다. 그런데도 아버지는 마지막 임종의 순간
까지 아들이 품었던 존속 살해의 앙심에 대해서 일절 거론하지 않았다.
(『옛날의 금잔디』, 178)

해만 끼쳤을 뿐 아무 것도 베푼 바가 없다고 기억되었던 아버지는
"마지막의 임종의 순간까지 아들이 품었던 존속살해의 앙심에 대해서
일절 거론하지 않"는다.

민병하는 김 노인에 대한 감동과 그의 아들에 대한 복수심으로 신문
에 거짓 광고를 내고, 그 아들과 만나는 데 성공한다. 그에게 모욕을
주며 그를 괴롭히려던 민병하는 그것이 "오산이고 월권"(201)이라는 사
실을 깨닫는다. 아들이 저지른 행위에 대한 피해의 당사자인 김 노인이
이미 용서했기 때문이다.

마지막에서 정 노인은 민병하와 은선경을 결혼시키고 임종을 맞는

다. 정 노인의 문상객들은 민병하를 양로원까지 태운 인연으로 가족 같
은 사이로 지내던 택시 기사 부부를 비롯해 양로원 노인들이다. 민병하
와 은선경을 포함하여 마지막까지 서로를 지탱하는 인물들은 혈연관계
로 이루어진 가족들이 아니다. 인간애를 바탕으로 하는 연민의 마음으
로 가족 공동체를 만들어 나가고 있으며 이는 치과 의사의 결혼으로
실제화된다. 이들은 사회적 관계를 바탕으로 이루어진 새로운 가족의
형태이다. 혈연으로 이루어진 가족에 대한 보살핌에서 타인에 대한 책
임과 보살핌의 단계로 나아간 형태인 것이다.

병하와 노인들이 맺는 책임 관계는 소외된 인간들의 문제를 어떻게
해결할 것인가의 방안을 제시한다고 볼 수 있다. 사회의 구조적이고 제
도적인 접근 이전에 개개인들이 서로에게 가지는 연민과 책임감이 결
국 서로를 구원할 수 있다는 것이다.25) 병하와 선경의 헌신으로 노인
들은 죽기 전에 가족의 따뜻한 보살핌을 느낄 수 있으며 병하 역시 여
관방을 전전하며 술 취한 채 잠이 들던 삶에서 벗어나 가정의 인정과
사랑을 받게 된다. 이것들은 혈연 중심의 가족주의를 극복하고 가족 개
념을 확장함으로써 가능한 것이다. 과거에 향수를 느끼는 이유는 공동
체적 정서 때문이다. 이러한 정서는 인간 사이의 관계에 대한 책임의식
과 관련되어 있다. 공동체 안에서 태어나는 아이들에 대한 양육의 책임

---

25) 보살핌의 윤리와 사회적 책임에 대한 내용은 캐롤 길리건의 논의이다. 그녀는 '사
람들이 서로 연결되어 있다는 사실을 인식함으로써 이루어지는 보살핌 활동은 자
아와 타아를 동시에 고양시킨다'고 주장한다. 그리고 여기에서 나아가 인간관계에
서 충돌을 해결할 수 있는 가장 적합한 방식은 보살핌에 있으며 상호의존적인 자
타관계의 상호작용으로 도덕적 발달이 이루어질 수 있음을 보여준다. 이윤경, 「보
살핌 윤리가 갖는 의미에 관한 연구 : 캐롤 길리건(Carol Gilligan)의 논의를 중심으
로」, 이화여자대학교 대학원 석사 학위논문, 2003.

이 단순히 친부모에게만 머무르지 않고 노인에 대한 부양의 의무 역시 친자식의 문제로만 국한시키지 않았던 시대에 대한 향수가 존재하는 것이다.

> 그는 주섬주섬 옷을 챙겨입기 시작했다. 집을 나서기 전에 그는 쪽지를 써서 눈에 잘 띄도록 냉장고 문에다 붙여놓았다.
> <일요일인데 왜 안 깨웠어? 양로원에 얼른 다녀올께.> (『옛날의 금잔디』, 386)

정 노인의 관심이 개인적인 은둔의 만족에서 사회적 책임으로 나아갔듯 민병하는 정 노인의 죽음으로 친아버지에 대한 죄책감이나 양아버지에 대한 책임감이라는 개인적 욕망에서 한걸음 나아가게 된다. 마지막 장면에서 민병하는 정 노인의 죽음으로 더 이상 관여할 이유가 사라지게 된 상록원으로 여전히 찾아가리라는 것을 예고한다. 친아버지를 살해하고자 했던 민병하는 양아버지에 대한 책임감에서 나아가 상록원 노인들과 교류함으로써 사회적 책임감을 갖게 된 것이다.

물질의 풍요만을 욕망하며 인간의 속물성을 드러내던 인물들이지만 회복의 가능성은 있다. 모든 것을 잃은 영무에게는 지금까지 믿어준 민혜와 그녀와의 사이에서 태어날 아기가 있다. 이제 영무는 가족 공동체를 희생의 태도로 보호할 책임을 깨닫게 된 것이다. 물질만을 추구하는 인물들은 서로 속고 속이기를 일삼기도 하지만 박 장로가 보여주는 사랑이나 마지막 순간까지 생에 대한 의지를 버리지 않는 종술 부부에게서 현실에서 살아나간다는 것의 의미를 찾을 수 있다. 결말로 갈수록 종술 부부에 대해 연민의 감정을 느낄 수 있도록 진행되는 서사에는 이들의 속물성을 극복할 방법으로 가족이 제시된다. 가족의 범위는 혈연만이 아니라 신뢰와 배려로 맺은 가족까지도 의미한다. 양로원은 인간애를 바탕으로 가족 공동체를 만들어가고 있다. 서로에 대한 인정, 연민 그리고 책임감으로 혈연을 넘은 가족의 개념을 확대하고 있다.

제 6 장

결 론

지금까지 윤흥길 장편소설을 대상으로 주제 의식을 유형화하고 그 특성을 살펴보았다. 그의 작품 세계는 크게 두 계열로 나눌 수 있다. 하나는 전쟁과 분단의 아픔을 그린 작품들이고, 다른 하나는 산업화가 초래한 현실 사회의 모순을 비판하며 소외 계층의 문제를 다룬 것들이다. 전쟁을 직·간접적으로 겪은 이들의 아픔을 모성이나 과거와의 화해로 치유하고자 하고, 산업화가 초래한 물질 중심 사회의 권력과 세태를 비판하고 있다.

이 책에서는 윤흥길 장편소설에서 드러나는 세계를 모성 탐구, 과거 탐구 및 화해, 권력 비판, 세태 비판 등으로 유형화하여 그 특성을 살펴보았다.

첫 번째로, 윤흥길 장편 소설의 대표적 주제인 모성의 세계를 『에미』와 『순은의 넋』을 대상으로 논의하였다. 모성은 원형적인 모습 그대로 계승되기도 하고 또 변형되기도 한다. 모성은 생물학적인 요소인 여성이 신체적으로 갖추고 있는 조건 즉 임신, 출산, 양육에서 비롯된다. 그런데 어머니가 자식을 본능적으로 지켜내고 보호하려는 의지를 품는 모성의 원형은 출산이 아닌 양육만으로도 그 특질이 나타난다.

그런데 이 모성은 가문이나 가족 이데올로기에 의해 휘둘린다. 모성의 원천인 여성의 출산은 보호를 받을 수 있는 모성과 그렇지 못한 것으로 나뉜다. 결혼과 가족이라는 제도의 테두리 안에서 이루어진 출산은 축복과 보호를 받을 수 있는 반면 그렇지 못한 임신과 출산은 홀대당한다. 또한 결혼과 동시에 여성으로서가 아니라 모성으로서 존재해야 된다. 그렇지 않으면 보호받지 못하는 여성이 된다. 이러한 모성이 형성되고 부정되는 일련의 과정에는 모두 가문 이데올로기 혹은 가족 이데올로기라고 할 수 있는 공동체의 압력이 작용하기 때문이다.

이 모성은 생물학적인 개인의 모성에서 나아가 성별을 넘어 사회적 모성으로 확장되고 있다. 공동체의 유지를 위해 남성 중심 사회는 모성의 희생을 강요하는데, 이 모성은 헌신적인 희생, '살림'과 '보살핌'의 기능으로 나타난다. 그러나 모성은 여성의 태생적인 가치도 아니고 모든 여성에게 필수적인 것도 아니다. 모성은 성별에 관계없이 모성으로 상징되는 헌신과 보살핌, 책임감의 기능이 사회적으로 확장된다. 원형적 모성이든 변형된 모성이든 사회적 연대와 책임의 영역으로 확장되어 모성이 실현된다.

두 번째로, 과거의 탐구 과정을 『낫』과 『산에는 눈 들에는 비』에서 고찰하였다. 이 작품에는 귀향 모티프가 공통적으로 들어 있다. 등장인물들은 아버지를 만나기 위해 아버지의 과거로 돌아간다. 이들이 돌아가는 곳은 일차적으로는 아버지의 고향, 곧 자신의 물리적 고향이지만 본질적으로는 아버지의 과거, 그 아버지가 속해 있던 세계이다. 이 귀향은 마을 사람들에게 과거의 기억을 불러일으키는 매개물로 작용하여 분노와 복수심을 자극한다. 등장인물들은 아버지의 악행과 마주하고는 그 과거를 거부하지만 결국엔 인정하게 되면서 아버지의 역사를 받아들이게 된다.

과거와의 화해는 환경적 조건의 이해와 공감으로부터 시작된다. 사회·계급적 한계의 돌파구로 택했던 그들의 악행은 시대의 탓도 있다고 여긴다. 그런 인식은 과거에 대한 상처를 넘어 아버지를 이해하는 결정적 역할을 한다. 또한 가장 큰 피해를 당했던 집단의 인물이 가해자의 자손을 받아들이고 더 나아가 적극적으로 도움으로써 함께 살아가야 할 공동체의 상처를 극복하는 방법을 제시하고 있다. 공통의 기억과 상처를 경험한 세대가 느끼는 연민과 부모의 마음이라는 공감대이다. 이것은 어떠한 논리적 토론이나 객관적 진실의 규명보다 상처의 치유에 결정적 역할을 한다. 가해자와 피해자의 이분법적 구도에만 머무를 때 이들은 방어적이고 공격적이다. 그러나 공감과 연민의 정서로 다가갈 때 화해의 가능성을 열어갈 수 있다.

세 번째로, 권력의 세계를 다룬 『완장』과 『묵시의 바다』를 대상으로 권력의 작동 방식을 추적해 보았다. 권력은 자신을 지키고 확장하기 위해 감시 전략과 상호 감시체계를 활용한다. 이 감시는 친밀한 사람들과의 분열뿐 아니라 감시원의 내부 분열도 가져온다. 이때 감시 대상자들의 불안한 심리는 외부로 표출된다. 또한 상호 감시체계는 집단의 분열을 조장해 권력의 힘을 강화시킨다.

권력은 주변화의 전략으로 회유와 처벌도 감행한다. 회유를 받아들이면 공동체 안으로의 편입과 함께 자신에게 필요한 물질적 혜택이나 사회적 지위를 얻게 된다. 그러나 거부하면 철저히 배제한다. 이 과정에는 정당성의 허울을 쓴 폭력이 동원된다.

이때 주변화된 인물들은 연대하여 권력에 대응한다. 그렇지 않으면 이들에게 직접적인 위험이 발생된다. 그러나 권력의 폭력성에 대한 저항으로 주변화된 타자들 간의 연대가 꼭 성공할 것이라고 예상할 수는 없다. 권력은 감시와 회유 그리고 처벌과 타자화로 이들의 힘을 약화시키기 때문이다.

마지막으로 『백치의 달』, 『빛 가운데로 걸어가면』, 『옛날의 금잔디』를 대상으로 풍자와 해학으로 그려지고 있는 현실을 살펴보았다. 윤흥길은 현대 사회의 물질 중심적 가치관을 뒷받침하는 인간들의 허위적인 태도를 도시를 배경으로 그려냈다. 도시 산업화는 물질적 풍요를 목적으로 하기에 인간들은 속물성을 드러내며 물질의 욕망만을 채우려 한다. 이때 사기가 판치는 세상이 된다.

물질의 풍요만을 욕망할 때 인간 사회는 먹고 먹히는 야만적인 관계만 있을 뿐이다. 도덕적인 인간은 찾아볼 수 없다. 이들은 합리적인 방식으로는 욕망을 채울 수 없어 야만적인 방식을 택하게 되는 것이다. 그것은 곧 생존의 방식이다. 그러나 이런 욕망은 결국 좌절을 가져와 속물적 인간들을 허무하게 만든다.

인간의 속물성을 드러내며 물질만을 욕망하던 인물들에게 회복의 가능성이 제시되는데 가족을 통해서이다. 계급적 토대와 물질적 필요에 관계없이 서로에 대한 인정을 바탕으로 하는 관계에서 새로운 가능성은 출발한다. 여기서는 서로에 대한 인정, 연민 그리고 책임감을 바탕으로 한 혈연을 넘은 가족 개념의 확대로 인간성의 회복 가능성을 제시하고 있다.

작가는 전쟁의 상흔인 갈등과 아픔은 모성적 본능과 포용력으로 화해하고 치유하며, 산업화가 초래한 소시민들의 속물성은 인정과 연민으로 회복될 수 있다는 가능성을 보여주면서 그들의 대변자가 되어 권력을 비판적으로 형상화했다.

이 책은 윤흥길의 장편소설을 연구하거나 그의 문학 전체를 이해하는 데 도움이 되리라 생각한다.

참고 문헌

1. 기본 자료

윤흥길, 『묵시의 바다』, 문학과지성사, 1978.
_____, 『에미』, 한국방송사업단, 1982.
_____, 『완장』, 현대문학사, 1983.
_____, 『백치의 달』, 삼성출판사, 1985.
_____, 『순은의 넋』, 이조출판사, 1987.
_____, 『밟아도 아리랑 1, 2』, 문학과지성사, 1988.
_____, 『옛날의 금잔디』, 도서출판 벽호, 1993.
_____, 『산에는 눈 들에는 비』, 세계사, 1993.
_____, 『낫』, 문학동네, 1995.
_____, 『빛 가운데로 걸어가면 1, 2』, 현대문학, 1997.

2. 논저

1) 학위논문

김개영, 「한국 현대소설에 나타난 무속적 구원의 양상 연구- 김동리 『무녀도』, 이청준 『이어도』, 윤흥길 『낫』을 중심으로」, 고려대학교 대학원 석사 학위논문, 2007.
김금자, 「『삼국유사』 소재 설화에 나타난 주술성 연구 : 주술물 획득과정을 중심으로」, 우석대학교 교육대학원 석사 학위논문, 1996.
김명심, 「1970년대 윤흥길 소설의 인물 연구- 작가의 원체험과 인물창조의 상관성을 중심으로」, 전남대학교 대학원 석사 학위논문, 2009.
김선인, 「윤흥길의 1970년대 분단소설 연구」, 한국교원대학교 교육대학원, 석사 학위논문, 2007.
김소희, 「윤흥길의 분단소설 연구- 서사적 특성과 주제구현 양상을 중심으로」, 성신여자대학교 교육대학원 석사 학위논문, 2005.
김옥자, 「윤흥길 성장소설 연구- 전쟁체험 성장소설을 중심으로」, 홍익대학교 교육대학원 석사 학위논문, 2009.
김혜근, 「윤흥길 소설의 희생 모티프 연구」, 동아대학교 대학원 석사 학위논문, 2003.
나순희, 「『허클베리 핀의 모험』에 나타난 해학과 풍자 연구」, 대진대학교 교육대학원 석사 학위논문, 2006.

박광현, 「윤흥길 소설 「장마」의 분석적 연구」, 순천향대학교 교육대학원 석사 학위논문, 2010.

박수이, 「박완서 장편소설의 공간연구」, 중앙대학교 교육대학원 석사 학위논문, 2010.

박월선, 「윤흥길 소설연구」, 목포대학교 교육대학원 석사 학위논문, 2012.

박자영, 「윤흥길의 분단소설 연구」, 단국대학교 교육대학원 석사 학위논문, 2010.

박정은, 「윤흥길 성장소설 연구 – 악의 체험과 죽음의 체험을 중심으로」, 홍익대학교 교육대학원 석사 학위논문, 2006.

박종훈, 「윤흥길 소설 갈등 연구 : 「아홉 켤레의 구두로 남은 사내」, 「장마」, 「묵시의 바다」를 중심으로」, 원광대학교 대학원 석사 학위논문, 2013.

배미옥, 「윤흥길 소설의 서사구조 연구 – 중편소설 「장마」를 중심으로」, 단국대학교 교육대학원 석사 학위논문, 2005.

배성환, 「윤흥길 소설에 나타난 인물 유형과 형상화 방법 연구」, 건국대학교 교육대학원 석사 학위논문, 2003.

양정애, 「윤흥길 소설의 공간 연구」, 경희대학교 대학원 석사 학위논문, 2005.

양한진, 「윤흥길 소설의 공간의식 연구」, 한남대학교 대학원 석사 학위논문, 2009.

오경숙, 「윤흥길의 분단소설연구 – 1970년대 중단편 소설을 중심으로」, 단국대학교 교육대학원 석사 학위논문, 2010.

위성웅, 「윤흥길 소설 장마의 서사구조 연구」, 서울산업대학교 대학원 석사 학위논문, 2009.

이금례, 「윤흥길 소설 연구 – 분단소설을 중심으로」, 성균관대학교 대학원 석사 학위논문, 2008.

이보람, 「윤흥길의 분단소설 연구 – 인물의 유형을 중심으로」, 중앙대학교 교육대학원 석사 학위논문, 2013.

이승철, 「윤흥길 분단소설 연구」, 대구대학교 교육대학원 석사 학위논문, 2008.

이여진, 「오정희 소설에 나타난 여성인물의 억압 기제 연구」, 숭실대학교 석사 학위논문, 2001.

이윤경, 「보살핌 윤리가 갖는 의미에 관한 연구 : 캐롤 길리건(Carol Gilligan)의 논의를 중심으로」, 이화여자대학교 대학원 석사 학위논문, 2003.

이을선, 「윤흥길 소설연구 – 산업화시대의 소설을 중심으로」, 경원대학교 대학원 박사 학위논문, 2011.

이주석, 「윤흥길 장편소설 연구 – 개인과 집단의 갈등과 구원 양상을 중심으로」, 홍익대학교 대학원 석사 학위논문, 2009.

이희숙, 「윤흥길 소설에 나타난 폭력 양상 연구」, 강원대학교 대학원 석사 학위논문, 2014.

정희정, 「윤흥길 소설 연구」, 고려대학교 교육대학원 석사 학위논문, 2004.

한정현, 「윤흥길 소설 연구 – 1970・80년대 작품에 나타난 작가 의식을 중심으로」, 한국교원대학교 교육대학원 석사 학위논문, 2007.

2) 논문 및 평론

경현주, 「윤흥길의『에미』분석 – 라깡의 주체이론을 중심으로」, 『연구논총』 27호, 1994.
고인환, 「윤흥길의『소라단 가는 길』에 나타난 탈식민성 연구」, 『현대소설연구』 제31호, 2006.
구모룡, 「권력의 생태학」, 『작가세계』, 1993, 여름.
김교선, 「윤흥길 작품 세계」, 『현대문학』 1982, 4.
김병덕, 「볼모의 현실과 여성적 화해의 세계 : 윤흥길론」, 『비평문학』 제39호, 2011.
김병익, 「전반적 검토」, 『우리시대 작가연구총서 – 윤흥길』, 은애, 1979.
_____, 「사회의 단면과 현실풍자」, 『완장』, 현대문학사, 1983.
김상환, 「이데올로기는 어떻게 작동하는가」, 중앙SUNDAY 2008, 5, 18.
김종욱, 「이미지로 씌어진 두 편의 소설」, 『문학동네』, 1995, 겨울.
김주연, 「샤머니즘에서 기독교로 – 윤흥길의 소설」, 『본질과 현상』 28호, 2012.
김지홍, 「애니메이션에서 나타나는 데우스 엑스 마키나(Deus Ex Machina)에 관한 애니메이션의 우연성을 통한 연구」, 『조형미디어학』 15호, 2012.
김치수, 「전반적 검토」, 『우리시대 작가연구총서 – 윤흥길』, 은애, 1979.
_____, 「윤흥길의 작품세계 – 윤흥길의 세 작품」, 『제3세대 한국 문학』, 삼성출판사, 1984.
김학균, 「『빛 가운데로 걸어가면』에 나타난 '시한부 종말론' 고찰」, 『인문학연구』 제22호, 2012.
김현, 「생활과 신비」, 『우리시대 작가연구총서 – 윤흥길』, 은애, 1979.
노진한, 「「장마」론 – 한국전쟁과 그 해결의 방법을 중심으로」, 『선청어문』 제23집, 1995.
배경렬, 「한국사상(문학) : 윤흥길의 「장마」에 나타난 샤머니즘의 의미 고찰」, 『한국사상과 문화』 제59집, 2011.
백로라, 「윤흥길의 작품세계」, 『숭실어문』 제13권, 1997.
서동인, 「전봉건 시의 생명 인식 연구」, 『반교어문연구』 21호, 2006.
서은선, 「윤흥길 소설『에미』의 모성신화 형성연구」, 『한국문학논총』 제43집, 2006.
성민엽, 「연작의 현재적 의미」, 『아홉 켤레의 구두로 남은 사내』, 문학과지성사, 1988.
손은정, 「반성적 사고와 전문가 교육」, 『학생생활연구』 28집, 2003.
손유경, 「1920년대 문학과 동정」, 『한국현대문학연구』 16집, 2004.
양문규, 「분단 및 산업사회 현실에 대한 독특한 문제의식 – 윤흥길론」, 『현대문학의 연구』 제9권, 국회자료연구원, 1997.
오생근, 「정직한 삶의 불투명성」, 『우리시대 작가연구총서 – 윤흥길』, 은애, 1979.
_____, 「개인과 사회의 역학」, 『우리시대 작가연구총서 – 윤흥길』, 은애, 1979.
윤명희, 「네트워크 시대 하위문화의 애매한 경계, 그리고 흐름」, 『사이버커뮤니케이션 학보』 27권 4호, 2010.
이문구, 「한 켤레 구두로 산 사내」, 『우리시대의 작가연구총서 – 윤흥길』, 은애, 1979.
이태영, 「윤흥길의『빛 가운데로 걸어가면』에 나타난 언어 문체의 변화와 그 효용성」, 『국어문학』 제47집, 2009.
이평전, 「윤흥길 소설에 나타난 자본주의 공간의 병리성 연구 : 1970년대 중단편을 중심으로」,

『인문학연구』 통권37호, 2010.

이화진, 「윤흥길 성장소설의 세계와 의미」, 『반교어문연구』 31집, 2011.

임혜경, 「윤흥길의 장편소설 에미에 나타난 삼각구도(미륵산ー 집ー 용당제) 연구」, 『논문집』 제34권, 1994.

장미영, 「살아있는 고향말, 익산 방언의 기록ー 윤흥길 연작소설 「소라단 가는 길」」, 『열린전북』 168호, 2013.

장소진, 「권력의 원시적 지향과 모성적 사랑」, 『시학과 언어학』 제24호, 2013.

조구호, 「분단 극복을 위한 모색ー 윤흥길의 『낫』을 중심으로」, 『어문논총』 45호, 2006.

조남현, 「빛과 어둠의 사이」, 『순은의 넋』, 이조출판사, 1987.

주정립, 「호네트의 인정투쟁모델의 비판적 고찰을 통한 저항 이론의 새로운 모색」, 『민주주의와 인권』 11권 2호, 2011.

천이두, 「비극의 근원적 탐색ー 윤흥길작 「장마」」, 『문학과 시대』, 문학과지성사, 1982.

최원오, 「모성(母性)의 문화에 대한 신화적 담론 : 모성의 기원과 원형」, 『한국 고전여성문학연구』 14, 2007.

최유찬, 「대립적 세계와 화해의 조건ー 윤흥길의 「장마」에 대하여」, 『모악어문학』 제2권, 1987.

하응백, 「자기 정체성의 확인과 모성적 지평」, 『작가세계』 1995, 여름.

홍기삼, 「이데올로기의 민족적 해체」, 『우리시대의 작가연구총서ー 윤흥길』, 은애, 1979.

홍정선, 「깨어있는 자의 시선과 세계」, 『우리시대 우리작가 10ー 윤흥길 편』, 동아출판사, 1987.

황영숙, 「윤흥길 소설의 여성 인물과 이미지 연구」, 『한국현대소설연구회』 제3호, 1995.

황종연, 「인간적 친화를 꿈꾸는 소설의 역정」, 『작가세계』, 1993, 여름.

3) 단행본

〈국내서〉

고영복, 『사회학사전』, 사회문화연구소, 2000.

국세청기술연구소 편, 『國稅廳技術研究所 一白年史』, 2009.

권영민, 『한국현대문학사 2』, 민음사, 2002.

김미현, 『여성문학을 넘어서』, 민음사, 2002.

김병익·김현 편집, 『우리시대의 작가연구총서ー 윤흥길』, 은애, 1979.

김승환·신범순 엮음, 『분단문학 비평』, 청하, 1987.

김왕배, 『도시, 공간, 생활세계 : 계급과 국가 권력의 텍스트 해석』, 한울, 2000.

김윤식, 『우리 소설과의 만남』, 민음사, 1986.

김윤식·정호웅, 『한국소설사』(개정증보판), 문학동네, 2000.

김치수, 『문학과 비평의 구조』, 문학과지성사, 1984.

도면회 외, 고등학교 『한국사』, 비상교육, 2014.

민족문학사연구소 엮음, 『1970년대 문학연구』, 소명출판사, 2000.
_____, 『새 민족문학사 강좌 2』, 창비, 2009.
심영희 · 정진성 · 윤정로 공편, 『모성의 담론과 현실』, 나남, 1999.
이상섭, 『문학비평 용어사전』, 민음사, 2004.
_____, 『문학의 이해』, 서문당, 1996.
임헌영, 『분단시대의 문학』, 태학사, 1992.
한국여성연구소 엮음, 『새 여성학강의』, 동녘, 2002.

〈국외서〉
드 보부아르, 시몬느, 이희영 옮김, 『제2의 성』, 동서문화사, 2009.
라플랑슈, 장, 임진수 옮김, 『정신분석사전』, 열린책들, 2009.
리쾨르, 폴, 윤철호 옮김, 『해석학과 인문사회과학』, 서광사, 2003.
미키, 헬레나, 김경수 옮김, 『페미니스트 시학 ─ 여성의 비유와 여성의 신체』, 고려원, 1992.
보드리야르, 장, 이상률 옮김, 『소비의 사회』, 문예출판사, 1991.
사럽, 마단, 김해수 옮김, 『알기 쉬운 자끄 라깡』, 백의, 1994.
손택, 수잔, 이재원 옮김, 『타인의 고통』, 이후, 2004.
스토리, 존, 박모 옮김, 『문화연구와 문화이론』, 현실문화연구, 1994.
아스만, 알라이다, 『기억의 공간』, 경북대학교 출판부, 2003.
알뛰세르, 루이, 김동수 옮김, 『아미엥에서의 주장』, 솔, 1991.
앤더슨, 베네딕트, 윤형숙 옮김, 『상상의 공동체』, 나남, 2004.
오스틴, 게일, 심정순 역, 『페미니즘과 연극비평』, 현대미학사, 1995.
이리가라이, 뤼스, 박정오 옮김, 『나, 너, 우리』, 동문선, 1998.
정화열 저, 박현모 옮김, 『몸의 정치』, 민음사, 1999.
파머 톰슨, 에드워드, 나종일 외 옮김, 『영국노동계급의 형성 下』, 창비, 2000.
페데리치, 실비아, 황성원 옮김, 『혁명의 영점 : 사노동, 재생산, 여성주의 투쟁』, 갈무리, 2013.
펠스키, 리타, 김영찬 · 심진경 옮김, 『근대성과 페미니즘』, 거름, 1998.
푸코, 미셸, 오생근 옮김, 『감시와 처벌』, 나남, 2014.

곽윤경

방송문예학 전공.
목포대학교 대학원 국어국문학과에서 문학 석·박사 학위 받음.
현재 목포대학교, 초당대학교에서 강의.
연구 논문으로 「모성 탐구」(『한국언어문학회』),
평론으로 「부재중인 세계를 향한 두 번의 벨 소리」(『시에』) 등이 있다.

윤흥길 문학이 보여주는 세상

초판1쇄 인쇄 2018년 6월 18일
초판1쇄 발행 2018년 6월 25일

지 은 이 곽윤경
펴 낸 이 이대현

책임편집 임애정
편   집 이태곤 권분옥 홍혜정 박윤정 문선희 백초혜
디 자 인 안혜진 홍성권
마 케 팅 박태훈 안현진 이승혜

펴 낸 곳 도서출판 역락 / 서울시 서초구 동광로46길 6-6(반포4동 577-25) 문창빌딩 2층(우·06589)
전   화 02-3409-2058 FAX 02-3409-2059
이 메 일 youkrack@hanmail.net
홈페이지 www.youkrackbooks.com
블 로 그 blog.naver.com/youkrack3888
등   록 1999년 4월 19일 제303-2002-000014호

ISBN 979-11-6244-258-6 93810

*정가는 뒤표지에 있습니다.